W0302253

BASTION

DU MÊME AUTEUR

Le Théorème du kiwi
L'École des loisirs, 2024

Habemus Bastard (tomes 1 & 2)
Dargaud, 2024
(bande dessinée avec Sylvain Vallée)

Shit !
Seuil, « Cadre noir », 2023 ; Le Livre de poche, 2024

Allez vous faire foot
Le Petit Écart, 2022

Ils sont partout
Les Arènes, 2022
(bande dessinée, avec Valérie Igounet et Morgan Navarro)

Kasso
Seuil, « Cadre noir », 2021 ; Le Livre de poche, 2023

Stopwork
Dargaud, 2020
(bande dessinée, avec Morgan Navarro)

Pyongyang 1071
Paulsen, « Démarches », 2019

Pension complète
Seuil, « Cadre noir », 2018 ; Points, 2019

Demain c'est loin
Seuil, « Cadre noir », 2017 ; Points, 2018

Mauvais Coûts
La Fosse aux ours, 2016 ; Points, 2017

Bad Trip
Hugo et Cie, 2008 ; Pocket, 2009

Lyon, le 06/04/25

JACKY SCHWARTZMANN

BASTION

ROMAN

Pour Brigitte,

Attention, ils reviennent dans votre ville...

ÉDITIONS DU SEUIL
57, rue Gaston-Tessier, Paris XIXe

L'auteur a bénéficié d'une bourse du CNL pour l'écriture de ce livre.

ISBN 978-2-02-154775-7

© Éditions du Seuil, 2025.

Le Code de la propriété intellectuelle interdit les copies ou reproductions destinées à une utilisation collective. Toute représentation ou reproduction intégrale ou partielle faite par quelque procédé que ce soit, sans le consentement de l'auteur ou de ses ayants cause, est illicite et constitue une contrefaçon sanctionnée par les articles L.335-2 et suivants du Code de la propriété intellectuelle.

www.seuil.com

À l'exception du personnage public candidat à la présidence
de la République, cette histoire est une fiction.
Toute ressemblance avec des faits et des personnages existants
ou ayant existé serait purement fortuite
et ne pourrait être que le fruit d'une pure coïncidence.

Ce roman est dédié à tous les électeurs du Parti socialiste.
Qu'ils reposent en paix…

Quitte à faire une chose mal, autant la faire bien.

PREMIÈRE PARTIE

Le courage de faire

Les idéologies politiques du XIXᵉ siècle sont mortes.
Sur le plan économique, l'opposition entre capitalisme et socialisme n'a plus de sens, c'est un débat technique qui doit résoudre les problèmes de la société industrielle.

Valéry Giscard d'Estaing,
octobre 1967

1
Bon week-end

Je suis un bâtard en retraite. J'étais commercial, dans l'industrie. Un grand groupe. Mon job consistait à vendre très vite et très cher, afin d'augmenter nos marges et de gonfler notre trésorerie. Et c'est tout. Plusieurs révolutions ont secoué l'industrie ces trente dernières années : les chefs de service sont passés de la clope au running, de l'apéro aux infusions froides et du droit de cuissage au consentement. Une bienveillance d'ahuris. Une façade, en réalité. Rien n'a changé, il n'est toujours question que d'une chose, vieille comme le commerce, le monde et les hommes : augmenter nos marges. J'ai été un cadre de ce merdier, une petite main aux fesses dans cette partouze globalisée. Je triquais pour la boîte, me battais pour vendre, vendre et vendre. C'était une guerre que je menais contre des centaines de commerciaux inversés, à savoir des acheteurs. Nous faisions le même taf : gratter. On se lançait dans des joutes à coups de norme ISO 9001[1], de qualité des matières, de délais de livraison et de volumes de commandes. L'arène dans laquelle nous nous affrontions était toujours la même, une salle de réunion au mobilier d'un IKEA de mormons, éclairage au néon, viennoiseries douteuses et café dégueu dans de grandes thermos.

1. Norme qui définit des exigences pour la mise en place d'un système de management de la qualité. Il s'agit d'une certification, d'un label.

L'horizon intellectuel de mes interlocuteurs ne s'étalait jamais plus loin que l'écran sur lequel ils faisaient défiler les slides de leurs PowerPoint.

Est-ce que j'ai aimé cela ? Oui.

Depuis que je suis retraité, c'est moins évident. Ma carrière m'apparaît de plus en plus comme ce faux-filet mariné que la serveuse inexpérimentée de la brasserie Midi Minuit Confluence vient de démouler sur mon entrejambe. La fille est arrivée à ma table avec le sourire coincé qu'ont tous les stagiaires dans la restauration. J'ai eu le temps de me dire qu'elle avait la même tête que Carlos Ghosn, en fille, et en jeune. Cela lui donne des airs d'être hybride. Et un peu maladroite, donc. En posant l'assiette sur la table, devant moi, elle l'a penchée et toute la bouffe a atterri sur mon sexe. C'est la première fois que je goûte une sauce moutarde avec mes testicules. C'est chaud.

La serveuse doit avoir dix-huit ans, à tout casser. Je la regarde, elle me regarde, pétrifiée. Elle ne sait pas ce qu'elle doit faire et j'avoue que là, moi non plus. Dans les films la fille revient avec une serviette humidifiée et essuie la tache. J'imagine que, comme moi, elle n'a pas envie de se mettre à genoux pour m'éponger à cet endroit. Et puis, bon... Je vais bientôt avoir soixante ans. Je suis un grand machin d'un mètre quatre-vingt-dix, chauve, avec de l'embonpoint. Si elle se met à m'essuyer la braguette, j'aurai l'impression d'être un pédophile. Très peu pour moi, merci.

Elle rougit, faisant ainsi ressortir les boutons d'acné saupoudrés sur son front. Non, elle n'a pas dix-huit ans, je ne suis même pas sûr qu'elle en ait seize. C'est une gamine. Tout cela est terriblement gênant. « Ça va, je lui dis. Ce n'est rien. » En disant cela, je me rends compte que je lui complique la tâche. Si je m'étais agacé, l'avais engueulée, insultée, elle aurait pu disparaître en pleurnichant. En étant compréhensif et, il faut bien le dire, hyper sympa, je lui interdis quasiment toute sortie honorable. D'autant qu'aux tables autour de nous, les gens attendent la fin de la représentation. Je saisis le faux-filet entre le pouce et l'index et le pose sur la table. J'écarte les cuisses pour laisser tomber sur le parquet stratifié la trentaine de frites imbibées de sauce moutarde. Ma partenaire dans le drame qui se joue plaque une main contre son front rouge et rugueux et effectue une synthèse assez pertinente de la situation : « Oh, putain ! » Que dire d'autre, en effet.

La responsable du restaurant est une rousse d'une trentaine d'années en modèle réduit. Elle mesure un mètre soixante, environ. Ses yeux verts sont magnifiques et sa poitrine énorme. Je suis un homme, il m'arrive de juger les femmes sur leur potentiel sexuel, je ne m'en cache pas. Pour ma défense, la responsable se tient debout devant moi. Je suis assis et ai sa poitrine sous les yeux. Ses seins semblent fermes et dressés bien haut, à en juger par le chemisier dont les pans s'écartent et laissent entrevoir quelques millimètres de peau. Son job lui impose ce décolleté parfait, qui aguiche sans provoquer. Cela fonctionne et pourrait rendre fou le vieux garçon que je suis. Mon cerveau prend d'ailleurs plusieurs photographies de ses nichons et il me les ressortira, bientôt. Je sais que cette jeune femme va hanter mes fantasmes durant les prochaines semaines.

Je me garde bien de lui dire que le spectacle qu'elle me propose me fait oublier cette sombre histoire de faux-filet volant. Nous évoluons dans le monde d'après #MeToo, cela ne se fait plus. Du reste, même lorsque cela se faisait, je ne me le serais jamais permis. En ce sens, je suis ce qu'on appelle un *boomer*. Je suis vieille France : je surveille mon comportement et ai toujours veillé à ne pas manquer de respect à une femme. Je suis féministe. J'ai mes fantasmes, je me les garde et n'ennuie personne. Vous savez quoi ? En réalité je suis juste bien élevé.

La responsable de salle a géré la situation à merveille. Elle m'a bien sûr apporté elle-même un autre faux-filet, m'a proposé de m'offrir le dessert et le digestif, ce que j'ai refusé, soucieux de ma ligne. Elle a voulu régler ma note de pressing, j'ai décliné. Le pressing, c'est moi.

En grand seigneur urbain, je laisse un pourboire de 5 euros.

Je reste un instant devant le restaurant, cours Charlemagne, hésite à aller boire un dernier verre quelque part. Je regarde entre mes cuisses : la sauce moutarde séchée, sur un pantalon de costume, est très louche. Les gens peuvent s'imaginer un tas de scénarios et, mine de rien, je suis connu dans le quartier. Je rentre chez moi. De toute façon, je n'ai aucun ami avec qui boire ce dernier verre.

*

Lorsque j'étais enfant, nous jouions au loup dans la cour de récréation. Dans les règles du jeu, transmises de génération en génération par on ne sait qui mais depuis des décennies, il y avait cette histoire de cabane. Je vous parle d'immunité. Celui qui échappait au loup et parvenait à s'y réfugier devenait invulnérable, sans pour autant quitter le *game*. Je me suis toujours amusé que l'on emploie le même terme pour désigner les séjours en prison. Aller en cabane. Invulnérabilité. Immunité. En quelque sorte.

Depuis quelque temps, j'ai rejoint un groupe de reclus d'une autre espèce : les retraités. La retraite est une sorte de cabane. Vous êtes toujours dans la société, on peut même considérer qu'elle vous protège, mais vous ne jouez plus. Vous regardez passer des mioches toniques et ambitieux ainsi que les loups qui leur courent après : des banquiers, des assureurs, des chefs de service. C'est la course pour ce crédit, cette maison, ce superbe monospace. Nous ? Il nous reste deux investissements conséquents à accomplir, de notre vivant, ce sera le placement en EHPAD et, un peu plus tard, la douloureuse des pompes funèbres. Le reste, tout est déjà payé.

Longtemps, j'ai cru que les retraités n'avaient pas d'endroits pour se retrouver. Ce qui interdit tout corporatisme, à l'instar des chômeurs qui n'ont, hélas pour eux, aucune conscience de classe. J'avais tort. J'ignorais qu'ils se retrouvaient tous, chaque lundi, à Super U. Les actifs sont justement accaparés par leur travail et à Super U, c'est un peu comme dans le film *La Nuit au musée*, version promos d'enfer. Je crois que les employés du supermarché apprécient ce début de semaine idéal, car il se déroule dans la lenteur. Parfois, ils se convertissent en personnel soignant, le temps d'expliquer en articulant beaucoup et en parlant bien fort où se trouvent les croûtons à l'ail, pépites des soupes de légumes. Les légumes, parlons-en. C'est compliqué. Ils se plantent devant la balance, intimidés par l'écran tactile, et pestent en silence sur les navets, qui demeurent introuvables. D'une fois à l'autre, ils oublient l'astuce, appuyer sur la touche LÉGUMES ANCIENS. Cette catégorie devrait pourtant leur parler, puisque c'est la leur, chez les humains. Cela dit, tout se déroule à merveille. Il n'y a que nous, nous sommes peu nombreux, peu pressés. Et d'une certaine façon, dans les rayons, je suis un super-héros. Je triche. Je suis en préretraite. Un arrangement financier avec la boîte. La plupart de mes codétenus ont au moins dix ans de plus que moi.

J'ai découvert que faire mes courses à Super U le lundi était agréable. C'est un peu comme emprunter le périph en voiture la nuit, sans personne, pas d'embouteillage, aucun abruti plus malin que les autres qui se faufile entre les véhicules pour gagner quelques minutes. Eh bien ici non plus, personne ne fonce, ne se faufile ni ne *queue-de-poissonnise.* La valse des caddies ne connaît ni heurts ni frénésie. Et toute cette courtoisie non feinte ! Je prends plaisir à laisser passer devant moi une vieille dame à la boucherie, alors que j'étais avant elle. Pourquoi ? Je vais écouter sa commande et cela me donnera des idées de plats. D'autant que le boucher, Serge, n'est jamais avare de secrets de cuisson.

Contrairement à ce qu'on pourrait croire, il se passe souvent quelque chose.

Aujourd'hui par exemple. Je viens de surprendre un nouveau, un intrus, bref, une sorte de sans-papiers de la consommation. Il a la cinquantaine mais n'est pas un actif pour autant. Bien sapé, mais son attitude le trahit. Son air ahuri démontre qu'il ne connaît pas les codes, qu'il ignore où se trouvent les produits et considère les rayons comme une jungle hostile, un Vietnam. Je devine à son allant et sa démarche qu'il était cadre, comme je l'ai été, et n'est plus rien. C'est un chômeur. Un chic type qui reprend la corvée des courses, afin de compenser sa soudaine cessation d'activité. Une façon de se faire pardonner. Ses préoccupations sont dorénavant domestiques. Le nez collé à l'écran de son téléphone, sur la liste que madame lui a envoyée par SMS. Je l'observe et constate sa totale inefficacité. Il multiplie les allers et retours, piétine, tergiverse. Personne n'en voudrait dans un entrepôt Amazon, où l'obsession d'optimisation dicte chaque déplacement. À la caisse, c'est le grand final. Stressé, ce bizut balance tout sur le tapis roulant, en vrac, sans songer une seconde à répartir les poids et les catégories (frais, surgelés, produits laitiers, etc.) en prévision de la disposition dans les sacs. L'amateur. Voyant cela, je me déporte sur la caisse juste à côté. Joie : j'ai droit à Amandine, la crème de la crème des caissières.

Le type devant moi, un vieux très, très vieux, part en lui souhaitant un bon week-end, alors que nous sommes lundi.

Amandine et moi échangeons un regard et un sourire. Cette petite sortie égaie nos journées respectives. Ensuite elle passe mes articles, les produits frais et surgelés en premier, que je place dans mon sac isotherme Super U gagné avec les points de ma carte de fidélité. Viennent les bouteilles, les yaourts, et les fruits et légumes.

Alors que je me dirige vers le parking, poussant tranquillement mon caddie, je me fais la réflexion que c'est une fois encore un lundi réussi. Ce qui me réjouit ? La bonne surprise d'être tombé sur du crémant du Jura en promotion à 8,95 euros la bouteille. J'ai pris un carton de six, sans la moindre hésitation.

2
Citrus fresh

J'ai un ami, en réalité. Un vrai. Un frère. Au point que je ne me souviens pas de ce que pouvait être ma vie avant Bernard. Nous étions voisins d'immeuble, nous étions dans la même classe dès la maternelle, nos parents se relayaient pour nous emmener à l'école le matin et venir nous y chercher le soir. J'ai tout fait, avec Bernard. Les premières fois. Clopes, gonzesses, vol de bonbons à l'étalage, permis de conduire, j'en passe. Sur cette terre, ma loyauté lui est réservée. Lorsqu'il a trompé sa femme, Aurore, que j'adorais et respectais tant, j'ai menti à cette dernière en la regardant dans les yeux, sans ciller. Je me souviens de cette scène et du sourire dégoûté qu'elle m'a renvoyé. Elle savait que Bernard s'envoyait en l'air avec une commerciale de sa boîte et ne m'avait cuisiné que pour en avoir la confirmation. La seule confirmation qu'elle a obtenue, c'est que jamais, quelle que soit la situation, je ne trahirais Bernard. Ce qui ne m'a pas empêché de lui mettre une petite branlée, à lui. On s'était retrouvés un dimanche midi, aux halles Bocuse. Officiellement, pour acheter du pain et un dessert, avant d'aller manger chez eux. En fait, pour s'envoyer une douzaine d'huîtres et une bouteille de blanc, entre potes. Au deuxième verre, je l'avais attaqué :

– Bon, Bernard, qu'est-ce que tu fous avec Aurore ?

– Elle t'a parlé ?

– Elle a essayé de me tirer les vers du nez. Elle est au courant, pour ta commerciale là…

– Aline. Elle s'appelle Aline.

– J'en ai rien à foutre de son prénom, Bernard. Tu déconnes. Et moi je me retrouve à mentir à Aurore, j'aime pas ça.

– Aline me fait bander, tu comprends ? Elle me fait valser les couilles. Il se passe plus rien, avec Aurore. On n'est plus que les parents de notre fils, et Guillaume est grand, il s'est tiré, il fait sa vie à Toulouse.

– Ça va, je suis au courant, je suis son parrain quand même.

– Tu veux que je te dise quoi ? On s'est mariés à vingt ans, on en a cinquante-cinq. On s'aime plus et on s'emmerde.

– Tu veux pas lui laisser une chance ?

– Écoute, Jean-Marc, t'es mon pote, mais franchement, t'es pas hyper bien placé pour me parler de couple, tu crois pas ?

– …

– Alors ressers-moi un gorgeon et parle-moi d'autre chose.

Bernard avait été cash avec moi, presque cruel, mais difficile de lui donner tort. J'ai toujours été célibataire, considérant que l'amour n'est pas naturel, mais qu'il résulte d'un effort. Il s'agit d'une construction sociale. Ce mensonge initial, cette mythologie confère au sexe une respectabilité quasi féerique. En vrai, il n'y a que le sexe. Cela dit, l'amour est la base de toute société humaine. La croyance en l'amour incite des femmes et des hommes à s'unir, telle une équipe, une coloc, et à fonder des cellules familiales. Ensuite tout peut commencer. J'ignore d'où me vient cette intuition, cette prescience. Pourtant je sais. L'amour représente pour un homme l'assurance de disposer d'une femelle à tout moment, pour vous savez quoi. Il représente pour une femme la protection d'un mâle. Une union parfaite qui permet d'envisager sereinement l'avenir au niveau individuel et qui permet de faire société, au niveau collectif. Bref : cette arnaque originelle nous a tous engendrés. Moi ? Je n'éprouve quasiment pas de sentiments. Adolescent, j'ai aimé, à l'occasion. Mais le fait indéniable d'éprouver un sentiment tout à fait identique, quelle que soit la fille, m'a conforté dans l'idée que ce qui compte le plus n'est justement pas la fille. C'est le sentiment. Le faux sentiment. J'ai eu des femmes. Des histoires aussi pétillantes qu'un Pepsi éventé. J'ai longtemps cherché à être normal en amour. Chaque nouvelle relation m'a néanmoins fait découvrir une autre région de ce pays que je connais de mieux en mieux : le vide. Abyssal. Concrètement, je ne suis pas apte à évoluer dans un couple de façon naturelle et spontanée. Promenade en forêt. Choisir avec toi cette petite robe. Trouver à Super U tes Always Ultra Size 1. Me passionner pour ta carrière. Faire l'amour, faire à manger, deux activités qui se mélangent à force de s'enchaîner et, pour finir, je ressens la même excitation face à un steak haché et face à tes seins. Cela dit, aucune femme n'a eu à se plaindre de mon comportement. Elles se sont simplement étiolées avec moi et ont coupé les ponts avant de se lyophiliser. Le bilan comptable est désastreux : zéro mariage, zéro enfant.

Je suis inadapté et n'en souffre pas plus que cela. Juste, je ne suis pas dupe.

Quelques mois seulement après notre séance huîtres et vin blanc aux halles, Bernard et Aurore divorçaient. Quoi qu'on en dise, il faut choisir un camp, et mon choix était évident. Bernard avait tous les torts. Et alors ? Je n'ai jamais revu Aurore autrement que par hasard. Parallèlement, je n'ai jamais autant revu Bernard, célibataire comme moi et aussi libre qu'un électron. À cinquante-cinq ans, tous deux sur le marché de l'amour, nous avons passé des milliers de soirées dans les bars ou clubs de rencontres de la ville, notamment dans le Vieux-Lyon. À cette époque, Bernard enchaînait les conquêtes et j'ai dû, pour couvrir mon pote, mentir à des filles, un nombre incalculable de fois. C'était marrant. Notre chant du cygne. Nos adieux à la nuit, en quelque sorte, le jubilé de sportifs de haut niveau de la jambe en l'air. Cette période s'est arrêtée il y a quatre ans, avec Valérie. Bernard est tombé sur elle une des rares fois où je n'étais pas de la soirée. Ils se sont emballés mutuellement et se sont mis ensemble sans attendre. En toute franchise, cela ne m'a pas gêné outre mesure que Bernard prenne, de fait, une certaine distance. Il était raide dingue, elle aussi, ils s'aimaient, basta.

Je suis heureux pour Bernard. Il a le ventre qui brûle, les yeux aussi, Valérie est drôle et belle, son regard aussi perçant que ce con de Superman. Ils sont heureux, dans leur super appartement bourgeois. C'est vrai qu'on est bien, chez eux. Leur résidence, bâtie dans les années 1980, offre l'incroyable expérience du voyage dans le temps. L'ascenseur a certainement été changé pour un plus moderne, et voilà tout. Les boîtes aux lettres sont d'origine. Dans le hall d'entrée, on a posé du marbre, partout, y compris sur les murs. Nous sommes boulevard des Belges, dans le 6e arrondissement, un Neuilly dans lequel le bois de Boulogne est remplacé par le parc de la Tête d'Or.

Je n'ai qu'un regret : le crémant.

J'ai apporté deux bouteilles et évoqué un petit producteur que je connais bien, à Arbois. Impensable de leur dire que mon *petit producteur à Arbois* se nomme en réalité Super U. Impensable de leur dire que je me suis pointé chez eux avec deux bouteilles à 8,95 euros. Ce que je regrette, donc. Amer, aigre, j'ignore comment un œnologue qualifierait ce crémant. Bernard, qui n'est pourtant pas œnologue lui non plus, le goûte et trouve les mots justes :

– Putain, Jean-Marc, il est dégeu, ton crémant !

– Euh… pas terrible, ouais.

– Bouge pas, je vais à la cave. J'ai du champ'.

Je suis presque gêné de me retrouver seul avec Valérie. J'ignore pourquoi, elle m'impressionne. Enfin non, en réalité, je la respecte trop, je l'idéalise, du fait de son statut de femme de mon pote. C'est un peu idiot. Valérie est plus jeune que Bernard et moi. Nous allons fêter ses quarante-cinq ans l'année prochaine. Elle fait moins que son âge. Elle n'est pas menue, mais athlétique. Plutôt grande pour une femme, je dirais un bon mètre soixante-quinze. Je l'accompagne dans la cuisine pour l'aider. Elle sort du frigo ce qui composera notre apéro dînatoire et pose le tout sur la table : saumon fumé, mezzés et cigares d'aubergine de chez Bahadourian, brie à la truffe et jambon fumé Pata Negra. Alors que je passe derrière la table pour prendre les plats, je sens une odeur, que je reconnais. C'est elle. Ce n'est pas un parfum, c'est autre chose. C'est lorsqu'elle referme le frigo et se tourne vers moi, donnant ainsi à ses longs cheveux un mouvement de balancier involontaire, que je reconnais le shampoing antipelliculaire Head & Shoulders Citrus Fresh, que j'utilise moi-même. Je suis étrangement satisfait d'avoir pu l'identifier et bêtement content qu'elle et moi, nous partagions un truc. Comme si ça nous rapprochait, comme si ça réduisait la distance entre nous.

De retour au salon, la bouffe disposée sur la table basse, nous attendons Bernard, alors que des enceintes sortent les « la-la-la-la-bala » de la chanson « E penso a te », magistralement interprétée par Lucio Battisti. Valérie, ce sourire. Moi, cette gêne dénuée de fondement.

– Bon alors, Jean-Marc ? me demande Valérie. Et cette retraite ?

– Je sais pas trop. Ça fait que deux mois.

– Tu fais des trucs ? Une assoce ? Du sport ? Une femme peut-être, dit-elle avec un clin d'œil complice et appuyé.

– Nan. Tu sais bien que ma femme, c'est Bernard.

Valérie éclate de ce rire que j'aime bien, presque grossier, qui part du fond de la gorge et descend dans le ventre. Un rire gras de docker. Un rire vrai, sincère. Il y a trois choses que l'on ne maîtrise pas : notre façon d'éternuer, notre rire et notre façon de jouir. De ce que j'ai pu voir, elle éternue de façon normale, voire banale. Son rire, je suis fan. Ses soupirs de jouissance, ça, je ne saurai jamais. Son sourire, à nouveau. Elle ajoute :

– Tu sais que Bernard, lui, se lance dans le militantisme ? Il va t'en parler.

– Ah bon ?

– Soutien d'Éric Zemmour pour la prochaine présidentielle, rien que ça.

– Zemmour ?

– Ben tu sais que Bernard est de droite quand même ?

– Oui. Ça oui, je sais. Combien de fois on s'est engueulés…

– Toujours socialiste, toi ?

En guise de réponse, je grimace. Je suis en effet ce qu'on appelait autrefois un socialiste, et que je qualifierais aujourd'hui d'orphelin politique. Pour être tout à fait précis, je suis d'obédience valsiste, ou cazeneuviste, ce que des politologues nomment *centriste*, je crois. Très à gauche sur les questions sociétales et économiques, ferme sur le régalien. Bref, avec Bernard on s'est toujours crêpé le chignon là-dessus. Et le voici donc zemmourien, ce qui m'étonne peu si je réfléchis trente secondes. Ça m'énerve, mais ne m'étonne guère.

– Et toi ? je demande à Valérie. Zemmour ?

– Je sais pas trop. Mais faut changer, c'est certain. Quarante-cinq ans d'alternance entre des socialistes mous et des libéraux tièdes. Voilà où on en est. Les caïds de cité font ce qu'ils veulent, ils tuent des policiers, et c'est normal. Je te parle même pas des Gilets jaunes, qui ont bloqué tout le pays. Les quartiers sont gangrénés, et comme si ça suffisait pas, maintenant les gauchistes ont sorti du chapeau leurs histoires de quinquagénaires blancs hétérosexuels dominants. Mais grands dieux les Français sont blancs, non ? Et la moitié d'entre eux sont des hommes, beaucoup ont la cinquantaine, la plupart sont hétéros ! Il faudrait t'excuser d'exister, en réalité. On te reproche d'être là finalement, Jean-Marc : juste d'être là.

– C'est vrai que j'aurais tendance à raser les murs ces derniers temps.

– Oui, eh bien non, Jean-Marc ! Va au Sénégal ou au Burkina, et dis-leur qu'il y a trop de quinquagénaires noirs hétérosexuels dominants, tu m'en diras des nouvelles. Alors, oui, il faut peut-être un Zemmour pour remettre l'église au milieu du village.

Qu'est-ce que je peux dire, franchement ? J'ai voté Anne Hidalgo à la dernière présidentielle, ce qui fait de moi une sorte de sous-homme à ses yeux, j'imagine. Une femmelette politique. Un être faible. Une victime. Bref : un toubab.

3

Blanc, c'est blanc

Lorsque Bernard est redescendu à la cave chercher une autre bouteille de vin rouge, au moment du fromage, Valérie m'a demandé, comme un service, d'accompagner mon vieux pote lors de sa prochaine maraude. Car si elle est prête à voter Zemmour aux élections, elle ne l'est guère pour le laisser seul avec ses nouveaux amis.

– Qu'est-ce que tu veux dire ? lui ai-je demandé.

– Bernard est dans le comité de soutien, ici, en Rhône-Alpes. Une équipe de campagne, si tu préfères. Et y en a un ou deux qui sont plutôt violents. Et bas du front avec ça… Je voudrais pas qu'il arrive quelque chose à Bernard. Tu le connais.

– Oh oui.

– Il est intelligent, brillant même. Mais il est capable aussi d'être complètement con. Et quand il part la nuit comme ça, je suis pas tranquille.

– Bon. OK. C'est quoi alors, ces… maraudes ?

Nous sommes deux jours plus tard. Bernard me prend en bas de chez moi, pour me faire découvrir sa deuxième vie. Il est en retraite depuis plus longtemps que moi mais n'est pas resté inactif, loin de là. J'ai regardé dans un dico ce que signifiait le terme « maraude ». Le sens littéral, c'est le vol de produits de la terre, encore attachés au sol ou à l'arbre. Le sens 2 m'a davantage éclairé : parcours effectué par les humanitaires dans les rues ou les campements des grandes villes pour porter assistance aux personnes qui y vivent. J'avoue avoir été agréablement surpris d'apprendre que des types se réclamant d'Éric Zemmour passent leurs soirées à aider leur prochain, au hasard des rues. Surpris, donc, et curieux de voir ça.

Bernard n'est pas dans son Audi Q7 habituel, mais dans un Renault Trafic blanc, doté de trois places à l'avant. Ce n'est pas lui qui conduit, c'est un jeune gars d'une trentaine d'années au regard dur et à la coupe de cheveux, comment dire... politisée. Je monte à l'avant, au côté de Bernard, qui me présente son acolyte :

– Lui, c'est Kevin ! lance mon vieil ami.

– Salut, Kevin, je dis.

– 'lut, grommelle l'autre.

– Et lui, c'est mon pote Jean-Marc ! ajoute Bernard.

Kevin est rasé à blanc, ou presque, sur les côtés et à l'arrière du crâne. Sur le haut, ses cheveux mi-longs sont ramenés en arrière, parfaitement peignés et gominés. La référence pourrait être Andy Garcia dans *Le Parrain 3*, mais je penche plus pour Joseph Goebbels, si j'en crois l'année tatouée sur les phalanges de sa main droite : 1933. L'arrivée au pouvoir de Hitler. Je le sais parce que c'est aussi l'année de la création de l'ASSE, le club de foot de Saint-Étienne, l'ennemi juré du Lyonnais que je suis. Et Kevin ne m'a pas l'air d'être un aficionado des Verts. Je cherche mentalement un nom pour le salon de coiffure dans lequel se rend Kevin. Quelque chose comme Attrac'tif, ou Hair de rien, version IIIe Reich. Ça y est, j'ai : La Coupe de ton Shoah. Ou encore : Hair Hitler ! L'autoradio n'envoie pas de musique wagnérienne, mais Radio Nostalgie. Déception.

Nous sillonnons les rues de Lyon. Il est un peu plus de minuit. Nous nous arrêtons dès que nous dénichons des sans-abris. Kevin, visiblement rompu à l'exercice, sait où aller. Il me fait penser à un paysan qui a ses coins à champignons : lui a ses coins à clodos. Pas n'importe lesquels. J'ai en effet assez vite remarqué que nous n'aidons que des Blancs, et qui parlent français. Kevin et Bernard prennent à l'arrière du Trafic des tote bags contenant chacun plusieurs sandwichs à la rosette et au jambon, une bouteille d'eau minérale, des barres de céréales et quelques produits de première nécessité, pansements, Doliprane et cotons-tiges. Évidemment, la rosette et le jambon, fleurons de la bonne bouffe à la lyonnaise, remplissent une fonction supplémentaire, celle d'ostraciser les musulmans. Quasi une insulte charcutière.

Sous l'échangeur de l'A6, à la gare Perrache, côté quai Rambaud, nous trouvons plusieurs familles qui remplissent notre critère principal : ce sont des Blancs. Une dizaine d'enfants sont répartis dans des tentes Quechua. Les mères pendent du linge, les pères décorent des chaises de camping en se passant un narguilé. Un détail attire mon attention et me pousse à croire que l'aspect humanitaire de notre présence va rapidement tourner à la merde : ces hommes portent de longues barbes. Banco. Alors que Kevin effectue la distribution, un des gars ouvre le tote bag, en exhume un sandwich beurre-rosette et, dégoûté, le laisse tomber dans le sac. S'ensuit une logorrhée russe, saupoudrée de quelques mots d'anglais, qui font comprendre à Kevin une chose démente, quasiment un impensé, de son point de vue : ces Blancs sont musulmans. Il est aussi sidéré que si Kylian Mbappé lui avouait être trapéziste.

J'avoue, je me marre.

Kevin synthétise, à sa façon :

– Putain, des rebeus russes, c'est nouveau !

– C'est des Tchétchènes, je pense, dit Bernard.

– Les muslims sont partout, c'est dingue.

– Le premier pays musulman au monde, c'est l'Indonésie, je dis, pas fâché de remuer le couteau dans la plaie.

– Putain, ils sont allés jusque là-bas ?

– Non mais c'est les Indonésiens qui sont musulmans. C'est pas des Arabes qui y sont allés. Y en a aussi dans les Balkans, comme ceux-là, je précise. Albanie, Macédoine aussi, je crois...

– Ouais ben en tout cas, le coup du sandwich au jambon, c'est l'idée du siècle, ne peut s'empêcher de jubiler Kevin. Comme les gousses d'ail avec les vampires !

L'épisode *rebeu russe* sera le dernier pour ce soir. Nous avons terminé. Kevin nous ramène dans ce qu'il appelle Le Bastion, un immeuble de bureaux des années 1980, dans le quartier de Gerland, appartenant à la mairie, et qu'occupait le service de la voirie jusque début 2000. Kevin et les potes de son mouvement, appelé pompeusement Le Bastion, ont récupéré ce bâtiment laissé à l'abandon, ont réparé tout ce qui était vétuste, ont remis l'électricité et le squattent. Enfin, pas eux personnellement, mais tous les sans-abris de la ville. En réalité, pas tous, vous avez compris. Il est préférable de ne pas se pointer ici si on est afghan, tunisien ou, de manière générale, noir. Je lance le sujet :

– Du coup, Kevin, vous faites du tri sélectif, c'est ça ?

– Quoi ?

– Vous aidez que les Blancs.

– Y a des associations gauchistes, pour les autres. Personne n'aide les Français en France. Sauf nous.

Le Q7 de Bernard est garé devant Le Bastion. L'immeuble, composé de trois étages de misère, est dans une ruelle, derrière le bar Ninkasi. On monte dans la caisse de Bernard, qui démarre. Dans le rétroviseur extérieur, je vois Kevin effectuer un demi-tour et partir dans l'autre sens. Comme s'il avait la capacité de m'entendre, j'attends qu'il soit assez loin pour prendre Bernard à partie :

– Putain, Bernard, tu fous quoi avec ce genre de mecs ?

– Détends-toi, Jean-Marc.

– C'est un faf, ton Kevin !

– Dis-moi, juste un truc, Jean-Marc : les socialistes, ils aident qui dans la rue ? T'as déjà vu des socialos faire ce qu'on a fait ce soir ? Sérieux ?

– C'est pas la question.

– Ben si justement ! C'est ça, la question. Je suis pas un lapin de six semaines. J'ai été chiraquien, j'ai été sarkozyste, j'ai même voté Pécresse en 2022. J'étais aussi con que toi parce que, me mens pas, je sais que t'as voté Anne Hidalgo.

– Pas du tout.

– Bien sûr que si. Pécresse et Hidalgo, non mais franchement. C'est des politiques, ça, qui pensent qu'à eux. Se faire élire. La place est trop bonne.

– Et Zemmour, non ?

– Eh ben non, justement. C'est le seul qui est sincère. La preuve, il dit que ce qu'il pense, et ça lui a d'ailleurs joué des tours. De toute façon, qu'est-ce que je fais de mal ? Je donne à bouffer à des pauvres dans la rue et je récolte des parrainages. C'est tout.

– Toi ? Tu récoltes des parrainages ?

– Ben ouais. Je fais les villages, autour de Lyon, et j'essaie de convaincre les élus. C'est pas facile.

– Tu m'étonnes.

– D'ailleurs si tu voulais m'accompagner, je me ferais moins chier.

– Tu plaisantes, Bernard ?

– Ben non. T'es mon pote, nan ? Pis ça change quoi, si c'est pas moi, un autre le fait et le Z aura ses cinq cents signatures.

– Je t'accompagne où tu veux, Bernard. Mais ça, non.

4

Les nôtres avant les autres

C'était en CE1, je crois. Il y avait ce grand con, Pierre, avec un nom de famille pas possible. Son père, ses vingt-six oncles et ses trente-deux frères étaient ferrailleurs. Ils fouinaient, cherchaient du métal qu'ils revendaient à la tonne. Ils disposaient également d'une bonne dizaine de carcasses de bagnoles derrière leur maison, soit destinées à la vente de pièces détachées, soit à une reconversion plus glorieuse : les courses de stock-car. Simple, vous récupérez une vieille Renault 5, vous arrachez tout ce qui est superflu, à savoir les pare-brise et les vitres, le siège passager, la banquette arrière, le hayon du coffre. À la place des vitres, vous soudez des grilles de métal. Ensuite, vous vous rendez dans un champ avec plein d'autres connards, vous faites la course en tournant en rond avec une seule règle du jeu : aucune règle. Les types se foncent dedans en bagnole, se retournent, effectuent des tonneaux, repartent. Comme quand, enfant, on joue aux petites voitures, eux jouent aux voitures. Pierre était donc l'héritier de cette dynastie de la boîte à gants. À l'instar de tous les mâles de sa fratrie et de son onclerie, son tour viendrait de jouer les Sébastien Loeb amateurs. Un Sébastien Lowcost, quoi. Il était si différent de nous, tant dans ses réparties que dans ses réactions aux diverses agressions qu'un enfant de sept ans peut subir, qu'on l'appelait le Pierre, et non pas Pierre tout court. Nous étions des gamins civilisés qui voyaient bien que le Pierre n'était pas tout à fait un être humain. Je suis persuadé que ses parents lui mettaient des écrous dans son sac, pour le goûter.

Le Pierre était bien évidemment un grand costaud. Il avait le regard d'un Inca confronté à une éclipse de soleil et le même nombre de neurones qu'une poêle Tefal. Autant dire que nous l'évitions tous. Jusqu'à ce malheureux jour de décembre où, lors d'une récréation, je me suis trouvé malgré moi en situation de jouer aux billes contre lui. Le jeu du pot. Celui qui gagne remporte les billes de l'autre. Le Pierre avait les doigts aussi boudinés que le cerveau gauche. Maladroit, bourrin, il tiquait trop fort et ses billes manquaient invariablement leur cible, à savoir le pot. Tandis que j'étais moi, ce jour-là, dans un de ces rares moments de grâce où tout passait. Vous voyez la chanson de Soprano, « En feu » ? Voilà. « Comme Zinedine Zidane contre l'équipe du Brazil : j'suis en feu. » Erreur. Faute. Bernard, qui s'était sciemment placé dans mon champ de vision durant la partie, et qui avait anticipé la suite des événements, me faisait non de la tête. Je ne comprenais pas. Son message n'était pas assez clair. Ce qui l'a été en revanche, très clair, c'est le poing que j'ai reçu dans le nez, alors que je ramassais les billes et les enfournais dans mes poches. Le Pierre savait communiquer. Je me suis retrouvé sur le dos, dans la terre, mes billes roulaient autour de moi. Ce fils de soupape s'est baissé pour les récupérer toutes. Me les voler. Stupeur de mes camarades. Chacun pensait deux choses. La première, cela ne se fait pas. La seconde, le Pierre, lui, si, il peut. Seul Bernard ne s'est pas dit ça. Seul Bernard n'a pas accepté la situation. Il a foncé sur mon agresseur, l'a fait tomber au sol et les deux se sont roués de coups tout en roulant, en se tournant, en s'arrachant la gueule et les blousons, dans une sorte de stock-car non motorisé.

Le Pierre a pris le dessus. Bernard sur le dos, l'autre à genoux sur lui, en train de l'étrangler. Dans un dernier effort, mon pote est parvenu à relever le buste et, tel un animal sur le point de mourir, à mordre l'oreille du grand con. Jusqu'au sang. Et là, stupéfaction : le Pierre a pleuré. Une vraie gonzesse, le visage déformé par la douleur, il a couru vers les maîtres et les maîtresses qui fumaient leur clope au centre de la cour de récré. De loin, je pouvais voir que le Pierre avait déjà perdu beaucoup de sang. Son vieux K-Way en était recouvert. Un des maîtres, M. Arnould, après avoir regardé la blessure de près, nous a rejoints. Et, au lieu de nous engueuler et d'essayer de savoir ce qui s'était passé, il s'est mis à chercher quelque chose, par terre. En vain.

J'appris plus tard qu'il cherchait le lobe d'oreille, que Bernard avait arraché avec ses dents. De quoi te poser un bonhomme. Chef de clan. LE Bernard, du coup. D'autant que le lobe n'a jamais été retrouvé et que, selon toute vraisemblance, il l'a avalé. Cette anecdote résume ce qu'est Bernard et ce qu'est notre amitié. Bernard : un type qui peut être brillant, comme en témoigne sa *success story*. Électricien de formation, il a monté son entreprise qui, au moment de son départ en retraite, comptait une centaine d'employés. Brillant, Bernard, donc, mais aussi, de temps à autre, un tout petit peu sanguin. Quant à notre amitié, si vous attaquez l'un de nous deux, gaffe à vos lobes d'oreilles.

Il m'apparaît évident que l'heure est venue de régler ma dette.

Bernard fraie avec les mauvaises personnes. Exactement comme lors de cette partie de billes fatale, je dois me mettre dans son champ de vision et lui faire non de la tête.

Nous nous sommes retrouvés place Saint-Jean, dans le Vieux-Lyon, devant la cathédrale Saint-Jean-Baptiste. Bernard veut me présenter quelqu'un. Il n'a pas été très clair, au téléphone, mais a insisté. Il ne voudrait pas que je me fasse une fausse idée des gens avec qui il milite, car tous ne sont pas comme Kevin. Il y a une réflexion, un projet de société, assez éloigné du racisme primaire qui fait la réputation, par ailleurs erronée, des zemmouriens. Accessoirement, on va se boire deux-trois canons, cela n'a jamais fait de mal à un Lyonnais.

Nous quittons la place de la cathédrale et empruntons la rue Saint-Jean. Une succession de faux bouchons lyonnais traditionnels qui privilégient le fournisseur METRO aux petits producteurs locaux. Je suis Bernard, qui refuse de m'en dire plus, dans le dédale des petites rues usées par des millions de visiteurs. Des boutiques de souvenirs, quelques bistrots, des restos : le Vieux-Lyon est un de ces quartiers qui donnent l'impression de ne pas avoir de réels habitants. Des types et des filles viennent chaque matin remplir les rez-de-chaussée des immeubles, vendeuses de boutiques, barmans, serveuses, cuistots, tous spécialistes des traboules et salariés du pittoresque. Le Vieux-Lyon est un décor de cinéma auquel on donne vie, chaque matin, des figurants débarquant par centaines pour le spectacle de l'industrie touristique. Le Vieux-Lyon est un Mont-Saint-Michel horizontal, à cela près que plusieurs établissements de nuit tournent à plein régime.

Nous arrivons à destination, sur la place Saint-Paul et son ancienne gare.

Bernard pousse la porte d'un bar associatif : Le Bastion. Décidément. Une banderole fixée au fronton du comptoir annonce la couleur : « Les nôtres avant les autres. » Une rime riche pour des esprits pauvres. Bernard salue Kevin, puis le patron des lieux, je présume, debout derrière le bar. La cinquantaine, le bras gauche mangé de tatouages à la signification obscure, une tête de gland. Il me fait penser à une verge qui aurait la capacité de marcher et qui chercherait partout, hagarde, ses deux testicules. Beau bébé, cela dit. Un steak de cent dix, cent vingt kilos. Question coiffure, lui est genre légion étrangère. Ses mâchoires carrées et puissantes achèvent de lui donner des faux airs de Mussolini.

Des nazis génétiquement périmés. Des fins de race.

Bernard me présente au taulier, Stéphane, que je renomme intérieurement Benito. Sans nous demander, il sert deux pressions et les pose sur le comptoir. Je trinque avec Bernard, bois une gorgée et, je dois le dire, m'impatiente.

– Bon, Bernard, tu voulais me présenter qui ?

– Moi, dit-on dans mon dos.

Je me tourne. Un type vient d'entrer dans le rade. La soixantaine flamboyante. Pantalon de costume et chaussures à 2 000 balles, chemise bleu nuit déboutonnée juste ce qu'il faut pour dévoiler une pilosité et une chaîne en or de mafieux, les manches longues retroussées. Cheveux blancs mi-longs plaqués en arrière, à la Richard Gere. Il balance sur le comptoir à côté de mon verre la clé de sa Porsche Panamera, garée devant le troquet. Il me fait un grand sourire d'assureur et me tend la main. « Moi, c'est monsieur Barnier. Mais je préfère qu'on m'appelle Didier. »

*

Tout ce que je connaissais de Didier jusqu'à aujourd'hui, c'est son nom de famille. Depuis trente ans, j'ai vu des centaines de fois des pancartes portant l'inscription Barnier, sur des échafaudages, des grues, des façades de bâtiments en construction ou à l'entrée de toutes sortes de chantiers. Comme tout le monde à Lyon, je sais que cet homme est le patron d'un puissant groupe de BTP qui décroche des contrats en Rhône-Alpes, évidemment, mais aussi dans le reste de la France et à l'international.

J'avoue ne m'être jamais demandé qui est le vrai Didier Barnier, quel âge, quelle corpulence, ses hobbies, opinions, préférences sexuelles et/ou culinaires. Ce type existe au même titre que le ministre chargé des outre-mer, dont je me contrefous. Et le voilà, dans toute sa splendeur, avec la faconde d'un vendeur de robot ménager sur les marchés. Le type aussi à l'aise dans les arcanes du pouvoir pour négocier des contrats et appels d'offres qu'ici, à ce comptoir de bistrot. « Tu me mets la même chose ? » demande-t-il au patron en désignant nos verres, après quoi il prend place à une table. Il n'a pas besoin de dire que nous devons le rejoindre.

Bernard prend sa bière ainsi que celle de Didier, moi la mienne, et nous voici tous trois attablés. Verres levés, nous trinquons. Bernard sourit bêtement et en silence, ce qui n'est pas dans ses habitudes. Je comprends qu'il a accompli sa mission, me mettre en présence de Didier. Ce dernier me transperce du regard, persuadé, certainement, qu'il bénéficie du pouvoir quasi divin de lire dans les âmes. J'en ai rencontré beaucoup, des types comme lui. Les grands patrons. La plupart du temps, ce sont des cons, rendus cons à force de n'évoluer qu'avec des interlocuteurs qui leur sont inféodés ou dont le statut social est inférieur. Des gens qui leur disent oui, en toute circonstance. À chaque fois qu'un de ces types avance une théorie ou émet la moindre hypothèse, des laquais abondent dans leur sens et les trouvent fantastiques. À force, ils croient en leur propre génie, sans réaliser qu'ils sont simplement et en permanence en situation de domination. Didier achève de me scanner du regard, et cela ne manque pas :

– Moi je lis dans les yeux des gens, affirme-t-il.

– Ah bon ? je demande.

– Ouais. Bernard tient absolument à ce que vous intégriez notre team. Hein, Bernard ?

– Tout à fait, Didier, admet Bernard. Jean-Marc est une âme égarée du Parti socialiste.

– Je suis socialiste aussi, poursuit Didier. Zemmour est socialiste. Juste… son socialisme se recentre sur le peuple français, surtout sur ses grands oubliés : la classe moyenne.

– Admettons… je soupire.

– Je vais vous dire, Jean-Marc : on va aller manger un morceau ensemble, vous et moi.

Didier fait signe à Kevin de nous rejoindre, avant de reprendre :

– Vous connaissez Kevin, je crois ?

– Nous avons maraudé hier soir, je confirme.

– Kevin dispose d'une bande de copains très obéissants, capables de marauder, donc, mais aussi de coller des affiches et, de temps en temps, des mandales. Mais, Kevin, tu veux peut-être te présenter ?

– On est un groupe, répond l'intéressé, qui nous a rejoints à table. On s'appelle Le Bastion, comme le bar ici. Et ce slogan-là, dit-il en pointant le pouce derrière lui sur la banderole, c'est tout ce qu'on pense : les nôtres avant les autres. On fait de l'humanitaire blanc, t'as vu hier soir. On veut donner des aides sociales aux démunis blancs, chrétiens ou laïques, mais aucune autre religion.

– Raconte, insiste Didier, pour les locaux, à Gerland…

Ses amis et lui ont réquisitionné l'immeuble, derrière le Ninkasi. Tout ça, je le sais déjà. Kevin est un Blanc frustré par je ne sais quoi, vaguement nostalgique d'une France d'avant les Arabes et les Noirs. Une chose à mettre à leur crédit, malgré tout, c'est cette histoire de squat. Ils ont procuré un toit à des dizaines de nécessiteux, sans-abris et autres indigents, certes de couleur blanche et de langue française. D'une manière générale, j'ai tendance à considérer que toute personne portant le prénom Steven, Jordan ou Kevin ne devrait pas avoir de vie sociale. Ce spécimen en a visiblement décidé autrement.

– Tout n'a pas été évident au début, précise Didier, notamment pour le financement. Mais Kevin et Le Bastion sont des petits gars sur qui on peut compter.

– Le financement ? je demande.

– Il faut bien nourrir ces gens et payer l'électricité.

Kevin a eu la brillante idée de mettre en place une arnaque aux fenêtres. Le principe est simple : vous montez une SARL, vous enfilez de jolies chemises à manches longues qui couvrent vos tatouages haineux, vous faites imprimer des prospectus mettant en avant toute une gamme de fenêtres et de volets roulants, vous démarchez les particuliers et proposez des devis aux prix cassés : 30 %, 40 %, 50 % de réduction, rien à foutre, vous n'effectuerez jamais les travaux. En revanche, vous allez réclamer 20 % d'acompte à la signature. Une fois que vous avez engrangé des centaines d'acomptes, vous déposez le bilan et vous gardez le pognon. La grande idée de Kevin était de ne démarcher que dans les cités lyonnaises : les Minguettes à Vénissieux, ou encore le Mas du Taureau à Vaulx-en-Velin. La grande idée, donc ? N'arnaquer que des Arabes et des Noirs et, ainsi, créer une sorte d'impôt. Voyez le truc ? Les Arabes et les Noirs volent les prestations sociales aux Blancs, alors on va les voler pour redonner aux Blancs.

Brillant, non ? Pourtant, cela n'a pas fonctionné. Tiens donc. Je souris. Je demande pourquoi. Kevin, à la fois piteux et frustré, avoue :

– Ces fils de pute ont pas de thune.

– Qui ça ? je demande.

– Les Arabes, dans la cité. Y en a aucun qui est propriétaire. Forcément, ils vivent tous grâce aux allocs. Tous locataires, tous dans des logements sociaux.

– Ah ouais c'est con, je ne peux m'empêcher de dire, un sourire narquois au coin des lèvres. C'est typiquement ce qu'on appelle une fausse bonne idée, quoi.

– Mouais, marre-toi…

– Mais heureusement, dit Didier, reprenant le fil, nous nous sommes rencontrés ! La mairie m'avait approché pour faire un état des lieux des bâtiments, justement. Ils voulaient savoir s'il valait mieux raser ou réhabiliter. Inutile de dire que Kevin et moi avons vite réalisé que nous partagions les mêmes idées.

– Les nôtres avant les autres ? je propose.

– Exactement, Jean-Marc. Y a pas de slogans compliqués chez nous. C'est d'ailleurs pour ça que nous voulons tant qu'Éric Zemmour accède aux responsabilités, il est comme nous : pas compliqué. Des constats simples, des actions simples.

– Simplistes aussi, non ?

– Vous croyez ça, Jean-Marc ?

– Il n'y a pas de réponses simples à des problèmes complexes.

– C'est là que vous vous plantez : il n'y a pas de *problèmes complexes*, en réalité. Des étrangers prennent le pain et le travail des Français. Rien de plus simple. Bon : en parlant de pain, j'ai la dalle ! Allons manger, Jean-Marc, je vous invite !

5
Triple A

Didier a tenu à ce que nous soyons seuls, lui et moi. Kevin est resté au bar, Bernard a rejoint Valérie, tandis que Barnier et moi avons traversé le Vieux-Lyon, jusqu'au Tire-Bouchon, un resto où il a ses habitudes. Didier est flamboyant, ce qui est à la fois drôle et soûlant. Il me fait penser à une bouteille de San Pellegrino dans un océan d'eau du robinet. Il a de la répartie, il trouve des images inattendues pour illustrer ses propos et il est marrant. En revanche, ce n'est pas pour cela que j'ai accepté son invitation à dîner. Je suis là pour déterminer à quel point Bernard s'est mis dans la merde. Je suis là pour un état des lieux, un diagnostic, bref : un audit. La difficulté, ne pas m'énerver. Calme. Caaaaaaaaalme. Didier va tenter de me convaincre qu'Éric Zemmour est l'avenir de notre pays. Conneries. Personne n'est l'avenir de notre pays. Aucune idéologie ne colle à la réalité, qui est trop changeante. Cela revient à poser une règle en bois sur un sol cabossé, elle n'épouse pas la surface, elle tient sur les bosses. Seul le pragmatisme peut servir le pays, il faut donc mettre au pouvoir le type le plus intelligent de tous. Zemmour est-il le plus intelligent ? Non. Il est le plus frustré. Le plus haineux.

Les Français, peut-être plus que n'importe quel autre peuple, sont victimes du mythe de l'homme politique. Le visionnaire, le sauveur. Ce sont les hommes politiques eux-mêmes qui l'alimentent, bien sûr, à chacune de leurs interventions. Ils martèlent qu'ils n'ont pas d'ambitions personnelles, juste le souci du bien public. Ils répètent qu'ils n'ont pas de camp, juste celui de tous les Français. Ils mentent. Ils servent les intérêts de leur caste, celle des élus. Et ils brossent leur électorat dans le sens du poil. Pourtant, ils bénéficient toujours d'un capital aussi inestimable qu'inexplicable : on croit en leur importance. C'est quasiment romantique. Mais replongez-vous dans vos années collège et posez-vous cette question : est-ce qu'un de ces petits trouducs de délégués de classe a déjà fait quelque chose pour vous ? Évidemment que non. À quoi servent-ils ? Eh bien à cela seulement : être délégués de classe.

Qui pour nous diriger ? Parfois, je me dis que le meilleur responsable politique est ChatGPT. Une intelligence artificielle disposant d'un savoir total, mais sans idéologie, sans culture particulière, sans goût, sans amitié et, surtout, sans appétit. En parlant d'appétit, Didier dévore les cuisses de grenouilles et éponge la persillade avec pas moins de trois morceaux de pain. Il engloutit la dernière paire de cuisses de son assiette, essuie le gras sur ses mains, vide le pot de côte dans nos verres et hèle le serveur. Il lui ordonne plus qu'il ne lui commande de nous apporter un autre pot, beaucoup de pain et une serviette propre.

Je mange une nouvelle cuisse de grenouille. Je vais essayer de rattraper mon retard. Didier profite du fait que j'ai la bouche pleine pour tenir le crachoir. C'est drôle à quel point il a des idées sur tout. Il y a tant de sujets sur lesquels je me sens, moi, tout à fait incompétent. Lui, non. Il a son idée, toujours, que vous lui parliez de formule 1, de physique quantique ou de la dynastie des Romanov. Inutile de préciser que le sujet du soir est très ciblé : l'élection présidentielle. Didier. La gouaille. L'analyse de comptoir. Il y a un truc que je ne comprends pas, c'est cette passion pour Zemmour, alors même que Le Pen est quasiment assurée de remporter la présidentielle. Je l'interroge là-dessus :

– Mais pourquoi vous ne vous contentez pas du RN ? Ça y est, c'est leur tour. Et les idées sont les mêmes.

– Tu plaisantes ? Marine attend les sondages pour avoir des convictions. Et Bardella, tu parles d'un meneur… Ça suffit pas d'avoir la gueule d'OSS 117. Le RN, c'est trop tiède. Et franchement, Marine ne dit rien de plus que ce que disait Jean-Pierre Chevènement il y a vingt ans. Je vais te dire, Jean-Marc : la fille Le Pen, c'est comme Mad Max, mais sans les bagnoles. Nulle à chier !

Je souris poliment. Termine mon assiette. Vide mon verre de rouge. Didier me sourit à son tour.

– Je vois bien que t'es pas à fond, Jean-Marc. Tu ne crois pas en la parole politique, c'est ça ?

– Ben non, je réponds. À chaque fois qu'on nous annonce des choses, elles n'arrivent pas. Tu te souviens sous Sarkozy, pendant la crise des subprimes. Ils nous ont dit : si on perd la notation triple A, on est foutus. La France va emprunter sur les marchés à des taux qui vont nous tuer. On a perdu le triple A et rien ne s'est passé. On n'est pas foutus. On est toujours là.

– Oui, je me souviens, oui…

– Et le covid ! On nous répète qu'on est en déficit depuis Raymond Barre ! La France est trop endettée ! Le covid arrive, Macron décide le quoi-qu'il-en-coûte et la dette n'est plus un problème. Pendant des mois tout le monde a touché du pognon sans travailler, avec l'économie à l'arrêt.

– Macron est une petite pédale, rien de plus, dit Didier. Il a fait comme font toutes les sales races de banquiers comme lui : dépensé l'argent des autres.

– Tous les responsables politiques sont des pères Fouettard, à nous dire : si vous faites pas ça, il va se passer ça. Et ça n'arrive jamais. Alors quand après ces mêmes mecs viennent te dire qu'il faut bosser jusqu'à soixante-quatre ans parce que sinon il manquera 10 milliards par an, on a juste envie de leur dire d'aller se faire dorer. Voilà pourquoi je ne crois plus trop en la parole politique.

– Tous les pays européens ont augmenté l'âge de départ à la retraite. Ça nous pendait au nez…

– Et c'est stupide ! Écoute, Didier, je viens de l'industrie : aucune boîte n'embauche les vieux. Ils coûtent trop cher. Parce que le travail est surtaxé. C'est pour financer notre modèle social, c'est vrai. On a une bonne couverture sociale.

– C'est le choix français.

– Le problème, Didier, c'est qu'avant les classes moyennes y trouvaient leur compte, alors elles fermaient leur gueule. Plus maintenant. Le déclassement est une bombe. Le prix de l'immobilier a explosé. Le prix des forfaits : téléphone, télévision, Internet. Tous ces nouveaux frais ont tué la classe moyenne.

– Putain mais t'es communiste en fait ! s'exclame Didier, hilare.

– Pourquoi pas ?

– Ouais, de toute façon Fabien Roussel a inventé le communisme de droite, alors…

– C'est une équation à des milliers d'inconnues. Tout le monde a raison et tout le monde a tort. Tout ce que je sais, c'est que les riches sont de plus en plus riches, les pauvres de plus en plus pauvres, et Zemmour n'y peut rien. Les capitalistes ont gagné, basta.

– Il y a une chose qui est fausse, dans ce que tu dis. Zemmour est différent des autres parce qu'il n'est pas politique. Il dit ce qu'il pense, pas ce que les électeurs ont envie d'entendre. Et tu vois, pour les retraites, il fait la même analyse que toi : les patrons n'embauchent pas les vieux, donc la retraite à soixante-quatre ans doit être une mesure provisoire. Ce qu'il faut, c'est augmenter les cotisants.

– Facile à dire.

– Réindustrialiser, mettre en place une réelle politique des natalités.

Le serveur débarrasse nos assiettes et pénètre dans la minuscule cuisine. Je l'entends annoncer au chef qu'il peut lancer la suite de la 2, notre table. Je réalise que j'ai commis l'énorme erreur d'avoir pris les cuisses de grenouilles en entrée. Je n'ai déjà plus faim. Nom de Dieu… j'ai pris l'andouillette, en plat, et risque de décéder ce soir d'une occlusion intestinale.

Didier vide son verre puis le remplit, satisfait de la tournure de notre conversation. Il m'a récité les arguments d'Éric Zemmour, qui veut « réindustrialiser et mettre en place une réelle politique des natalités ». Le plus important dans les déclarations politiques, ce n'est pas ce que les mecs disent, c'est ce qu'ils taisent. Ce cher Zemmour avance un argument économique pour justifier une politique de forte natalité : nous avons besoin d'augmenter les cotisations pour payer les retraites. Mais le but réel et profond est de faire plein de petits Blancs pour endiguer le Grand Remplacement. Je décide d'envoyer une pique à Didier.

– S'il faut plus de gens qui cotisent pour assurer notre système de retraite par répartition, c'est plus simple de faire venir des travailleurs étrangers que de faire des enfants qui ne commenceront à cotiser que dans vingt-cinq ou trente ans. Non ?

– Des travailleurs étrangers, pourquoi pas. Mais pas leurs familles. Le regroupement familial est une catastrophe. Y a un truc qui s'appelle la France, t'es pas d'accord ?

– Si, c'est sûr.

– Un autre truc qui est sûr, Jean-Marc : on va se taper une putain de crise migratoire dans les décennies à venir. Des réfugiés économiques, et climatiques aussi. Dans tous les pays d'Afrique à la con il va faire soixante degrés et ils auront plus une goutte de flotte. À ton avis il va se passer quoi ? L'Europe ne peut pas accueillir les millions de pauvres types qui vont débarquer. La France encore moins.

– Ce sera peut-être compliqué de faire autrement, je dis.

– Tu veux le fond de ma pensée ? Ce sera des guerres, dans tous les sens. Zemmour le sait et s'y prépare. La droite, c'est la mort cérébrale. La gauche ? Ils tendent leur fion aux musulmans et ils se demandent à partir de quel âge on peut se faire couper la bite pour devenir un trans. Voilà : ça, c'est leurs préoccupations.

Andouillette, sauce à la crème et à la moutarde, pommes de terre rattes cuites entières, au four, sur un lit de tiges de romarin. Alerte à la bombe calorique. Didier demande un autre pot de côte, emplit nos verres et lève le sien. Je l'imite. Nous trinquons. Il reprend :

– C'est maintenant, Jean-Marc.

– Maintenant quoi ?

– Pour nos idées. Dix ans de Macron, les gens en ont marre. Le cirque de l'Assemblée nationale, pareil : ça a gonflé tous les Français. Alors qui ? Côté Macron, trop de prétendants. À droite, y a toutes les têtes de nœud qui vont s'entretuer. La gauche ? Heureusement qu'ils sont là pour mettre un peu d'ambiance. On va encore bien se marrer avec les LFI… Il reste Marine et Zemmour. C'est notre tour. Et il faut que ce soit NOTRE tour. Si Marine passe, c'est fini.

– Une union de la gauche, façon Mitterrand et Marchais, tu n'y crois pas une seconde ?

– Arrête tes conneries, je vais m'étouffer de rire. Ils ont essayé deux fois. La NUPES, le NFP. Ça finit comment, à chaque fois ? Dans l'arrogance. Dans le bordel. Leur problème, c'est Méluche. Mélenchon c'est Louis XIV. T'as déjà vu le Roi-Soleil partager quoi que ce soit, toi ? Non, c'est notre tour, Jean-Marc, crois-moi. Et on va faire ce qu'il faut.

– Faire ce qu'il faut ?

– Des actions. Ça sert à rien de parler, les gens n'écoutent pas. Il faut des électrochocs.

– Quel genre ?

– Le genre qu'aime bien BFMTV. Tu crois que je traîne avec Kevin et les mecs du Bastion par plaisir ? C'est des crétins. L'autre avec ses fenêtres, sérieux... Il découvre que les Arabes ont pas une thune.

– Oui, c'est sûr.

– Par contre ils sont là pour le coup de poing. Et c'est ce que je vais leur faire faire, tu peux me croire. On a tous un rôle à tenir, tu vois. Bernard a demandé que tu l'aides sur les parrainages. Pas de souci. Ça me va. Mais il y a d'autres choses à faire. Des... comment dire... coups fourrés. Et là j'ai besoin de petits malins. J'aimerais faire un gros, gros coup, pour faire basculer les choses du bon côté.

– Comment ça ?

– Un choc national, Jean-Marc. Je te parle d'un truc du niveau du Bataclan. Tu comprends ? Que tous les Français s'arrêtent et se disent : « Oh, putain, c'est quoi, ce délire ? »

– J'imagine que ce ne sera pas très légal...

– La seule question que je me pose, c'est : est-ce que tu es un petit malin qui va pouvoir m'aider, Jean-Marc ? Est-ce que tu veux participer à la victoire du Z ?

– Ma vraie ambition, c'est de passer une retraite tranquille.

– Je suis sûr que c'est faux. T'es un homme d'action, je le vois. Tu t'emmerdes. J'ai besoin de gars comme toi. La retraite, c'est pour les tocards. Et je pense que t'es pas un tocard. Je pense que tu veux de l'aventure. Et je vais te dire un truc, Jean-Marc : l'aventure, c'est moi !

– Et Bernard ?

– Bernard, Bernard... je le connais depuis trente ans, et c'est trente ans de chantiers. C'est un type en or, mais il ne reste pas toujours calme. Il est...

– ... sanguin. Parfois...

– Voilà.

Sanguin, oui, mais ce que je pense de Bernard, là, tout de suite, c'est : « Quel con ! » Qu'il vire extrême droite, c'est une chose. Difficile à avaler déjà. Si ce n'était pas mon pote, mon frère, il dégagerait de ma vie. Mais il y a ce lobe d'oreille entre nous deux. Il est impensable que je le laisse seul dans ce bourbier, au risque de le retrouver en garde à vue, ou pire.

La jouer fine. Didier est un grand malin. Bernard m'a présenté comme un socialiste, quasiment une insulte. Si d'un coup je m'affiche comme un zemmourien, il ne me croira pas. La jouer fine, c'est franc jeu :

– Bon écoute, Didier, je veux bien donner un coup de main. Pour Bernard. Je vais être franc, Zemmour je m'en fous. Tous les politiques, je m'en fous. Mais Bernard a besoin d'un chaperon et c'est ce que je fais de mieux depuis qu'on est gosses.

6

Comment il est, Fonzie ?

Je viens de passer une heure avec un type mielleux, coulant, presque un blob, qui m'a prouvé par a + b que j'avais besoin d'une cuisine Schmidt et pas d'une horreur de chez IKEA. C'est vrai, c'est mieux, mais le prix m'a surtout persuadé que je vais garder ma vieille cuisine encore quelques années. J'ouvre le prospectus sur lequel il a griffonné les prix et des réductions qu'il a improvisées, lorsque le tramway T1 approche de Guillotière. La place du Pont se situe à l'intersection du cours Gambetta, du cours de la Liberté, de la rue de Marseille et de la grande rue de la Guillotière. C'est dire s'il s'agit d'un lieu de passage. Partout autour, des petits commerces, des brasseries, des boutiques à la devanture déglinguée, où l'on vous remplace un écran de tablette pour 100 euros. Un tabac crade, un bar de foutraques. Devant le McDo, à la sortie de la bouche du métro D, des centaines, des milliers de crève-la-dalle. Des Arabes, des migrants noirs arrivés d'on ne sait où, des pauvres gars mais aussi des racailles, et ça brasse, et tu veux des clopes ? Et tu veux du shit ? Tout ce que tu cherches, ici, tu le trouves.

Le tramway traverse lentement la place avant de s'immobiliser à l'arrêt Guillotière. Ce quartier est incompréhensible. Vous êtes à cinq cents mètres à peine de la place Bellecour et du centre-ville si riche et guindé de Lyon, juste de l'autre côté du Rhône, pourtant vous avez le sentiment de vous trouver en plein Vaulx-en-Velin. Le Bronx. Les soirs de match de foot de la sélection nationale algérienne, c'est la folie. Qu'ils perdent ou qu'ils gagnent, des centaines de jeunes gars d'origine algérienne envahissent la place du Pont, les drapeaux au croissant et à l'étoile rouge flottant au vent, défiant... défiant qui, on ne sait pas. Ce phénomène date, disons, d'une quinzaine d'années. Un engouement pour l'équipe d'Algérie. Les ritals et les portos sortent eux aussi les BMW avec les écharpes aux armes de leur pays d'origine étalées sur la plage arrière, dès que ces équipes remportent une victoire. Cela dit, la démonstration de joie, ou de frustration, selon le résultat du match, est beaucoup plus impressionnante avec les Algériens. Le foot est un thermomètre. Un sociologue qui voudrait appréhender des villes comme Marseille ou Naples sans s'intéresser à ce phénomène serait un con. Comment ne pas se poser la question : pourquoi les gamins français d'origine algérienne sont à ce point fanatiques de *leur* équipe nationale et pas de celle des Bleus, pays dans lequel ils ont grandi ? J'ai une réponse, qui m'attriste et me déprime. C'est juste parce qu'ils ne se sentent pas français. Notre projet de société, notre France ne sont pas pour eux. Ils en sont tricards. À tort ou à raison, ils se sentent rejetés et se réfugient dans une autre nationalité, ils adhèrent à 1 000 % au pays de leurs ancêtres qu'ils connaissent si peu, qu'ils fantasment. Quand on vous enferme dans un quartier, vous vous réfugiez dans votre généalogie.

Quand les Italiens ou les Portugais d'origine fêtent une victoire au foot, il y a une dimension quasi folklorique. Lorsque ce sont les Algériens, j'ai le sentiment que c'est avant tout revendicatif, comme s'ils étaient mal-aimés et le faisaient savoir. Oui voilà, c'est exactement cela : de tous les enfants d'immigrés, les Algériens sont les mal-aimés de la fratrie France. Et ils nous le disent, chaque soir de match.

Le tramway s'apprête à repartir lorsque des cris se font entendre, à l'extérieur, devant la rame de tête. Des cris de mecs en colère, des voix graves, sûres d'elles, de leur puissance et de leur bon droit. D'instinct, les autres usagers et moi collons notre nez à la fenêtre pour observer la scène. Et j'hallucine. Des dizaines d'hommes habillés façon miliciens foncent sur la populace qui squatte devant le McDo. Les agresseurs : pantalon de type treillis militaire, godasses de chantier, blouson noir genre bomber, cheveux aussi courts que les QI et barre de fer à la main. Des types d'extrême droite. Suffisance, regard bovin, une seule idée, une arnaque intellectuelle qui consiste à apporter une réponse simple à des questions complexes. Si tu es pauvre, c'est à cause des étrangers. Basta. Le reste de leur discours n'est qu'une interprétation, une déclinaison de cette idée de base, la seule : vous avez un ennemi qui est cause de tous vos problèmes. À l'extrême gauche la mécanique est identique, la différence étant que l'ennemi n'est pas l'étranger, mais le riche.

Les types en blouson bomber chargent, tandis que le tramway repart.

L'un d'eux est en train de foncer dans ma direction, à la poursuite d'un Noir famélique et apeuré. J'ai le temps de voir un écusson, sur la poitrine du faf. Il est écrit Le Bastion dessus. Je le dévisage avant que le tramway ne s'éloigne, et le reconnais. Kevin. Qui, a priori, ne fait pas que dans les fenêtres et l'humanitaire blanc. Nom de Dieu, Bernard, dans quoi tu t'es fourré…

De retour à l'appartement, je m'entretiens avec celui qui est à la fois mon meilleur ami, mon confident et mon précepteur : Google. Je l'interroge sur les mots-clés suivants : Le Bastion – fachos – Lyon. Je tombe sur quelques blogs haineux sans importance et sans followers. Sur Insta, Le Bastion se réclame, sans surprise, de l'ultradroite fasciste. Les posts parlent de migrants noirs qui déferlent sur la France, d'Arabes qui font allégeance à la charia plutôt qu'à la République et enfin, bien sûr, de beaucoup trop de pédés dans notre société remplie de trans et de sous-hommes en trottinette électrique. Une seule chose sensée là-dedans : le passage sur les trottinettes électriques.

Un peu plus de cinq mille followers.

Ah... Quand même.

De ce que je comprends, le but de l'organisation est, dans un premier temps, de fédérer et d'unir toutes les factions d'extrême droite de France. Faire en sorte que les néonazis marseillais puissent échanger dans un esprit d'ouverture et de bienveillance avec leurs homologues lyonnais ou bordelais. Échanger sur quoi ? Je lis un dernier post qui explique à quel point ces putains de juifs ont cornaqué l'Occident. La mondialisation, c'est eux. Une propagande menée par des gens comme Steven Spielberg et Roman Polanski ; un bras armé par Israël ; un financement assuré par des chiens tels que Bernard Madoff. Madoff, je l'avais oublié. Lui et sa fortune, qui ne reposait que sur un principe, celui d'un autre juif, m'apprend l'Instagram du Bastion : Charles Ponzi. Je l'ai étudié au lycée, je m'en souviens. J'ouvre une autre fenêtre et demande à Google de me rafraîchir la mémoire.

Charles Ponzi n'était a priori absolument pas juif, juste italien. Cela dit, pour l'époque, c'était une tare suffisante. Dans les années 1920, cet escroc a mis au point une chaîne d'investissement, qui porte son nom dans les manuels d'histoire, à la réclame imparable : un rendement de 100 % sur quatre-vingt-dix jours. Vous lui donniez 100 dollars, il vous rendait 200 dollars trois mois plus tard. En réalité, Ponzi payait les gains des premiers avec l'argent des nouveaux investisseurs, créant ainsi un monstre exponentiel. Le jour où les déposants réclament leurs gains, le système s'effondre.

Cette pratique me fascine, même si, je dois le concéder, la première fois que j'en ai entendu parler, au lycée, j'ai compris « la chaîne de Fonzie ». Comme le personnage dans la série *Happy Days*. J'étais sidéré que le professeur de sciences économiques et sociales prenne pour référence Fonzie, censément le type le plus cool de la planète. Dans la série, il demande régulièrement aux autres : « Il est comment, Fonzie ? », et ils répondent tous, invariablement et en chœur, qu'il est cool. En effet, Fonzie était le rocker de l'histoire, punk avant l'heure, rebelle solaire à mi-chemin entre James Dean et Jerry Lewis. Jean et boots de motard, tee-shirt blanc et blouson de cuir.

La chaîne de Ponzi.

La chaîne de Fonzie. La vie est une chaîne de Fonzie, avec de nouveaux vivants qui débarquent, sans cesse. L'humanité est un bordel pyramidal et exponentiel. Comme la croissance économique, la retraite, la dette des États, toutes ces courses en avant, ces cascades. La différence entre Ponzi et Fonzie ? On ne réclame jamais sa mise et ses gains. C'est infini. Faut attendre l'Apocalypse. Qui est Fonzie ? C'est le patron du FMI. C'est le patron de la BCE. C'est le président de la République française. Tous ces types, la gueule enfarinée, qui nous répètent que tout va bien. Une croissance infinie dans un monde fini ? Tout va bien. Une démographie galopante dans un monde aux ressources limitées ? Tout va bien, on vous dit.

Ça va bien se passer.

Mais on sait bien que non, pas vrai ? Je crois que je n'ai pas trop le moral. Et visiblement, ce n'est pas la redif du rendez-vous matinal de BFMTV qui va le faire remonter. L'invité est le P-DG du groupe Système U. J'essaie de déterminer en quoi ce type a quelque chose de pertinent à m'apprendre et je ne vois pas. Quelque chose cloche dans le spectacle médiatique, qui est d'abord passé de Jean-Jacques Goldman et Serge Gainsbourg chez Michel Drucker, à la téléréalité, avec des Loana, des Steevy Boulay. Et maintenant : ça.

Les *Guignols de l'info* ont cédé la place à une info de guignols.

Ce sont donc les dernières stars qui nous restent ? Le dirigeant de Système U ? Ce n'est pas la première fois que je le remarque et m'en agace. Michel-Édouard Leclerc, héritier et patron des magasins Leclerc, a ouvert le bal, voilà quelques années. Par je ne sais quelle aberration, un rédacteur en chef a un jour décidé qu'il serait pertinent de demander à un épicier supérieur ce qu'il pense de la situation économique et politique de la France. Autant demander au président de la FIFA son avis sur la corruption dans le football. Il se trouve que Michel-Édouard Leclerc a une bonne gueule. Croisement entre Bourvil et Valéry Giscard d'Estaing, il présente bien. Il dispose en outre d'un certain talent de comédien, avec ses airs de pleurnicher sans y toucher.

Le patron de Système U se comporte de la même façon, se positionnant comme consultant, expert, faisant ainsi oublier – croit-il – son statut de P-DG d'un groupe de supermarchés. Il pleure sur le sort de la mère au foyer française, MILF à la sauce *Germinal*, dont le panier moyen coûte de plus en plus cher. Il décrit même les déferlantes de pauvres consommateurs, dans ses succursales, qui en arrivent à faire des choix. Il n'oublie pas de préciser que les Français sont intelligents. Il n'oublie pas non plus, surtout pas, afin d'appuyer son récit, de préciser que tous les mardis, jour de grosses promotions chez U, les gens affluent. Preuve selon lui que les choses vont mal, que la vie est trop chère, alors que l'unique information à retenir, la seule, celle pour laquelle ce chien s'est déplacé, est : le mardi, chez U, c'est grosse promo.

La question qui me vient à l'esprit est la suivante : que se passe-t-il dans la tête du rédac chef de BFMTV lorsqu'il estime que, oui, cet homme a des choses pertinentes à nous apprendre sur la situation du pays ? La vérité est que c'est un lobbyiste pour les pauvres. Parce que si vous croyez que ces types vont vous lâcher sous prétexte que vous êtes chez vous, vous vous gourez. Le P-DG de Système U vient poser une main affectueuse sur votre épaule alors même que vous êtes sur votre canapé.

Je l'écoute déblatérer ses analyses bidon de type brillant qui a fait des études en enculerie de masse. La présentatrice opine sérieusement, captivée par tant de brio, et valide ainsi la journée promotionnelle du mardi. Elle l'ignore certainement, mais elle se vautre sur le paillasson du Super U. Elle est une traîtresse de la liberté d'expression. J'attrape la télécommande et éteins la box au moment où Fonzie-Super U attaque le sujet épineux des interactions entre la géopolitique et la charcuterie.

7
Confluence

Jusqu'au milieu des années 2000, on trouvait encore de nombreuses prostituées dans le centre-ville de Lyon, c'est-à-dire dans la presqu'île. Elles étaient plantées aux feux, sur le quai Jules-Courmont, tels des horodateurs à fellations. Elles étaient à deux pas de l'Hôtel-Dieu, l'hôpital de Lyon, cet édifice séculaire situé sur la rive ouest du Rhône et plus grand bâtiment de la capitale rhodanienne. Ainsi les filles avaient tout loisir de passer des tests HIV à deux pas de leur trottoir. D'une certaine façon, on a pensé leur lieu de travail. De nos jours, l'hôpital a été vendu au privé pour devenir un ensemble de boutiques de grand luxe, le sida n'effraie plus personne et les filles de tristesse ont disparu. Tout cela a été voulu par Gérard Colomb, qui a succédé à Raymond Barre à la tête de la ville. Lyon a commencé à changer à cette époque, à l'instar de Bordeaux, grâce à l'action d'Alain Juppé. Gégé a cleané l'agglomération et a notamment donné à la presqu'île, ce joyau d'architecture, d'histoire et de grande bourgeoisie, le standing qu'elle mérite. Ceinte par le Rhône et la Saône, la presqu'île se termine en pointe, au sud de la ville, là où la rivière se jette dans le fleuve, au bout du bout du bout de ce quartier que l'on appelle, en toute logique, Confluence.

Jusqu'en 2015, d'autres prostituées occupaient le terrain de Confluence. Une cinquantaine de camionnettes étaient stationnées sur le trottoir de l'extrémité sud du cours

Charlemagne. Il n'y avait que des filles noires, la plupart pulpeuses, certaines obèses. Il y avait des seins partout, ça coulait des Renault Trafic dégueulasses et vétustes que l'on reconnaissait à la bougie posée sur le tableau de bord. Lorsque cette dernière était allumée, la dame était libre. Vous vous présentiez côté conducteur, vous vous mettiez d'accord sur le tarif, 10 euros la fellation et 20 euros l'amour, après quoi vous passiez sur le côté et accédiez à l'intérieur par la porte latérale. D'autres filles, noires elles aussi, traînaient sur le quai Perrache, toute la nuit. Moins chanceuses, elles ne disposaient pas de véhicules utilitaires et se contentaient donc de proposer des fellations, en ces termes : « Tu veux la pipe, chéri ? »

Aujourd'hui, elles ont toutes disparu.

Il n'y a plus de filles dans la rue, pour vous savez quoi. Le quartier Confluence a été totalement réhabilité. La prison Saint-Jean est devenue un campus de la faculté catho. La ligne de tramway a été étirée depuis la gare Perrache jusqu'au quartier de Gerland. L'immense centre commercial Confluence est sorti de terre, juste en face du bâtiment ultramoderne qui abrite le conseil régional d'Auvergne-Rhône-Alpes. On peut dire que Confluence est passé du quartier des prisonniers et des putes au quartier des boutiques, des bars et des restos chics, sans oublier Le Sucre, la boîte de nuit de Laurent Garnier. Une vingtaine d'immeubles d'habitation ont également été construits, en à peine dix ans. Les vis-à-vis sont oppressants, fenêtre contre fenêtre. Si vous fumez une clope au balcon, vous pouvez presque envoyer votre fumée dans le salon du voisin d'en face. Ah, et puis cette obsession de l'urbanisme éclaté ! On sent que les architectes ont voulu faire les malins et se sont pris pour de grands couturiers, en dessinant les plans de bâtiments troués, verts ou orange.

Un chouette quartier, dans lequel je vis depuis plus de trente ans.

Le seul hic, ce sont les logements sociaux. Il y en a pas mal. La population s'en ressent. Cours Charlemagne, de plus en plus de racailles traînent en scooter, ça deale sur l'esplanade de l'église Sainte-Blandine, ça joue de l'incivilité, ça s'en branle du savoir-vivre et encore plus du savoir-vivre-ensemble. La boucherie qui faisait l'angle avec le cours Suchet a fermé il y a longtemps, après que le patron s'est bastonné de trop nombreuses fois avec des petites frappes qui effrayaient la clientèle. C'est maintenant une supérette. Cela donne un mélange étonnant de petits-bourgeois du centre, qui viennent en tram dévaliser les boutiques du centre commercial, et de cassos. Des populations qui évoluent dans le même espace mais dans des dimensions mentales radicalement différentes. Pour les premiers la vie est un gros possible, pour les seconds, un sac de nœuds.

Lorsque je sors de mon immeuble, au 79 du cours Charlemagne, la vie nocturne s'active. Des dizaines de gamins ont investi la terrasse du Peaky Blinders Tavern, le bar qui jouxte ma cantine du soir, la brasserie Midi Minuit. La petite rouquine responsable de salle m'accueille avec un grand sourire, qui, je pense, est sincère. Je viens souvent, pas un mot plus haut que l'autre et toujours un pourboire. J'imagine qu'elle me classe dans la catégorie des pas très causants mais inoffensifs, bref, des pas chiants.

J'annonce que nous serons deux, je suis le premier. Elle m'installe près de la fenêtre, côté rue Casimir-Périer. Je commande un gin tonic et consulte machinalement la carte, que je connais par cœur, lorsqu'elle se pointe avec un plateau et, posé dessus, mon gin tonic. Elle. L'autre. La serveuse démouleuse de la fois précédente qui m'a envoyé un faux-filet sur le gland.

J'ai pitié pour cet apéritif dont l'espérance de vie me semble très limitée.

Elle s'approche. Plus que quelques mètres.

Les yeux exorbités fixés sur le verre, en apnée, elle évolue dans la salle de restaurant sans faire attention où elle pose les pieds. Elle est maintenant toute proche ; j'empoigne mon smartphone pour le mettre à l'abri et serre les fesses. Alléluia ! Elle dépose le gin-to et repart, soulagée. Je le suis tout autant. Je bois une gorgée puis réveille mon portable en tapotant l'écran. J'avoue être intrigué par la passion que Bernard voue à Éric Zemmour, qui n'a toujours été pour moi qu'un grand bourgeois aux ongles incarnés, islamophobe aux fantasmes de pouvoir. Je me trompe peut-être. Je farfouille sur Internet jusqu'à tomber sur une synthèse de son programme électoral, pour la présidentielle. Je lis : « Rénover notre enseignement supérieur et investir dans notre recherche. Refaire de notre pays une terre d'industrie. » Sur le papier, on est tous d'accord avec ça. Qui refuserait de rénover notre enseignement supérieur ? C'est évidemment l'application concrète de ce vœu pieux sur laquelle il conviendrait de s'attarder, mais pour ça, silence radio. Si vous voulez voir, faudra voter, comme au poker : pour voir, tu paies. Je regarde les autres candidats, aucune surprise, c'est la vitrine, c'est la façade, on ne voit pas le moteur. L'extrême droite veut rendre du pouvoir d'achat, l'extrême gauche aussi, les premiers le feront aux dépens des migrants, les seconds aux dépens des classes aisées. La droite veut plus de soignants, la gauche veut lutter pour l'égalité homme-femme et les Verts proposent de développer le fret ferroviaire.

Je reviens sur le programme de Zemmour et fixe son sourire de maigrichon. Plus les types sont gaulés comme du gingembre, plus leur discours est viriliste. Ça joue les gros costauds mais dans une bagarre de rue, je n'en voudrais pas comme alliés. Quasiment tout le programme de Zemmour repose sur le rejet des étrangers. Il pourra tout payer en les virant du sol français et en récupérant les aides de l'État dont ils jouissent à outrance. Il va donc renvoyer des dizaines de milliers de gens qui travaillent et cotisent et, comme au Royaume-Uni, nous subirons les effets dévastateurs, sur l'économie, du manque de main-d'œuvre. Ce n'est pas le pire. Car la réalité de ce monsieur est que lorsqu'il dit « étranger », il pense Arabe. Les Arabes des quartiers qui, à son grand dam, disposent de passeports français pour la bonne raison qu'ils le sont.

Bernard m'a rejoint, nous avons chacun pris la choucroute royale, le tout accompagné d'une bouteille de riesling. On passe un bon moment. C'est d'ailleurs le but, officiellement. Resto, entre potes. Cela dit, dans mon esprit, c'est un peu différent. Je considère que j'ai convoqué Bernard. Loin de chez lui. Sans Valérie. Pour une mise au point. J'attaque donc le véritable sujet de conversation :

– Bon, Bernard, c'est vrai que Didier, il est sympa et tout, on se marre bien... Mais qu'est-ce que tu fous avec ces gens, sérieux ?

– Tu le sais. Les maraudes. Les parrainages.

– Tu sais ce que j'ai vu, à la Guillote ? J'étais dans le tramway, et une grosse bande de fachos a massacré des migrants à coups de batte.

– Attends, moi je cautionne pas ça !

– Mais ils avaient des blousons Le Bastion, putain ! Bernard, j'ai vu Kevin, il y était. Il a tabassé un migrant.

– J'en parlerai à Didier, parce que vraiment, je suis pas d'accord avec ça. Tu me connais, tu le sais. Mais ça n'empêche pas que la France part en couilles. Il faut un taulier. Il faut Zemmour.

– Attends, attends, attends... Oublie Zemmour, la présidentielle, tout ça. Ce que je te dis, c'est que tu vas t'attirer des emmerdes. Il va y avoir des morts, et faut pas que tu sois là quand ça arrivera.

– Écoute, Jean-Marc, comme dit souvent Didier…

– Mais arrête avec ton Didier ! Tu sais ce qu'il m'a dit l'autre soir ? Qu'il voulait créer un choc national, un truc comme le Bataclan. Il te faut un dessin ? Il veut faire un attentat pour réveiller les consciences.

– C'est pas sûr, ça…

– Bernard, je te comprends pas. Tu devrais prévenir les flics normalement. Tu es témoin de trucs pas jojos.

– Je suis témoin de rien. Didier parle beaucoup et Kevin, oui, bon, Kevin… Tout ce que je sais, c'est que les flics, comme tu dis, n'osent plus s'interposer dans les délits de fuite. C'est le Far West à Grenoble, à Marseille, à Nantes, et ici aussi putain ! Jean-Marc, ouvre les yeux. On n'est plus chez nous. Je dirai jamais qu'il faut virer tous les Noirs et les Arabes. Pas de caricature. Je dis juste qu'il faut maîtriser les flux migratoires. Choisir ceux qu'on veut. Et surtout, renvoyer chez eux les mecs à la première infraction. Voilà, c'est tout.

Bernard fait maintenant la gueule. Ce dialogue de sourds n'est d'aucune utilité et je réalise que mon ami se fourvoie. Il avance des arguments de campagne électorale, des éléments de langage, quand je lui parle attentat, danger public. Je connais sa tête de pioche et sais que je n'arriverai plus à rien. Pas comme ça, en tout cas.

8
Poulets grillés

Les commentateurs politiques ont été nombreux à relever la bascule des votes qui a eu lieu au cours des quarante dernières années, voire à s'en étonner. Le corps électoral de droite était composé des gens les plus riches, des cadres, de l'élite. Quant à celui de gauche, il comptait dans ses rangs la quasi-totalité des prolétaires et des gens les plus démunis. Les prolos, jusque dans les années 1970, étaient communistes. Ils sont passés par le Parti socialiste, puis le Front national de papa Le Pen, pour finir chez la fille ou chez Zemmour. Les riches, les nantis, ont effectué le mouvement inverse, passant de Pompidou et Giscard à Jean-Luc Mélenchon. Ainsi est née cette nouvelle catégorie socio-professionnelle qu'on a appelée les bourgeois-bohèmes.

Ils sont nombreux, au marché dominical du cours Bayard, où des maraîchers des villages avoisinants débarquent à 5 heures du matin pour mettre en place leurs étalages. Étals de fruits et de légumes, une gigantesque gamelle de paella, de celles que l'on trouve dans les foires, la camionnette du boucher traiteur, celles de plusieurs fromagers, un Arabe qui vend des parapluies et des jouets en plastique clignotants et bruyants confectionnés au bled, mais pas le sien, il s'agit d'un bled en Chine ou à Taïwan. Enfin, Roger, qui passe sa matinée à haranguer on ne sait qui en particulier, certainement tout le monde, vantant les mérites de ses poulets fermiers grillés. Plus qu'il ne s'adresse à quelqu'un, il chantonne, maintient un niveau sonore qui s'apparente en réalité à une présence, presque une affiche publicitaire. Durant tout le temps de votre passage au marché, vous entendez la chansonnette de Roger et, au moment de quitter les lieux, vous voulez un poulet. Mais si vous ne l'avez pas réservé, c'est macache. En général on ne se fait avoir qu'une fois.

Les bobos du quartier Confluence déambulent ici en experts. Ils jouent à domicile. Ils ont pour à peu près 500 euros de fringues sur le dos, baskets Veja comprises. Ils traversent le marché en jouant au frisbee avec leur CB, cherchant le légume ou la racine qu'ils ne connaissent pas encore, imaginant que la terre propose elle aussi, parfois, des nouveautés. Oh, un nouveau légume, super ! Ils peuvent être inoffensifs, sauf si vous leur parlez de mixité sociale et de partage des richesses. Ils trouvent déplorable que les gens issus de la diversité soient rassemblés dans les mêmes quartiers. Non, ils ne disent jamais « Arabe » ou « Noir ». Jean-Marie Le Pen a galvaudé ces mots au point que les prononcer, c'est être raciste. Arabe est devenu une insulte alors que, ben… non. Toujours est-il que les bobos disent « issus de la diversité ». Ils ne prononcent jamais le mot « Noir », non plus, lui préférant « black » pour les plus vieux, et « renoi » pour les plus jeunes. La richesse ? Aucun n'a lu un seul livre de Thomas Piketty, tous connaissent sa thèse : le capitalisme fabrique par nature des inégalités de richesse exponentielles. Ils sont propriétaires d'appartements dans ce quartier hors de prix lyonnais, collectionnent les assurances-vie, mais sauront parfaitement vous expliquer en quoi notre société va mal, car les inégalités de richesse sont exponentielles. Ainsi leurs convictions n'ont absolument aucune incidence sur leur vie de tous les jours, sur leur patrimoine, sur l'héritage qu'ils laisseront à leurs enfants et donc sur la reproduction de ce système qu'ils exècrent tant. Ils vivent isolés dans leur quartier de Blancs, loin des Arabes et des Noirs qu'ils ne parviennent même pas à nommer, ils ne partagent pas un centime de leur richesse, en revanche ils savent vous expliquer pourquoi la France ne tourne pas très rond.

Un autre public est très présent au marché, ce sont les femmes de gendarmes. Elles arrivent en meutes de la caserne Delfosse, située en plein cœur de la pointe de la presqu'île, et qui est composée d'un peu moins de cinq cents logements de fonction. Les gendarmes mâles, eux, courent ou font du vélo. À l'instar de beaucoup de Lyonnais, ils se rendent sur les quais du Rhône et remontent jusqu'au parc de la Tête d'Or pour les joggeurs, jusqu'au grand parc de Miribel-Jonage pour les vététistes. Heureusement pour moi, un des gendarmes accompagne chaque dimanche son épouse. Je ne peux pas dire que je le connais, même s'il nous est arrivé d'échanger quelques mots dans la file d'attente, aux légumes, aux fromages ou aux poulets grillés de Roger. Je sais toutefois qu'il est gendarme et même officier de police judiciaire. Enquêteur en civil, pas gendarme en uniforme. Est-il sur les homicides, les stupéfiants, les vols à main armée, les putes ou que sais-je encore ? Aucune idée. Cela ne va pas m'empêcher de lui adresser la parole quand il arrivera, tout à l'heure.

Mon poulet est réservé auprès de Roger.

J'ai fait mes provisions de légumes. J'ai pris plusieurs fromages de chèvre. J'en suis à mon deuxième espresso, sur la terrasse de la boulangerie Saint-Honoré, qui fait l'angle des cours Charlemagne et Bayard. J'attends l'arrivée de *mon* gendarme tout en ressassant. Je pense à Didier, ce type séduisant et drôle, qui a grandi sur les chantiers de son père, a repris la modeste entreprise familiale pour en faire le groupe tentaculaire qu'il est aujourd'hui. Un type qui pourrait se contenter de sa réussite et de sa fortune mais qui s'engage dans un combat. C'est le gage de sa sincérité ou, pour être très clair, de son fanatisme. Didier est dangereux, j'en suis persuadé.

Le gendarme que je ne connais que de vue arrive enfin. J'ai cru comprendre qu'il se prénommait Bertrand, mais n'ai aucune certitude. Je laisse 50 centimes de pourboire sur la table, traverse le cours Bayard et l'accoste en souriant.

– Bonjour, excusez-moi, dis-je, vous êtes bien gendarme, non ?

– Euh, bonjour, oui. Même le dimanche !

– Est-ce que je peux vous embêter deux minutes ?

– Bien sûr, je vous écoute.

– Voilà… j'ai participé malgré moi à une conversation avec quelqu'un qui peut potentiellement faire une grosse connerie. Y a peut-être rien, mais dans le doute, je préférerais alerter les autorités.

– Quel genre de grosse connerie ?

– Le genre extrême droite, Le Bastion, tout ça…

– Ah.

– Vous en dites quoi ?

– C'est pas trop mon rayon, pour être franc. Moi je m'occupe des transfèrements. Bouger les détenus d'une prison à une autre, ou pour leurs auditions…

– Ah oui, en effet.

– Mais j'ai des collègues, pour ça. Vous allez me laisser votre téléphone, je vois avec eux ce qu'ils peuvent faire.

9
Grille tarifaire

J'aimerais qu'il y ait une vie après la mort et, quand je tente de l'imaginer, j'en reviens toujours à cette version. Je suis seul, je suis un esprit, capable de me déplacer sur n'importe quel point du globe en un claquement de doigts. À n'importe quelle époque. Un esprit qui comprend toutes les langues. Je peux entrer dans les maisons, les immeubles, et assister à tout ce qui me plaît. Je peux évidemment mettre en pause et visionner des scènes en simultané, sur différents endroits, en même temps. Voilà une version de la vie après la mort qui me satisferait pleinement. J'irais traîner du côté de Dallas le 22 novembre 1963, me placerais dans la voiture, vers John Fitzgerald, mais aussi au cinquième étage de la bibliothèque municipale, avec Lee Harvey, et enfin derrière le talus, en bas d'Elm Street. Je suivrais Jim Morrison dans son adolescence, assisterais au bordel à Tchernobyl en 1986, rendrais visite à Napoléon Bonaparte et à Napoléon III, m'intéresserais à la révolution de 1917, à Hitler dans le bunker, effectuerais bien sûr un tour sur le *Titanic*, un séjour sur Apollo 11, m'incrusterais dans le vestiaire de l'équipe de France juste après le match à Séville en 1982, passerais un temps fou dans les bureaux de la Stasi, quelques soirées avec Elvis, au moins une avec Prince ou David Bowie.

Quoi d'autre ? Assister au big bang, aux premiers paquets de millions d'années de la formation et de l'expansion de l'univers. Je précise que, dans cette version de la vie après la mort, vous êtes en connexion et en compréhension immédiates avec la matière, les réactions chimiques, vous êtes l'espace-temps, vous êtes la gravité, vous êtes toutes les réponses aux questions qui, vivant, vous hantaient. Vous êtes Dieu, quoi. Après tout cela, je pense que je passerais une nuit avec Brigitte Fossey, en 1981 ou 1982. Et puis je recommencerais, je trouverais d'autres spots et événements à visiter, à comprendre, à élucider. Éternellement.

À bien y réfléchir, je bénéficie déjà de cette vie d'après la mort.

Je suis seul, capable de me déplacer sur n'importe quel point du globe en un instant. Juste, je ne suis pas un esprit. Mais j'ai Google. N'ai-je pas accès à tous les événements historiques ? Photographies, vidéos, articles. Un gros titre sur un site d'information m'apprend que Bernard Arnault a une fois encore, et pour la deuxième année consécutive, fait un don de 10 millions d'euros aux Restos du Cœur. J'ai aussi lu récemment que la Cour des comptes avait épinglé la fondation Louis Vuitton en 2018, Bernard et ses amis fiscalistes étant parvenus à éviter de payer 518 millions d'euros au fisc français. J'ai envie de dire à Bernard : « Bernard, mon grand, les 10 millions pour les Restos c'est super, vraiment, mais est-ce que tu pourras penser aux 508 autres millions, s'il te plaît ? Merci. »

Je tombe sur l'interview d'un sociologue qui associe montée du communautarisme et fin des Lumières et de l'universalisme. Bref : l'Europe n'est plus qu'un second couteau. L'Europe est devenue une province, une banlieue, il n'est plus du tout question de faire humanité. Nous sommes fragmentés et donc divisés. J'ignore comment, mais la magie algorithmique me propose cette fois une vidéo de Matthieu Ricard, le moine bouddhiste français, qui est passé à *La Grande Librairie* habillé en housse de couette.

Il y explique que l'homme est d'abord altruiste avant d'être égoïste et violent, contrairement à ce qu'a pu dire l'autre con de Freud. Enfin... Matthieu Ricard ne le formule pas ainsi, je traduis. Je tombe sur une autre interview, dans laquelle il explique que le rôle du marketing est de nous faire désirer ce dont nous n'avons pas besoin. La vraie richesse est donc de ne rien désirer. Ah. Très bien, nous y penserons à la sortie de ton prochain best-seller, Matthieu. Les people m'agacent.

Quelques clics plus tard, je me trouve sur le site de *L'Équipe*, à la recherche de l'Olympique lyonnais dans le classement, quand la sonnerie de mon téléphone annonce la fin de la récré. Numéro inconnu, mais qui débute par 07, donc a priori un être vivant. Je réponds et entends :

– Bonjour, vous êtes bien Jean-Marc Balzan ?

– Oui, c'est moi.

– Je suis Xavier, de la gendarmerie. Vous avez parlé à mon collègue, au marché.

– Ah oui ! Merci de me rappeler aussi vite. Votre collègue vous a dit quoi, alors ?

– Assez pour que je veuille vous rencontrer. C'est pas utile qu'on parle trop au téléphone, voyons-nous.

*

Je ne suis jamais entré dans le restaurant Le Confluent, quai Rambaud, avant aujourd'hui. C'est le genre d'établissement qui n'a pas d'identité culinaire, où vous êtes assurés de trouver un burger-frites, un plat du jour avec un poisson bas de gamme ou un suprême de volaille, beaucoup trop de salade verte en décoration d'assiette et le vin au verre tout droit sorti d'un cubi. Une adresse typique de Confluence. Pas trop de gras, pas trop de goût. La décoration n'est pas plus élaborée. Quelques affiches ont été placardées çà et là, les paysages d'un quelconque désert américain, d'une cascade démentielle en Amazonie, d'une montagne enneigée, qui pourrait tout aussi bien se trouver dans l'Himalaya, à Flaine ou à La Pesse. Le Confluent est l'endroit idéal pour venir déjeuner entre collègues. C'est neutre, en tout. Fade. Tiède. Le seul point de discorde qui peut naître en ce lieu est la cuisson des steaks. Pour tout le reste, vous êtes sûrs de passer un moment sans le moindre sujet d'engueulade, à moins bien sûr que vous ne veniez avec. Pour achever de décrire l'établissement, je précise juste qu'il y a des tables mange-debout flanquées de tabourets hauts, ce qui représente peut-être le niveau le plus élevé du mauvais goût en matière de mobilier de restauration. Et pourquoi pas bouffer sur des échasses, pendant qu'on y est ?

La clientèle, nombreuse, ne s'émeut pas de tout cela.

Il est midi, le boui-boui est presque collé à l'entrepôt de bus des TCL, qui a déversé ici des dizaines de chauffeurs, contrôleurs et/ou mécaniciens. Le standing de l'endroit ajouté à tous ces uniformes d'un bleu neutre et froid, lui aussi, donne l'impression d'être à la cantine de la prison, dans un film américain. Xavier arrive. La quarantaine, les cheveux châtains coupés court, une bouche bizarrement petite, à croire qu'elle s'est arrêtée de grandir lorsqu'il avait cinq ans. Ses yeux, eux, sont trop écartés. Pas de beaucoup, mais bon. Ça fait comme si sa tête était un trapèze avec le sommet en bas.

Un petit mètre soixante-dix, pas bien épais, déception. C'est ça, un gendarme ?

Athlétique, cela étant dit. Xavier vient directement à ma table, me serre la main et prend place, sans décrocher un mot ni un sourire. Il avise la bière que j'ai prise en l'attendant. Je lui précise que c'est une IPA conseillée par la serveuse. Il se tourne, se contorsionne même, jusqu'à obtenir l'attention de la fille : il mouline de l'index au-dessus de ma bouteille, pour faire comprendre qu'il veut la même chose. Puis il attaque :

– Bon, je vous écoute. Commencez par le début.

– OK. Le point de départ, c'est mon meilleur ami, Bernard. Il est devenu militant pour Zemmour, pour la présidentielle. Il s'occupe de récolter des parrainages, pour les cinq cents signatures.

– Tout à fait légal, ça.

– Certes. C'est les gars avec qui il traîne qui m'inquiètent. Il y a un certain Kevin, le chef du Bastion.

– Ah çà, on connaît.

– Ils maraudent la nuit, pour aider les sans-abris : que les Blancs, bien sûr. Ils ont aussi un immeuble, à Gerland. C'est une espèce de centre pour les clodos.

– Oui, je sais. Je connais aussi. Et donc ?

– Le vrai problème selon moi, c'est Didier. Didier Barnier, le magnat du BTP. J'ai dîné avec lui et son discours est inquiétant. Il a dit, texto, qu'il voulait mener une action du type Bataclan, pour réveiller les Français. Voilà…

Xavier me fixe longuement, sans prononcer une parole. Il rumine ce que je viens d'énoncer. En y réfléchissant bien, il n'y a pas grand-chose. Peut-être même se dit-il qu'il perd son temps. La serveuse lui apporte sa bière, il en boit une gorgée, la repose.

– Je ne comprends pas bien, monsieur Balzan… Qu'est-ce que vous attendez de moi ?

– Je suis inquiet pour mon ami, voilà. C'est un homme respectable. Un chef d'entreprise en retraite.

– Vous comprenez bien que je ne vais pas aller lui faire la morale.

– Et pourquoi pas ?

– Ce n'est pas mon rôle. Rien d'illégal n'a été commis. Votre ami cherche des parrainages, il maraude, et quoi ?

– Didier a parlé d'attentat quand même !

– À ce stade, je ne peux rien faire. Je suis chargé de la surveillance des mouvements d'ultradroite et d'ultragauche.

Je peux vous dire que ce n'est pas l'ultradroite qui nous inquiète le plus, pour une raison simple : ils sont trop cons. On les repère à mille kilomètres. Les vrais dangereux, ce sont les animalistes, par exemple. Des gens d'ultragauche, en général, et avec des profils qui ont fait des études, voyez. Les types lisent des livres, quoi. Et comme par hasard, ils sont plus malins.

– Didier ne lit peut-être pas de livres, mais il a oublié d'être stupide.

– Ça, je vous l'accorde. Du coup, c'est vous qui pouvez faire quelque chose.

– Pardon ?

– Vous aidez votre ami. Vous laissez traîner vos oreilles. Et si quelque chose de vraiment louche se produit, vous me prévenez.

– Vous êtes sérieux ? Vous voulez que je sois… un indic ?

– Pourquoi pas ? Avant que vous décidiez, je vais vous expliquer comment ça marche…

Xavier commence par la règle d'or : je ne dois pas participer, sous aucun prétexte, à quelque chose d'illégal. Si je déconne, je ne sors pas les cuisses propres. Ça tombe bien, ce n'était pas du tout dans mes projets. Il précise que cela arrive souvent, les sources qui se mettent dans la merde. Car, de fait, une bonne source est impliquée, sinon elle ne serait pas une bonne source. Il poursuit :

– De mon côté : obsession de blanchir l'information. Pour vous protéger.

– Blanchir l'information ?

– Ce que vous m'apportez. Je ne l'utilise pas si ça risque de vous griller sur le terrain. Je m'arrange pour l'exploiter autrement. On feinte, quoi.

– Concrètement, c'est quoi, feinter ?

– Je sais pas… Imaginez que les gens avec qui vous traînez veuillent braquer une bijouterie. Mon rôle, c'est de les arrêter avant, mais sans vous griller, vous. L'idéal est de rendre le braquage impossible. On prétexte des alertes à la bombe et on multiplie les patrouilles dans le quartier, les mecs sont forcés d'abandonner le projet et vous êtes toujours dans la course.

– Pas con. Mais bon, si vous empêchez le braquage d'une bijouterie, ils iront en braquer une autre.

– C'est pour ça que si les choses vont trop loin, quel que soit le domaine, on interpelle, on arrête tout. C'est la deuxième chose : c'est moi qui décide quand ça s'arrête. Faut que vous soyez d'accord avec ça.

– Ben moi, je suis d'accord avec tout. Je suis un citoyen qui vous alerte, c'est vous, le pro.

– Bon, si vous êtes OK, je travaille avec vous. Vous êtes ma source. C'est rémunéré, en fonction des informations que vous me donnez, mais vous emballez pas, c'est pas les douanes : on a des grilles tarifaires, on fait pas ce qu'on veut.

– Ça franchement, je m'en fous. Moi, ce que je veux, c'est que mon ami ne fasse pas de la merde. Je veux le protéger.

– C'est louable. Vous avez Telegram ?

– Non. C'est quoi ?

– Messagerie chiffrée, c'est top. Je préfère quand même éviter le téléphone. On se voit, c'est mieux.

– OK. Et du coup euh… je fais quoi ?

– Vous continuez votre vie. Vous avez des infos : un petit message, et on se voit. Si c'est des infos qui nous servent à quelque chose, je vous paie le coup d'après, toujours en liquide. Je suis le seul de mon service à connaître votre nom, je le dis même pas à mes collègues les plus proches. Encore une fois, mon souci, c'est de vous protéger.

– Blanchir la source…

– Bon vous prenez quoi, vous ? Ils ont un burger-frites très bien.

Un burger et deux bières plus tard, nous quittons Le Confluent et empruntons ensemble la rue Bichat, direction le cours Charlemagne. Xavier s'arrête devant la grande grille de la caserne Delfosse, passe son badge pour ouvrir le portail piétons et me propose de traverser par là. Il y a une autre grille à l'arrière de la gendarmerie, qui donne sur le stade Sonny-Anderson. Le raccourci ne me fait pas gagner grand-chose. J'accepte malgré tout et me fais la réflexion qu'en pénétrant dans cette caserne, même si je ne fais que la traverser, j'entre symboliquement en gendarmerie.

Putain… j'étais tranquille en retraite.

Et voilà que je suis une balance. Merci, Bernard.

DEUXIÈME PARTIE

Ensemble changeons d'avenir

Ce que je suis, ce sont les gens qui m'entourent.

Virginie Despentes, *Cher connard*

10
La ballade de Jim

Je n'ai évidemment pas parlé à Bernard de ma rencontre avec le gendarme Xavier. Encore moins de ma *mission*. J'ai envie d'en rire, quand j'y pense. Je suis un infiltré. Quant à le convaincre de me laisser l'accompagner aujourd'hui, rien de plus simple. Je lui ai dit : « J'ai réfléchi, Bernard. Je pense toujours que tu traînes pas avec des mecs bien. Le Kevin, là… pis ton Didier. Ça pue. Mais je veux pas te laisser tout seul parce que tu peux faire des conneries, toi. T'es un chien fou. » Finalement, je ne lui ai pas menti. Par omission, oui, un peu.

Bernard engage son Audi Q7 dans la circulation du boulevard des Belges. Radio Nostalgie est sélectionnée par défaut sur l'ordinateur de bord. Alain Souchon se lamente sur le sort d'un certain Jim, dans la chanson presque éponyme, « La Ballade de Jim ». Les gens l'ignorent, mais ce tube évoque la mort tragique de son père, dans un accident de voiture, Alain n'étant alors âgé que de quatorze ans. Les gens ignorent tout d'Alain Souchon, même s'ils se régalent de ses textes depuis cinquante ans. Et cet artiste est sous-coté, d'une certaine façon. Qui, adolescent, a punaisé un poster de lui dans sa chambre ? Qui, à son mariage, a ouvert le bal sur « Y a d'la rumba dans l'air » ? Et pourtant, depuis cinq décennies, nous avons tous eu ces chansons en tête, comme autant de bandes originales du film de notre pays. Si Alain portait des costumes noirs sur scène, chantait en agitant les mains et en bavant des dents, on crierait au génie de Jacques Brel. Si Alain interprétait des chansons aux textes incompréhensibles et mourait d'un cancer, on l'élèverait au niveau de Bashung. Défoncé toute la journée et obsédé sexuel ? Il serait notre Serge Gainsbourg. Mais Alain n'est rien de tout cela. Parce que tous ces types ont quelque chose qu'il refuse, qu'il se refuse : la virilité. Alain est un féministe qui avait cinquante ans d'avance sur tous les autres, Alain est le premier *woke*-man. Il est pourtant considéré comme un artiste de variété.

Bernard dépasse le quartier de Confluence. Nous empruntons le pont de la Mulatière pour rejoindre l'A47, via l'A7, direction Pouilley-sur-Gier, ce village qui surplombe la vallée du Gier, à une dizaine de kilomètres de Lyon. Bernard n'en a rien à cirer, de la chanson française. D'ailleurs dans la famille Alain, je crains qu'il ne préfère Soral à Souchon. En tout cas, il a l'air de ne plus s'intéresser qu'à une chose : la candidature d'Éric Zemmour et ses parrainages à la con. Nous avons d'ailleurs rendez-vous avec le maire pour officialiser sa promesse de parrainage. En partant tout à l'heure, Bernard m'a expliqué que les promesses, récoltées auprès de nombreux élus il y a plusieurs mois, n'ont pas de valeur. Il ne s'agit que d'un document interne, rédigé par les gens de Reconquête, et dont le Conseil constitutionnel n'a cure. Le Conseil constitutionnel attend des documents bien spécifiques, c'est cadré, c'est administratif, bref, c'est français. Chaque élu concerné reçoit en effet un document à remplir, ainsi que deux enveloppes. Lorsqu'il a rempli le document en mentionnant le nom du candidat qu'il parraine, sans oublier d'apposer le tampon de la mairie et sa signature, il le place dans la première enveloppe, avant de glisser cette dernière dans la seconde. Sur le papier comme sur les deux enveloppes figure un numéro unique, qui identifie l'élu.

C'est après ce jeu d'enveloppes que nous courons aujourd'hui.

Nous dépassons Givors et nous apprêtons à quitter l'A47 pour monter jusqu'au village, perché sur sa colline. Je tente de trouver des arguments pour convaincre un élu de soutenir la candidature de Zemmour. Compliqué. D'autant que j'ai de moins en moins de respect pour le personnel politique. Je ne saurais dire qui m'a le plus agacé, indépendamment des partis, d'ailleurs. J'ai le souvenir de Marlène Schiappa, qui m'avait choqué en faisant la une de *Playboy* en pleine crise de la retraite à soixante-quatre ans. Elle avait prétendu militer ainsi pour le féminisme, comme si son cul sur la commode pouvait empêcher un détraqué quelconque de commettre un féminicide. Je me souviens aussi d'Emmanuel Macron qui a invité Mcfly et Carlito à l'Élysée, ces deux types étant des... de simples... je ne sais même pas ce qu'ils sont, excepté des types qui portent de beaux sweats. Mais s'il fallait désigner un premier fautif, une sorte de Bâtard Ier, j'opterais pour Michel Rocard. Au début des années 2000, invité dans un talk-show de Thierry Ardisson, Michel a accepté de jouer le jeu de l'interview « alerte rose ». On demande à l'ancien Premier ministre quel est le meilleur endroit pour baiser, il répond, potache, presque hilare : « Dans mon plumard ! » Puis : « Est-ce qu'embrasser, c'est tromper ? » Réponse, non. Enfin : « Et sucer ? Est-ce que sucer, c'est tromper ? » Et Michel Rocard, brillant homme politique de gauche, me semble-t-il, de répondre : « Non plus. » C'est comme s'il avait dit à tout le personnel politique français : « C'est bon, les gars, allez-y, on peut faire de la politique autrement, sans se soucier d'une direction, d'une idéologie, pas même d'un quelconque pragmatisme. Non, juste, vous passez à la TV, vous parlez vrai, c'est-à-dire gras, et cela suffit. » Ils se sont tous engouffrés dans la brèche. Pour nous singer. Hollande qui prétend être un Président normal, entendez un sujet normal. Faux : on le sait bien, mec, que tu n'es pas normal, à ce poste. Montebourg et sa marinière. Sarkozy et ses footings. Les députés LFI sans cravate à l'Assemblée, qui n'ont pas compris une chose, c'est que dans la vraie vie, quand on a un job où il faut porter une cravate, on n'a pas le loisir de refuser.

Zemmour n'est pas plus sincère que les autres. Il a des objectifs, un plan, une ambition. Je ne résiste pas à l'envie de titiller Bernard.

– Tu sais que Zemmour ou un autre, cela ne va strictement rien changer ?

– Ah bon ? C'est nouveau, ça.

– Pour être élu il faut mentir à son électorat, c'est comme ça, Bernard. C'est un passage obligé. Et ce que je pense moi, le problème, c'est pas les hommes politiques, c'est les élections.

– Je ne vois pas bien où tu veux en venir, Jean-Marc…

– Il faudrait que les politiques n'aient pas à se faire élire. Il faudrait que les décisions soient prises sans avoir à plaire.

– Oh pitié, tu ne vas pas me parler de référendums comme en Suisse ? Ils passent leur vie dans les isoloirs pour décider de la construction d'un rond-point…

– Non, c'est pas ça. Je pense que les décideurs devraient être tirés au sort. Comme les jurés.

– Tu déconnes ? s'étouffe Bernard. Tu as envie, toi, que n'importe quel Gilet jaune à la con décide de l'âge de la retraite ou de la peine de mort ?

– Ben oui. Pourquoi pas ? Je préfère un bourrin à un fumier. J'aimerais qu'on soit formés, tous. Tous les citoyens. Tous capables de tenir le job, si on est tirés au sort. Et qu'on nous mette à disposition des armées de technocrates pour nous conseiller.

– C'est absurde, si tu veux mon avis.
– Mouais. Je suis un utopiste.

*

Raymond Brun, sexagénaire au physique rondouillard de chasseur, est le maire de Pouilley-sur-Gier depuis le début des années 2000. Cela fait presque vingt-cinq ans qu'il est élu, sans discontinuité, sans réel opposant, et pour cause : les trois quarts des habitants du village sont de sa famille, le dernier quart lui a acheté le terrain sur lequel ils ont construit leur maison. Raymond est une sorte de mafieux désintéressé. Il ne gagne rien à titre personnel à être maire, au contraire, le poste aurait surtout tendance à entretenir des ulcères et calvities. Et s'il y a une chose qui gonfle Raymond, ce sont ces histoires de parrainages. D'ailleurs, il ne décolère pas de la publicité desdits parrainages, voulue par le plus fourbe de tous les présidents de la Ve : François Hollande. Ce dernier a cru sauver son camp et son derrière en nuisant à la candidature d'adversaires jugés nauséabonds. Si tu n'es pas assuré de remporter la partie, change les règles à ton avantage. Résultat : la publicité des parrainages est effectuée, deux fois par semaine, entre le mois de septembre précédant l'élection et la clôture des parrainages. La presse, nationale comme régionale, se délecte de ces informations. Si votre maire donne son ticket à Le Pen ou à Zemmour, il est affiché et se prend des volées de bois vert de la part de ses électeurs. À la rigueur, ce n'est pas un gros problème pour Raymond. Patriarche, grand propriétaire terrien, l'entregent gros comme ça et la roublardise paysanne en bandoulière, Raymond Brun tient ses troupes et sait les faire taire. Le problème de la publicité des parrainages est que tout le monde les voit, à commencer par les élus, conseillers départementaux et régionaux. Le pouvoir de nuisance de ces derniers dépasse de très loin celui de l'électeur gauchiste antifa lambda. Ces élus ont la possibilité de faire du chantage à la subvention, chantage contre lequel le maire d'une petite commune est démuni. Voilà ce qui lui brise les noix, à Raymond, pour rester politiquement correct.

Bernard déroule ses arguments, enfin disons surtout son argument :

– Raymond, ce ne serait pas normal que Zemmour ne se présente pas. Il représente beaucoup de nos concitoyens. Il a fait 7 % à la dernière présidentielle. Ça voudrait dire quoi ? On crache au visage de millions d'électeurs ? On dit à des millions de Français : « Votre choix est nul, vous êtes cons » ?

– Arrête, Bernard, pas avec moi. Même si t'as sûrement raison, mais moi je m'en tamponne, de Zemmour. C'est juste que vous me soûlez tous. Les rabatteurs de tous les candidats me font de la lèche, toi comme les autres. Les appels, les mails, et vous passez avec vos prospectus… Franchement, Bernard, on dirait que vous vendez des tapis.

– Eh ben file-moi ton parrainage et tu seras tranquille !

– Je pensais signer pour Jean Lassalle…

– Putain, Raymond, non ! Vous faites tous ça, c'est pour vous débarrasser. Comme ça vous êtes sûrs que personne ne viendra vous emmerder !

– Clairement, oui. Et pis ton Zemmour, il va faire quoi pour nous ? Pour le village ? J'ai des producteurs de fromage qui se font enfiler par le Carrefour de Givors, qui se prend une marge qui les assassine. C'est ça, la vraie vie, Bernard ! La marge que se prend le Carrefour de Givors étouffe les types du coin. Alors, tu peux faire quelque chose pour eux ? Non.

11

Rat crevé

Est-ce qu'il est bon d'être arabe en France ? Je dis bien arabe, pas musulman. On a inventé le mot « islamophobie », mais personne n'est capable de citer la dernière agression sur un musulman, en France, du fait de sa religion. Les fachos n'ont rien contre les Indonésiens, alors que c'est le premier pays musulman au monde. Et je suis persuadé qu'un Arabe, en France, qui serait converti au christianisme ne serait pas plus avancé.

Est-ce qu'il est bon d'être juif en France ? On ne cesse de leur demander des comptes au sujet de la politique d'Israël, comme s'ils étaient responsables des massacres de la bande de Gaza. En revanche personne n'emmerde les Chinois d'ici sur les camps d'internement des Ouïghours, qui sont pourtant musulmans eux aussi. Le conflit entre Israël et la Palestine nous ronge, il traverse la France alors que nous devrions le considérer pour ce qu'il est : de la politique internationale. C'est vieux comme ma vie, depuis que je suis en âge de comprendre la langue du monsieur au journal télévisé, j'en entends parler. Cela dit, il est certain que les attentats du 7 octobre 2023 ont aggravé les choses et les ressentis. Les mouvements de soutien à la Palestine, qui ont pris de l'ampleur en 2024, ont explosé en 2025. Et cette injonction diffuse, sur notre sol, de choisir son camp. Je n'ai pas de camp, moi. J'aime l'Arabe autant que le juif, alors on fait comment ? Ce choix impossible gangrène la France.

J'ai trouvé pas mal de choses, sur le Net. Le soutien à la Palestine excite la fachosphère. Des connards aux cheveux très courts s'amusent à courser et à bastonner des types aux cheveux très crêpus. Des banderoles ont vu le jour, dans des stades de foot, notamment à l'Allianz Riviera de Nice, où on a pu lire ceci : « Ni juif ni arabes. » À noter les fautes, le pluriel manquant à « juif », le *a* minuscule à « arabe ».

Une heure passée avec mon pote Google m'a suffi pour recenser une vingtaine d'agressions racistes, partout en France, mais surtout à Lyon, ma ville. Ma ville de fachos ? Si je suis franc, et malgré l'arrivée aux commandes de la municipalité d'une équipe écologiste et du maire Grégory Doucet, la cité rhodanienne a cette réputation. Si ça se trouve, c'est lié à la cochonnaille, si importante dans notre régime alimentaire. Je plaisante à peine puisqu'il n'y a pas si longtemps, en 2010, des identitaires ont débarqué dans le Quick halal de Villeurbanne en portant des masques de cochon. Tout cela porte un nom : le bas bruit. Une ambiance.

J'éteins mon ordi et sors devant mon immeuble, où Bernard doit me prendre en voiture. Une fois encore, je ne comprends pas ce que mon ami fabrique dans cette mouvance. Pourquoi Zemmour ? Bernard n'est pas islamophobe, je le sais, il n'en a rien à cirer des religions. Raciste ? Même pas. Dans son acception de la formule « contrôle de l'immigration », il n'y a pas « haine des migrants », mais « gestion intelligente des flux migratoires ». Nuance.

Le Q7 arrive, je prends place, claque la bise à Bernard.

Bernard et l'extrême droite, cette blague. Il se lamente sur le pays, c'est sûr. Les gauchistes en grève, la chienlit et la crise migratoire qui prend de l'ampleur. C'est un type de droite, voilà tout. Mais a-t-on déjà vu un bourgeois en mocassins à glands et pantalon framboise se lancer dans des ratonnades ? Il fait demi-tour, pour choper le quai Perrache. Je décide de le tester :

– T'as vu ce qui s'est passé, à Montrouge ?

Bernard fronce les sourcils, il n'est pas au courant. Je poursuis :

– Une dizaine de types avec des cagoules ont frappé un Maghrébin, un barbu. Il était avec sa copine, ils lui ont arraché son niqab.

– On sait qui a fait ça ?

– Non. Mais bon... Le type a fini à l'hosto avec des côtes cassées et un traumatisme crânien.

– Et la fille ? veut savoir Bernard.

– Ils lui ont pissé dessus. Ils l'ont jetée à terre, encerclée, ils ont tous sorti leur bite et lui ont pissé dessus...

J'observe Bernard, tandis qu'il digère l'information. Et j'ai la certitude, là, que cette histoire le choque. Il entortille ses doigts autour du volant et se sent obligé de préciser que ce genre d'action, ce n'est pas eux. *Eux.*

– Zemmour ne veut pas ça, lâche-t-il. Zemmour n'est pas pour la violence. Il ne veut plus de niqab dans la rue, c'est vrai, mais pas comme ça. Il veut des lois, pas des gros bras.

Bernard gare la voiture sur le parking, coupe le contact et laisse les clés dessus. Il insiste, une fois encore :

– T'es sûr ? Tu veux pas que je t'accompagne ?

– Nan, Bernard. Reste là. Crois-moi. Laisse-moi faire, ces types, je les connais par cœur.

*

Les négociations entre les fournisseurs et les patrons de la grande distribution ont lieu entre janvier et mars, chaque année. Pour les grands comptes, cela déborde souvent, on attaque plus tôt, début décembre, et si aucun accord n'est trouvé on fait traîner. Il n'est pas rare que des produits ou des marques soient retirés temporairement des rayons, afin de faire pression. Ce qu'il faut retenir, globalement, c'est que tous ceux qui participent à ces négos sont des fils de chien.

Lidl est un distributeur centralisé, tout est négocié au niveau national, les prix et les produits sont les mêmes dans chaque magasin. Chez Système U, Auchan, Intermarché, une partie de Leclerc ou encore Carrefour, des centrales régionales négocient avec les producteurs locaux qui ne sont pas référencés au niveau national. Enfin, tout en bas de l'échelle se trouve le patron de l'hyper qui voit en direct avec les producteurs du coin. Ce qui explique ma présence ici, à Givors. J'ai obtenu un rendez-vous sans difficulté avec Pierre Sedan, le directeur du Carrefour. Je n'ai même pas eu besoin de préparer cet entretien, car je connais chacun des arguments et contre-arguments. Je vais donc les exposer, les développer, s'ils convainquent, tant mieux. Sinon, il y a la sulfateuse.

Après dix petites minutes à attendre dans une salle de repos, face à un écran qui dégueule en boucle des promotions Carrefour, le patron me reçoit dans son bureau. Je répète ce que j'ai dit à son assistante, par téléphone, à savoir que je représente les producteurs de fromage de Pouilley-sur-Gier et des villages alentour. Il se rebiffe :

– J'ai déjà vu avec eux, je ne comprends pas. Nous nous sommes entendus sur les tarifs et…

– Je sais, monsieur Sedan. Et je sais aussi que vous avez des objectifs, vous ne pouvez les ignorer.

– Tout à fait.

– Cela dit… Bon, écoutez, on est entre nous. Les fromagers là, les techniques d'achat, ils y connaissent rien. Ils savent pas négocier et c'est vous qui avez mené la danse, je me trompe ?

– Je les ai reçus. Et comme vous l'avez dit, j'ai des objectifs à remplir et...

– OK, OK. Mais eux ont des frais fixes, qui ne cessent d'ailleurs d'augmenter. La marge que vous prenez les tue, tout simplement. Et s'ils sont morts...

– Il y aura toujours des petits producteurs de fromage de chèvre dans le coin. Arrêtez. C'est une question de rapport de force.

– Tout à fait. C'est bien que vous en parliez justement, de la force...

Sedan fronce les sourcils, sensible au champ lexical, qu'il considère, à raison, comme miné. Il se redresse dans le fauteuil, soulève les avant-bras des accoudoirs, plante les coudes sur le plateau du bureau et joint les mains, mimant un prêtre en position de prier et/ou un boxeur en garde, au choix. J'enfonce le clou :

– Ces gens, leurs familles, leurs proches sont aussi vos clients. S'ils désertent tous votre hyper, vous êtes perdant.

– Je n'y crois pas une seconde. Vous oubliez une chose : la proximité. Je suis là, c'est tout près, ils n'iront pas ailleurs.

– Ils n'ont pas trop le choix, c'est ce que vous voulez dire ?

– Voilà, admet Pierre Sedan.

– Mais c'est justement là qu'est le danger. Avec les gens qui n'ont pas le choix. Quitte à crever... Je vais être franc avec vous, j'ai entendu certains d'entre eux qui sont, comment dire... ? Plus radicaux que les autres. Et les actions contre un hyper comme le vôtre sont faciles à organiser.

– Attendez, attendez... Vous êtes en train de faire quoi, là ?

– Avec une seringue, vous mettez n'importe quelle saleté dans les bouteilles de lait ou les briques de jus de fruits. Une salmonellose est si vite arrivée...

– Vous êtes embauché par le collectif des fromagers, c'est ça ? Vous êtes qui au juste ?

– Je suis un ami, voilà tout. Je vous préviens.

– Vous me menacez ?

– J'ai vu un truc en Allemagne, j'ajoute en riant et en ignorant sa question, des types se sont amusés à planquer des rats crevés dans les légumes ! Vous imaginez un peu ? Ça a foutu un sacré bordel apparemment.

Pierre Sedan me dévisage. Je sais ce qu'il pense. J'ai pris rendez-vous en donnant un nom bidon, il n'a aucune idée de qui je suis. Est-ce que je bluffe ? Il est persuadé que oui, mais bon, on ne sait jamais. Il pèse le pour, le contre, fait fumer la calculette mentale, et réalise qu'il a beaucoup trop à perdre.

– Je vais les appeler, lâche-t-il. Mais sachez que ce que vous faites, c'est dégueulasse. Vous mériteriez que…

– Bien ! Vous pouvez les appeler maintenant ? Ils ont vraiment besoin d'être rassurés.

Moins d'un quart d'heure plus tard, Bernard et moi retrouvons Raymond Brun, le maire de Pouilley-sur-Gier, chez lui. A priori, nous le soûlons, mais son amitié pour Bernard prend le dessus et il nous propose le café sur la grande table de la cuisine. Nous nous installons et, à peine assis en bout de table, il nous dit :

– J'espère que vous n'allez pas me soûler encore avec votre Zemmour.

– En fait, si, lui rétorque Bernard. Mais pas longtemps.

– Tu as entendu ce que je t'ai dit l'autre fois, Bernard…

– Oui. Et on a fait ce qu'il fallait. Le patron du Carrefour de Givors a déjà contacté les producteurs de fromage pour revoir sa marge.

– Mais bien sûr…

– J'te jure. Donc voilà, tu m'as demandé ce qu'Éric Zemmour pouvait faire pour vous. Eh ben ça.

Raymond a joint ses potes fromagers, qui lui ont confirmé nos propos. Raymond a dit un truc du genre : « Ah ben toi alors, t'es vraiment un bon ! » Après quoi nous l'avons accompagné à la mairie, où il a rempli la feuille de parrainage.

Alors que nous repartons à Lyon avec le précieux document, je me fais la réflexion que voilà, ça y est, je fais de la politique : la politique du rat crevé.

12
Une main

Alors c'est ça, une maison à 2 millions d'euros…

Un château, plutôt, situé au cœur d'Écully, cette ville aisée d'un peu plus de quinze mille habitants, à vingt minutes à peine du centre de Lyon. Si un agent immobilier devait décrire ce bien, il parlerait d'une propriété d'exception inspirée d'un palais italien du bord du lac de Côme, bâtie en 1877, offrant, sur quatre niveaux, 1 500 mètres carrés de luxe non ostentatoire. Il insisterait sur la façade et ses pierres de Bourgogne. Il n'oublierait pas d'évoquer le double escalier circulaire extérieur, donnant sur un hall majestueux, trois pièces de réception et deux salons, en enfilade. Il poursuivrait la visite au premier étage, avec un appartement composé d'une pièce à vivre et sa cuisine, de cinq chambres et de deux salles de bains. Au deuxième, des greniers à rénover dans lesquels on peut facilement caser deux ou trois pièces supplémentaires. Enfin, il vous annoncerait que se trouvent, au sous-sol, une autre salle de réunion, une cuisine, une salle de yoga, une buanderie, la chaufferie et la cave à vins. Pour conclure, cet agent immobilier expliquerait que la propriété est située dans un parc de deux hectares, agrémenté de bassins, de sculptures, et même d'une galerie souterraine.

Didier, qui n'est pas agent immobilier, me fait l'article de façon plus concise : « Putain de baraque, nan ? » En effet. Cela dit, ce qui me préoccupe le plus, là, tout de suite, c'est que ça me soûle d'être ici. Mais bon, pas trop le choix, plus trop le choix. Je me remémore ce qu'a dit le gendarme, je dois traîner avec ces gens et laisser mes oreilles grandes ouvertes. Eh ben on y est. Lucien, un de mes chefs de service chez SOGECA, avait coutume de dire à ceux qui rechignaient à accomplir une tâche, ou qui n'en pouvaient plus des exigences de certains clients : « Si le viol est inéluctable, tais-toi et jouis. » Formule tout aussi choc que choquante, mais tellement explicite. Et c'est ce que je ressens, là.

Barnier m'a convié d'un texto enjoué à cette petite sauterie, dont je peine à définir la *tendance*. Car lorsque vous placez dans la même salle de réception une vingtaine de types du Bastion (dont la principale passion est de tabasser des migrants) et à peu près autant de grands bourgeois dont les épouses sont pendues à leur avant-bras, la question qui se pose est : quel est le projet ?

Côté Bastion : des types démunis, désœuvrés, voire les deux. Classe sociale éclatée, qui combine deux misères, l'une économique, l'autre éducative, pour ne pas dire intellectuelle. Peut-on encore utiliser le terme « prolétaire » ? Les gars ne sont plus dans les usines, mais l'ADN s'est transmis. Alors oui, je dis prolétaire. Ceux qui se la font mettre, quoi qu'ils tentent et quoi qu'il arrive. Ils sont évidemment fans de l'Olympique lyonnais et vouent une haine féroce aux Marseillais, alors qu'ils n'en connaissent aucun. Ils passent des heures entières à regarder les images de caméras embarquées dans les voitures de rallye de Sébastien Loeb. Ils savent poser du Placo, du papier peint, savent peindre et ont de solides notions en électricité et en plomberie. Gamins ils sont allés à la pêche. Échec scolaire au collège, lycée professionnel puis université de la vie, pas mal de black les week-ends pour payer les traites de la maison en périphérie et de la voiture. Ils n'aiment pas les Arabes. Un musulman tchétchène ne leur pose pas le moindre problème. Non, eux, viscéralement, c'est la couleur de peau qui les dérange. Haine des Arabes, qu'ils nomment crouilles, melons, ou gris. Ils ont l'impression que ces jeunes mecs en survêtement Lacoste et sacoche Dior en bandoulière leur volent leur place. Est-ce qu'il faudrait raser Guillotière et les foutre tous dans un bateau pour Alger ? La réponse est oui !

Côté des bourges, rien à voir. Pas les mêmes enfances, pas les mêmes couloirs d'établissements scolaires, pas la même éducation. Tous patrons, ou haut placés dans les rouages de l'État, de la région ou du département. Madame n'a pas d'activité salariée, à l'ancienne, elle a su attraper le bon type, lui a donné des enfants et poursuit consciencieusement sa carrière de prostituée qui n'a qu'un client, son époux. La bonne vieille droite française, des gens qui bossent énormément et s'arrachent les cheveux au moment de payer leurs impôts parce qu'ils estiment que cet argent va aux migrants et aux cassos des cités. Ils sont intelligents mais ne réalisent pas que les impôts servent surtout à assurer le train de vie de l'État français, ses infrastructures, routes, hôpitaux, écoles, universités, commissariats, son armée, ses fonctionnaires. Alors en réalité ils ne sont peut-être pas si intelligents que cela. Égoïstes, en tout cas.

Le résultat de cette réunion improbable commence sur le parking, où des Citroën Xsara Picasso hors d'âge côtoient des Tesla. Ensuite, dans la plus grande salle de réception du rez-de-chaussée, où un mur de Berlin invisible sépare les deux camps. Grands professionnels du buffet, les bourgeois en connaissent les codes et les astuces. Ils n'ont pas de gêne et dévorent ce qui passe. Ils considèrent les serveuses comme de simples domestiques et tendent leurs coupes sur le passage de ces jeunes filles canon portant tailleurs, collants et chaussures à talons. Tout leur est dû, ils sont ici à leur place, on les sert, on leur fait passer des plateaux chargés de mignardises qu'ils s'acharnent à déglinguer comme s'ils n'avaient pas mangé depuis deux jours. Les prolos, eux, sont agglutinés dans un coin de la pièce. Ils portent tous des habits noirs, jeans et chemises. Rien à voir avec un quelconque facho-uniforme : ils pensent que bien s'habiller consiste à porter du noir. À eux tous, ils forment une masse aux contours flous, resserrés les uns contre les autres, telles des sardines emprisonnées dans une nasse. Leurs femmes sont absentes, elles auraient bien aimé venir, et encore, pas toutes, trop peur. De ne pas savoir comment se comporter, comment manger, comment boire, comment rire. Peut-être n'ont-elles pas été conviées. Les prolos mangent peu, de peur de passer pour des pique-assiettes. Lorsque les serveuses passent vers eux, et seulement après avoir rassasié les autres cochons, ils osent à peine réclamer du champagne. Les serveuses représentent pour eux des princesses, des nanties, elles sont de l'autre camp. Comme ils se trompent… On ne peut pas être de l'autre camp, si on n'y est pas, et surtout pas le petit personnel, qui vit d'extras. Ces prolos sont inférieurs, écrasés, humiliés et consentants. C'est bien foutu, la domination.

J'ai presque envie de leur dire : « Oh, les gars, ne soyez pas impressionnés, sous les costards bleus ou marron aux fines rayures, sous les chemises à manches longues retroussées, sous les jolies robes, il y a du gras du bide, des petites bites flétries, des descentes d'organes, des loches comme des chaussettes et toute une panoplie d'hémorroïdes bien gluantes. Arrêtez de vous croire inférieurs, on emmerde ces cons ! » Je m'abstiens évidemment de fomenter une telle rébellion et me contente de suivre Didier à la culotte, ce dernier évoluant entre ces deux groupes aussi à l'aise que s'il était un piranha dans un aquarium de Red Bull.

J'ai le sentiment que Didier a simplement eu envie de faire profiter ses proches de sa putain de baraque, comme il dit, d'un buffet de première catégorie et d'un champagne digne d'un mariage à Reims. Je regrette que Bernard et Valérie soient absents, en week-end dans le studio de Bernard à Flaine, la station de ski. Ne connaissant que Didier, je me retrouve à déambuler à ses basques, d'un groupe à l'autre. Il me présente comme le nouveau petit génie du parrainage. Je souris modestement, déclare que je n'ai pas accompli grand-chose, franchement, juste obtenu l'enveloppe du maire de Pouilley-sur-Gier.

Marre de faire potiche, je prends une coupe et me place à l'écart. Cette soirée est ennuyeuse. Un type, la quarantaine, en costume sans cravate, le bouton supérieur de la chemise ouvert, dans le plus pur style négligé chic, m'observe depuis le buffet. Il n'est pas accompagné, lui non plus, et semble s'emmerder autant que devant un match de l'ASSE. Il donne l'impression de n'avoir envie de se mêler ni aux bourgeois dégoulinants, ni aux prolos fascisants. Il est comme moi : le cul entre deux chaises électriques. Je l'observe moi aussi du coin de l'œil : il se sert une nouvelle coupe et traverse la salle de réception pour me rejoindre.

– Didier sait recevoir, je fais.

– Ah çà… Ça fait partie de ses nombreuses qualités. Je suis Loïc. Loïc Landreau. L'avocat de Didier.

– Enchanté. Je suis Jean-Marc, un ami.

– Oui, je sais qui vous êtes. Didier m'a briefé.

– Et il vous a dit quoi ?

– Qu'il avait dégoté un petit malin, pour l'aider, pour la cause.

– Et vous aussi alors, vous faites partie des *petits malins* ?

Landreau sourit de façon triste, désabusée. Le gars qui est revenu de tout.

– Mon cas est un peu différent. Je suis son avocat.

– Vous avez tout de même choisi de l'être, non ?

– Oui. Cela dit, Didier a une vision assez singulière de la relation client-avocat. Je me souviens d'avoir une fois évoqué mon possible euh… départ. Ça l'a beaucoup amusé.

– Ah oui ? Il vous a répondu quoi ?

– Il m'a dit que je n'étais pas son avocat, mais sa pute. Et que je ne le quitterais que le jour où lui l'aurait décidé.

– Ah. Il plaisantait ou… ?

– Didier plaisante toujours. Une autre fois il m'a dit que si je continuais à l'emmerder, il m'enverrait la moto.

– La moto ?

– Au feu rouge. La moto.

Landreau mime alors une exécution sommaire, de la main droite, comme s'il tenait une arme de poing. Il sourit à nouveau, sans grand enthousiasme, l'air de dire : « C'est de l'humour, bien sûr », mais le message passe toutefois cinq sur cinq. Puis, fataliste, il ajoute :

– On ne quitte pas Didier.

– OK, je dis. C'est noté. Et la soirée là, c'est pour quoi ?

– Didier a un projet. Il va vous en parler, plus tard. Quand il aura récolté assez de cash auprès de tous ces braves gens !

Il a fallu attendre encore deux bonnes heures avant que Didier finisse son tour des popotes. Il a en effet récupéré plusieurs enveloppes, qui ne pouvaient contenir que de l'argent liquide, enveloppes qui ont achevé leur périple dans un sac de sport anodin auquel personne ne semble prêter attention et dont Kevin s'empare, avant de disparaître. Didier me cherche du regard dans l'assistance, me repère, clin d'œil, invitation à le suivre d'un passing-shot du menton. Même manège avec son avocat. Et nous voici au sous-sol, dans la cave à vins, avec chacun un petit verre à goutte. Didier a dégoté une bouteille de chartreuse datant de 1974 parmi les centaines de bouteilles rangées dans leurs casiers. Ça sent la vieille pierre et l'humidité. Nous prenons place autour d'un fût en chêne reconverti en table de dégustation et, tandis que Didier nous sert, Kevin apparaît à l'entrée et se joint à nous.

Un verre pour Kevin.

Je ne suis pas grand fan de chartreuse mais me plie au rituel.

– T'as pas l'air content ? dit Didier à son avocat.

– Si, si...

– C'est pour tes honoraires, c'est ça ?

– Nan, j'ai confiance, Didier, quand même. Tu m'as toujours payé.

– Ça... J'ai quelques défauts, mais je paie ce que je dois.

Didier plante alors son regard dans celui de Kevin, qui comprend le message. Kevin sort de la cave pour revenir presque aussitôt avec le sac de sport, qu'il pose sur le fût et ouvre. À l'intérieur, des dizaines de liasses de billets, des coupures de 50, 100 et 200 euros. Kevin a déjà sorti le cash des enveloppes et peut-être compté la recette de la soirée. Didier dévisage Loïc, lui sourit et :

– T'as droit à une main.

Avant que je comprenne de quoi il retourne, Loïc plonge sa main dans le sac de sport et en retire une énorme poignée de pognon. Didier referme le sac, Kevin l'emporte à nouveau.

– Je sais pas combien je te devais mais je pense que ça couvre ?

– Oui, oui. Super, Didier.

– Bon, reprend le taulier en s'adressant cette fois à moi. J'ai quelque chose à te soumettre, Jean-Marc. C'est pas le genre de chose dont je parle là-haut, t'as compris. Là c'est entre nous. Je t'ai dit que je voulais faire des actions.

– Ouais.

– Dans un premier temps, il faut des armes.

– Tu m'inquiètes, Didier, quand même, je dis.

– Les armes servent surtout à impressionner. Nous en

avons besoin pour faire un braquage, disons… d'un nouveau genre. Il n'y aura aucune victime, c'est certain. Mais je parle d'une très grosse somme, qui nous permettra de fonctionner pendant des mois, peut-être des années. Plus besoin de faire des soirées cocktails.

– Tu peux pas financer, toi ? je demande.

– C'est pas l'envie qui m'en manque. Mais je dois être invisible. Et c'est comme les armes : on peut en avoir autant qu'on veut. On connaît des anciens militaires, des adeptes du stand de tir, c'est pas le problème. Mais tout est traçable. Et les flics, les traces, ils adorent ça.

– Écoute, Didier, je suis retraité. Je dépanne Bernard pour les parrainages parce que c'est mon pote, et maintenant tu me parles d'armes à feu et de braquage ?

– Pas de victimes, je te l'ai dit. C'est pour impressionner.

– Franchement, je sais pas. C'est pas mon monde, tout ça…

– C'est clair que je te demande de faire un choix. Choisir entre ta retraite tranquille et ton pays, la France.

Kevin nous rejoint et vide son verre de chartreuse d'un trait, avant de se resservir. Je n'ai rien à foutre ici, dans cette cave, avec ces allumés qui fomentent je ne sais quel putsch à la con. Cela dit, je suis sur le point de récolter des infos en or pour le gendarme. Une pensée pour Lucien, mon ancien chef de service : si le viol est inéluctable…

– Continue, je dis.

– Pour les armes, on va faire ça dans un service des scellés, dans un tribunal. C'est là que les flics stockent tout ce qu'ils ont pu saisir dans leurs enquêtes, du shit dans tous les sens, des armes : tout.

– Tu veux braquer le service des scellés ? je demande, incrédule.

– Voilà. Pas ici, pas à Lyon. C'est trop sécurisé. Ce qu'il nous faut, c'est une petite ville de région, un truc un peu bouseux avec du laisser-aller sur les règles de sécurité. Mais assez gros pour que les saisies soient intéressantes.

– Et t'as trouvé ?

– Besançon, répond Loïc Landreau à la place de son boss.

– Voilà, ajoute Didier. Ce sera Besançon. Et voici donc le choix que je te soumets, Jean-Marc : est-ce que tu veux superviser l'opération, avec Bernard ?

– Je pourrais très bien le faire, boss, marmonne Kevin, vexé qu'on fasse appel à moi.

– Tiens donc, fait Didier. Et comment tu t'y prendrais, Kevin ?

– Trois mecs. Trois kalachs. On fait ça propre, rapide…

– Trois mecs, trois kalachs : triple con, ouais… Si on braque pour avoir des armes, c'est qu'on n'en a pas.

– Je peux en avoir.

– Je veux des armes que l'on ne peut pas tracer, tu comprends ça, Kevin ?

– Oui, boss.

– Tu vois, reprend Didier en se tournant vers moi, c'est typiquement ce que je veux éviter. Je veux quelqu'un de malin aux manettes. C'est pas toi qui vas aller au braquo, Jean-Marc : je veux que tu supervises. Tu y vas avec Bernard et Kevin. Alors ?

14
Beignets de légumes

Enfant, Alain Souchon passait de nombreux week-ends en Normandie avec ses parents. Le dimanche soir, lorsqu'ils rentraient et traversaient le 16e arrondissement de Paris en voiture, allongé sur la banquette arrière, il aimait contempler les derniers étages des immeubles qui défilaient derrière la vitre. Des façades, des balcons, le ciel découpé qui surgissait parfois. C'était le milieu des années 1950. J'ai entendu Alain Souchon raconter ces souvenirs-là, lorsqu'un journaliste lui a demandé ce qui avait marqué son enfance. Le bonheur simple de glisser dans les rues de la capitale, allongé sur le dos. Cela ressemble à une enfance de rêve. Le 16e. Les week-ends en Normandie. Ces traversées de Paris du dimanche soir. Ce talent monstrueux en train de se chercher, de percer, d'éclore peut-être. Sans compter cette décennie merveilleuse des années 1950, après la Seconde Guerre mondiale, avant la guerre d'Algérie, ce début des Trente Glorieuses lors duquel tout n'était que reconstruction et avenir grand comme ça. Les stars se nommaient célébrités, elles ne jouaient pas au foot mais écrivaient ou composaient, elles s'appelaient Albert Camus, Jacques Brel, Françoise Sagan. Je pense que, pour cette période, on peut évoquer le concept de c'était-mieux-avant.

Depuis que j'ai entendu cette interview, et à chaque fois que je prends la route, il y a toujours un moment où cela me revient en tête. Je pense à ce petit garçon allongé à l'arrière d'une Dauphine, d'une 4 CV ou d'une Peugeot 403. Cela ajoute à mon plaisir. Plaisir, oui, d'avaler les kilomètres. Lorsque j'étais commercial, je passais un temps démentiel au volant de ma voiture de fonction et écoutais la radio. J'ai eu pas mal de périodes différentes. France Inter a longtemps accompagné mes transhumances. J'ai dû écouter des milliers d'heures durant la voix à la fois chaude, profonde et amusée de Daniel Mermet. Puis j'ai trouvé que le niveau de la station avait baissé et suis passé sur France Culture. Sans oublier des horreurs comme Radio Nostalgie qui, lorsque vous accumulez les bornes, font parfois du bien. Car en voiture on finit toujours par battre la mesure sur le volant en chantonnant « Daddy Cool », de Boney M. Bref, j'aime conduire.

Aujourd'hui les bonnes conditions sont quasiment réunies.

Deux heures trente de route à avaler, sur l'A39 pour commencer, puis l'A36, avec mon pote Bernard. Nous sommes en semaine, il y a quelques camions, certes, mais la circulation est fluide. Le hic, c'est que Kevin nous accompagne. Drôle d'équipe, Bernard l'ancien chef d'entreprise, moi l'ex-commercial, et Kevin, autrefois espoir du football lyonnais. Kevin a en effet un passé de footeux d'exception, puisqu'il a rejoint à treize ans le centre de formation de l'Olympique lyonnais. Ensuite, les choses ne se sont pas déroulées comme prévu. Kevin est d'ailleurs parvenu très tôt à théoriser son échec : les nègres, selon ses propres termes. D'après lui, les centres de formation au métier de footballeur professionnel français privilégient les joueurs africains, ou d'origine africaine, en raison de leurs qualités physiques. Pour preuve, d'après Kevin : l'équipe de France.

Bernard, à mes côtés, s'est assoupi.

Kevin, à l'arrière, s'emporte un peu sur la team France :

– Ça te dérange pas, toi, qu'il y ait que des Noirs ? À part les frères Hernandez et Pavard, que des blacks.

– C'est vrai que c'est étonnant mais…

– Statistiquement, y a combien de Noirs et de Blancs en France ? Genre, deux Noirs pour dix Blancs, en gros ? Eh ben chez les Bleus, c'est neuf Noirs pour deux Blancs. C'est juste… dingue que personne ne tique là-dessus !

– Ils prennent les meilleurs, Kevin, je dis.

– Et l'équipe d'Espagne alors ? Ils niquent tout et c'est des Blancs, petits, techniciens. Pas des grands blacks baraqués qui courent vite.

– Y a peut-être que des Noirs en équipe de France, mais y en a aucun à l'Assemblée nationale. Et quasiment pas d'Arabes. Et pas de gens normaux qui ont un taf normal, en fait.

– Ouais ben avec le Z, tout ça, ça va changer.

– Quoi ? Il va mettre des Noirs et des Arabes à l'Assemblée ?

– Naaaaaan ! Il va mettre des gens normaux. Des travailleurs. Des gens qui connaissent le prix d'une baguette de pain.

– Tu le connais, toi, le prix d'une baguette ?

– Euh nan. C'est ma meuf, le pain.

– Macron a mis des gens normaux comme tu dis, à son premier mandat. La société civile. Ils sont tous devenus de très bons politiciens. C'est de la tambouille. Louis Aliot et Alexis Corbière ont joué ensemble dans l'équipe de rugby de l'Assemblée. Ils buvaient des pintes à la fin des matchs. C'est une corporation, je te dis. Ils sont tous potes pendant que toi, tu cours coller des affiches.

– Pas le Z ! s'emporte Kevin. Et ça me ferait mal qu'il y ait des négros à l'Assemblée nationale, putain !

Je comprends de plus en plus ce qu'Éric Zemmour apporte à des jeunes gens comme Kevin, c'est exactement ce qu'Emmanuel Macron a apporté lors de son premier mandat à d'autres jeunes gens, aux prénoms certes plus classiques : la promesse de la fin de la politique à la papa. C'est fini, les échanges de circonscriptions. C'est fini, l'entre-soi. C'est fini, les types qui enchaînent les mandats et vivent des décennies durant de leur action politique. J'aimerais moi aussi que les hommes et les femmes politiques changent, que les manettes soient confiées à d'autres. Mais ils ne feront pas mieux, ils prendront juste la place. Kevin ? Il est persuadé que Zemmour est désintéressé et ne pense qu'à la grandeur de notre pays. Il est naïf. Il est bête. Son racisme naît du fait qu'il s'est fait voler sa carrière de footeux par des Noirs d'un mètre quatre-vingt-dix athlétiques et puissants. S'il avait percé à leurs côtés, ils seraient devenus ses frères. Voilà à quoi tient la haine : la frustration, les sentiments d'injustice, de spoliation, de déclassement et de pauvreté. Zemmour a rassemblé tout cela sous le concept de Grand Remplacement. Et Kevin ne s'est jamais demandé s'il n'a pas échoué à l'OL uniquement parce qu'il était un peu moins bon que les autres.

Il y a trop de Noirs dans l'équipe de France ?

Certes. Mais il n'y en a pas en formule 1, en cyclisme, en golf, et si peu dans le tennis. Ce que Kevin ne comprend pas, c'est que le foot est un sport pour les pauvres et que la plupart des Noirs, en France, sont pauvres. De tout temps le foot a représenté le seul horizon des classes laborieuses et donc des immigrés et fils d'immigrés. Il n'y a rien de nouveau. Après les polacks, les ritals, les rebeus, maintenant les Noirs. La différence ? Cela se voit, c'est tout.

Après un long silence, je décide de revenir à la charge. Impossible de terminer sur cette sentence de Kevin à propos des *négros* à l'Assemblée nationale.

– Tu dis qu'il n'y a que des Noirs dans l'équipe de France.

– Ben ouais.

– Il n'y a aussi que des Noirs à la plonge, dans tous les restaurants de la rue Mercière. Ça te choque aussi ?

– Ça n'a rien à voir.

– Ben si. Ces gens sont pauvres. Comme toi. Et des types pleins aux as viennent t'expliquer que si tu es pauvre, c'est à cause de ton voisin pauvre.

– Putain mais… Mais t'es France insoumise ou quoi ?
– Pire. Je suis marxiste-léniniste.

Il faut que j'arrête de dire ce que je pense, c'est stupide. Plus fort que moi, quand j'entends des choses aussi débiles. Kevin ? J'entends presque la mécanique se mettre en branle dans son cerveau. Les pistons descendent et remontent dans les cylindres et actionnent les vilebrequins de sa jugeote. À en juger par son regard, c'est difficile. Et puis il éclate de rire, à ma plus grande surprise, avant de me faire un compliment à sa façon : « C'que tu peux être con, toi alors ! »

Nous sommes passés à l'hôtel de Paris, au centre-ville de Besançon, poser nos affaires et ma voiture, et sommes ressortis aussitôt, direction le palais de justice. C'est un édifice situé au cœur du centre-ville et occupant un énorme pâté de maisons. Construit au XVIe siècle, il a abrité le parlement de Besançon, entre autres. Jusqu'à la fin des années 1990, l'aile gauche sur cour était une école primaire, l'école d'Arsenal. Dans le cadre de grands travaux de rénovation pour l'extension du palais, les locaux de l'école ont été récupérés. Et depuis 2003, le palais regroupe la cour d'appel, le tribunal judiciaire et le tribunal de commerce. Voilà ce que j'ai trouvé sur Internet, donc pas grand-chose.

L'entrée principale, rue Mégevand, donne sur une grande cour intérieure et, au fond, sur une façade moderne dont la partie basse est en verre, la partie haute en crépi, surplombée d'un niveau composé de fenêtres. Les façades des ailes droite et gauche sont identiques, à la différence près que les parties inférieures sont en pierre et les parties supérieures en verre. Cela fait le même effet que la pyramide au milieu du Louvre, un croisement des siècles, le moderne dans l'ancien.

L'information importante de cette fin de journée est que nous avons pu entrer très facilement, Kevin, Bernard et moi, dans la cour du palais de justice. Un agent de sécurité, à l'accueil, nous a demandé nos pièces d'identité, et s'il a effectivement pris le temps de comparer les photographies à nos visages, il n'a noté nos noms nulle part. Kevin est resté dans la cour tandis que je suis entré avec Bernard dans le hall principal du palais, doté d'une hauteur sous plafond d'une dizaine de mètres. Des escaliers en pierre, à droite et à gauche, mènent à la coursive du premier niveau, laquelle dessert plusieurs salles d'audience. Un ascenseur, sur la droite, permet d'accéder aux premier et deuxième niveaux, ce dernier étant consacré aux bureaux des différents acteurs de la justice bisontine. Et personne, je dis bien personne, n'est venu nous demander ce que nous foutions là. « Putain, c'est un vrai moulin ici », me fait remarquer Bernard.

Je suis Bernard, qui quitte le palais. Kevin à nos basques. Nous tournons à droite puis à nouveau à droite, cent mètres plus loin, pour arriver rue Jean-Jacques-Rousseau. La façade de l'aile gauche, les anciens locaux de l'école primaire de l'Arsenal, se dresse sur un étage surmonté d'un toit mansardé. Ce qui m'intéresse se situe au niveau de la rue : la sortie du parking souterrain. Je décèle tout de suite un problème de taille, c'est l'étroitesse de cette rue à sens unique. Elle ne permet le passage que d'un seul véhicule et interdit tout stationnement sur le trottoir. L'évacuation sera le point noir de cette logistique. Pour le reste ? Eh bien pour le reste nous allons être rapidement fixés, puisque nous dînons ce soir avec Thierry Bonnard, qui n'est autre que le responsable des scellés du palais de justice. Et qui, je vous le donne en mille, est un fervent partisan du Z, encarté chez Reconquête.

*

Nous sommes repassés à l'hôtel nous doucher et nous poser un coup. Bernard a dû mettre CNews dans sa chambre, moi-même j'ai regardé les nouvelles sur la chaîne France Info et j'imagine que Kevin s'est affalé devant Automoto La Chaîne ou, au mieux, L'Équipe TV. Nous avons convenu de nous retrouver à 19 heures dans le hall de l'hôtel. Je descends à moins le quart, avec le projet de me jeter une bière. Je commande un demi, m'installe dans un des fauteuils du lobby et prépare mentalement le dîner de tout à l'heure : jeter les bases d'un braquage. Cette phrase est lunaire et m'amuserait, si je n'étais pas à ce point aux premières loges. Je me rassure, voire me console, en me répétant les consignes du gendarme et qui se résument en une seule : ne rien accomplir d'illégal. Pas de vagues, pas d'acte délictueux, seulement de la prospection. On discute, on évalue, on repart.

C'est Loïc Landreau, l'avocat de Didier, qui a fait jouer son réseau dans le monde judiciaire et déterminé que ce serait idéal, ici, à Besançon. La ville n'est pas immense, la sécurité moins fiable qu'à Lyon, et le responsable des scellés, donc, un zemmourien de la première heure. Il colle des affiches dans son bureau et soûle les collègues du service des greffes. Nous allons devoir déterminer son réel niveau d'engagement, 0 sur 20 s'il se dégonfle, 20 sur 20 s'il nous ouvre les portes du service et que nous repartons avec des armes. Quelles armes ? Pour quoi faire ? Ça me turlupine.

Bernard sort seul de l'ascenseur, cinq minutes avant l'heure fixée. Juste le temps de prendre un demi, lui aussi. Il me rejoint et j'attaque le sujet qui fâche, avant que notre néonazi préféré nous retrouve.

– Tu sais de quelles armes on parle, au fait ?

– Des kalachnikovs. Elles ont été saisies dans la cité.

– C'est des armes de guerre, Bernard, t'es au courant ?

– Je sais, Jean-Marc. Mais Didier a été clair, aucun coup de feu ne va être tiré. C'est pour impressionner.

Kevin arrive, ponctuel, il est pile 19 heures. Il se plante devant nous et attend que nous vidions nos verres, sans même avoir l'idée de se prendre une bière, lui aussi. Il n'est évidemment pas très heureux de se coltiner deux vieux cons, des bourges en plus, de son point de vue. Bernard est blindé, moi je ne me plains pas, et Kevin, lui, galère dans un garage, si j'ai bien compris. Je ne comprends toujours pas comment ce genre de type a pu échapper à la gauche. Il devrait vouloir renverser la bourgeoisie, au lieu de quoi il voue une admiration stupide à l'un de ses plus grands représentants, Zemmour. Mon camp, ma gauche me fait honte d'avoir égaré ses Kevin.

« On y va ? » dit Kevin. Je le dévisage en terminant mon demi. Il fait un peu la gueule. Il n'est pas rasé, et ce depuis plusieurs jours apparemment. J'ai remarqué cela ce matin, déjà. Une barbichette de musulman pratiquant prépubère se forme et accentue son air sévère. Étonnant que Didier autorise le laisser-aller de ce soldat, car c'en est un : il ne réfléchit pas, il obéit.

Thierry Bonnard a réservé une table au Taj Mahal, rue Claude-Pouillet. Lorsque nous arrivons, il est déjà installé à une table au fond du minuscule restaurant, qui ne doit pas pouvoir accueillir plus d'une trentaine de couverts à la fois. Surprise : le look. Bonnard ressemble au cliché que l'on se fait d'un aristocrate britannique, avec fine moustache noire, costume noir, chemise blanche et nœud papillon légèrement extravagant. En lui serrant la main, je me fais la réflexion qu'il est peut-être gay. Pas sûr. Il dégage une sorte de raffinement, de calme et de bienveillance plutôt agréables. Il commence par nous annoncer que le Taj est le meilleur indien de la ville, et qu'il convient de prendre leur menu dégustation, ajoutant que ce sont des entrées et des plats à partager, tout est posé au milieu de la table. J'avoue être dérouté. On parle cuisine du monde, partage, ce n'est pas l'image que je me fais des électeurs d'Éric Zemmour. Pour moi, le soutien de base, c'est Kevin. Plein de Kevin énervés dans leur vie moyenne, à qui on explique à longueur de journée qu'être blanc est une tare et que la France est un pays de racistes consanguins. Eh bien pas du tout. Et lorsque Thierry se lève et part aux toilettes pour se laver les mains avant d'attaquer le repas, Kevin lance : « Manquait plus que ça, une fiotte… » Mon premier réflexe est de vouloir reprendre Kevin, de lui dire un truc du style : « Déjà que t'es raciste, tu vas pas en plus être homophobe ! Ça fait trop de concepts à gérer pour toi. » Mais j'ai eu exactement la même pensée en arrivant, à l'instant, à la différence que son orientation sexuelle ne me dérange pas. J'échange un regard avec Bernard, qui se marre et me dit : « C'est vrai que… » Nul besoin de sous-titre, je lis dans les pensées de mon pote. Il s'est dit la même chose.

Thierry nous rejoint enfin. La patronne du restaurant, une certaine Lisik, est aussi indienne que je suis sri-lankais. La commande est expédiée rapidement, puisque ce sera, en effet, quatre menus dégustation, le tout arrosé de bières Kingfisher et de lassi, une boisson indienne sans alcool à base de yaourt et de lait battu. Thierry lance la conversation sans s'embarrasser de préambules supplémentaires :

– Alors ? Expliquez-moi tout. J'ai compris qu'il vous fallait des armes des scellés. Je vous avoue être un peu frileux sur ça… La prise de pouvoir, c'est dans les urnes. Enfin c'est comme ça que je conçois les choses.

– Alors là, on pense pareil ! dit Bernard. Nous avons besoin d'armes pour impressionner, mais je sais, j'ai la certitude qu'aucun coup de feu ne sera tiré. L'idée est de créer des électrochocs dans les médias. Parce que parler, ça ne suffit plus.

– Je suis d'accord. Marine et Bardella parlent, et s'en contentent. Je sais tout ça. Mais des actions ? Quelles actions ?

– Je ne le sais pas moi-même. Tout ce que je peux te dire – on peut se tutoyer ?

– Bien sûr.

– Tout ce que je peux te dire, c'est que la demande vient de l'entourage d'Éric. Est-ce que lui-même est au courant ? Ça, j'en sais rien. Mais ceux qui décident ont décidé que si on veut remporter l'Élysée, il faut remporter l'opinion. Et pour remporter l'opinion, il faut frapper. Fort. Du symbole.

– Oui, c'est sûr, confirme Thierry. On a besoin du Z.

– Ici, c'est comment ? je veux savoir.

– Ben on a Planoise. C'est la cité. Dans les vingt mille habitants, une vingtaine de points de deal et des connards de quinze ans avec des kalachs. De plus en plus de migrants dans le centre. Pareil, des gamins, par groupes de trois ou quatre. Ils font rien de mal, ils zonent, ils sont perdus, ça se voit. Ils s'emmerdent en fait. Le soir dans un foyer ou je sais pas où, la journée à traîner. Et quand on traîne comme ça, on en vient vite à faire des conneries.

– C'est le plus gros problème des cinquante années à venir.

– En 2023, Lampedusa en était à cent vingt mille migrants en septembre. Le double de l'année précédente. C'est exponentiel. On est noyés. T'en penses quoi, toi ? demande Thierry à Kevin.

– Faut couler les bateaux au départ de l'Afrique.

– Un peu radical… Juste les empêcher d'accoster, ce serait déjà pas mal.

– Ça veut dire quoi, « exponentiel » ? demande Kevin.

– De plus en plus, de plus en plus vite, répond Thierry. Bon et sinon, admettons que j'accepte. Vous voyez ça comment ?

– On débarque à trois mecs, intervient à nouveau Kevin. On te met deux-trois coups de latte, pour que tu sois pas emmerdé. Tu nous ouvres, on pique les kalachs.

– Attends, attends, attends… Comment ça, deux-trois coups de latte ?

– Kevin, ça ne se passera pas comme ça, je dis. Écoute, Thierry, nous sommes là pour ça justement : réfléchir à la meilleure manière de procéder pour qu'il n'y ait ni coups de feu ni coups de latte, et surtout que tu ne sois pas incriminé.

– Oui, parce que si vous voulez me péter la tête au milieu du service, je ne suis pas d'accord, pour commencer. Et en trente secondes les collègues appellent la police, qui est à trente secondes du palais en voiture. Le commissariat est au bout de la rue.

– Encore une fois, Thierry, il n'y aura pas de violence. Et ce n'est pas Kevin qui va décider du process.

Lisik nous apporte les entrées à partager, poulet tikka, beignets de légumes pakora, lamelles d'agneau et naans au fromage. Je sais que Bernard n'est pas hyper fan de la gastronomie exotique. Il est très lyonnais. Mais il est aussi bien élevé et donne le change en se frottant les mains, pour dire : « Chouette, on va se régaler. » Kevin, lui, regarde les plats comme si c'était la chose la plus démente qu'il ait vue de toute sa vie. Je crois que, dans sa vision de l'art culinaire, ce qui n'est pas un bouchon lyonnais ou un McDo s'apparente à de la bouffe de gonzesse.

15

Champagne !

Si on m'avait dit, il y a un mois, que j'en viendrais un jour à planifier l'attaque d'un palais de justice, je n'y aurais pas cru. Et pourtant… Me voilà à Écully, dans la cave du château de Didier, avec ce dernier, Bernard et Kevin, en train d'exposer le plan tout en dégustant un excellent côte-rôtie. « Alors ? fait Didier. Vous avez trouvé un scénario ? » Oui. Après avoir longuement échangé avec Thierry Bonnard sur la disposition des lieux au service des scellés, puis sur sa vie, son quotidien, ses habitudes, j'ai élaboré un plan qui ne nécessitera aucun coup de feu, aucun coup de poing, et pas même les deux-trois coups de latte imaginés par Kevin. La difficulté, la seule et réelle difficulté étant d'emporter l'adhésion de Thierry et, donc, de le protéger dans cette histoire. Qu'à aucun moment on ne puisse deviner qu'il est partie prenante.

Le bureau de Thierry Bonnard se situe au second étage de la cité judiciaire de Besançon, mais ce qui nous intéresse, les scellés et donc les armes, est au sous-sol. Une porte blindée et munie d'un accès par badge donne sur un long couloir voûté et humide. Les murs et le plafond sont composés de vieilles pierres et datent de la construction du bâtiment, au XVIe siècle. Sur la droite, une autre porte blindée que l'on ouvre avec le même badge et dont seulement trois exemplaires existent : un sous la responsabilité de Thierry, un autre confié au procureur de la République et enfin un dernier au président du tribunal. Et c'est là, derrière cette seconde porte blindée, que se cache le trésor. Un sas d'à peine trois mètres carrés ouvre à droite et à gauche sur deux caves voûtées. Dans celle de gauche se trouvent des étagères à archives, posées à même le sol, chargées de tous les scellés des affaires encore en cours. Inutile de préciser qu'une forte odeur de shit et d'herbe vous agresse lorsque vous entrez là-dedans. Dans celle de droite ce sont les armes, liées elles aussi à des affaires en cours, et qui sont toutes étiquetées. Ce qui nous intéresse particulièrement, ce sont les cinquante kalachnikovs saisies lors d'une descente d'ampleur effectuée trois mois plus tôt dans le milieu des stupéfiants, à Planoise.

La fuite sera d'une simplicité déconcertante puisque, au bout du couloir voûté, une porte donne directement dans la rue Jean-Jacques-Rousseau. Seule difficulté : cette rue, que j'ai repérée lors de notre visite du palais, n'offre aucune possibilité de stationnement, même avec les warnings. Il faudra une bonne synchronisation lorsque l'utilitaire que nous allons prendre viendra récupérer tout ce beau monde. De combien de personnes parlons-nous ? Trois ou quatre, maximum. Aucune violence, aucune menace, seulement des bras.

– La solution à mon avis, avais-je expliqué à Thierry au Taj Mahal, est que nous prenions ton badge et que tu sois hors jeu.

– Oui, ça me paraît évident. Mais… hors jeu ?

– Il faut que tu sois absent. Si tu es malade, c'est louche. Trop facile.

– Je peux prendre des congés ?

– Mouais… comme par hasard. Non, si on veut que tu sois insoupçonnable, il faut qu'on se creuse les méninges.

Est-ce que je suis content de moi ? Oui, un peu, tout en

culpabilisant. Je m'en veux. Je ne dirais pas que je prends du plaisir à travailler à une logistique, à échafauder un plan. C'est pire : je revis. J'ai toujours su que la retraite n'était pas pour moi, que n'avoir aucune contrainte, pas la moindre activité, me pèserait et finirait par avoir raison, sinon de ma santé, du moins de mon moral. J'avais même imaginé me présenter aux Restos du Cœur pour être bénévole, organiser les collectes, les distributions, bref, faire profiter les Restos de mon esprit cartésien, de mes dons d'organisateur. Et ce sont finalement des néonazis qui bénéficient de mes services. Une source de fierté, cela étant dit : je suis une taupe et ni Didier ni personne de son entourage ne me suspecte.

– Bon alors ? insiste Didier. Tu vois ça comment ?

– Thierry va partir en week-end, il faudra cambrioler son appart, le dimanche. Comme ça, le lundi matin, il est au commissariat pour déposer plainte, et vous agissez. Sans lui.

– Attends, attends... Cambrioler l'appart ? Tu ajoutes de la logistique, des risques, les voisins... On peut pas lui péter la gueule dans la rue le lundi matin ? Il va aux urgences, c'est pareil.

– Non, il voudra pas. Et écoute jusqu'au bout. Il est dans un petit immeuble avec juste une voisine de palier, qui n'est jamais là le week-end. Elle est chez son mec, il vit à Dijon. Si on cambriole, c'est surtout pour lui piquer son badge.

– Mouais, continue...

– Donc un cambriolage, un vrai, vous piquez la TV, l'ordi, la tablette, des bijoux s'il y en a. Faudra prévoir une compensation, c'est possible ?

– Il a pas d'assurance ?

– Si. Mais il va filer ses clés à un pote qui viendra nourrir son chat et qui laissera le trousseau dans la boîte aux lettres. Nous, on casse la boîte aux lettres pour choper les clés. Comme ça on n'a pas à défoncer sa porte. Et du coup je sais pas si l'assurance marchera, quand tu laisses tes clés dans la boîte...

– Bon, OK. Je paierai...

– Le lundi matin donc, il est au commissariat. Vous avez son badge. Vous entrez dans le palais de justice. On l'a fait avec Bernard, personne ne note ton nom nulle part. Vous descendez aux scellés, à la cave. Au bout du couloir ça donne dans la rue, vous attendez avec le véhicule, vous chargez, terminé.

– Ouais, c'est bien.

– J'ai regardé sur Internet si des palais de justice avaient déjà été braqués. Il y en a eu deux l'année dernière. Ils ont été plus ou moins incendiés en fait. Vandalisés. C'était des types d'extrême gauche, des anarchistes libertaires, je sais pas quoi... Ils ont écrit à la bombe des slogans anti-État, anti-police, « nique la justice des Blancs », ce genre-là. J'ai pensé qu'on pourrait faire pareil, pour brouiller les pistes.

– Bien.

– On écrit ACAB[1] partout à la bombe, avant de quitter les lieux.

– Excellent, les gars, conclut Didier. T'es sûr que t'étais commercial, toi ? On dirait un putain de cerveau du crime !

– Je réfléchis, c'est tout.

– Ouais... Pas comme lui, là !

Didier vient de désigner Kevin, qui baisse les yeux sur son verre de vin. Kevin ne s'est toujours pas rasé et ressemble de plus en plus à un de ces djihadistes blancs, plus royalistes que l'imam, ayatollahs rouquins, violents et dangereux. Didier le regarde longuement, se mordillant la lèvre

---

1. All Cops Are Bastards (« Tous les flics sont des bâtards »). Slogan, entre autres, des black blocs dans les manifestations.

inférieure, puis lui ordonne de nous montrer. Kevin se dandine, Didier répète :

– Montre, je te dis !

– Mais, boss…

– Tais-toi. Montre.

Kevin relève la manche droite de son tee-shirt et dévoile le tatouage qu'il s'est fait faire très récemment, à en juger par la cellophane qui recouvre son biceps. Il s'agit d'une bouteille de champagne, avec à l'intérieur cette inscription : ZYKLON BOUGNOULES. Il faut quelques secondes à mon cerveau pour comprendre ce dont il s'agit. Didier me fournit le sous-texte :

– Le zyklon B ! Le gaz utilisé dans les camps pour les juifs.

– C'est un jeu de mots, boss, tente Kevin, qui se prend une claque sur l'arrière du crâne.

– Tu fais des jeux de mots, c'est bien. Je lui confie une mission, dit Didier en me prenant à témoin, un truc où il faut passer inaperçu, et ce con se tatoue ça !

– Il portera des manches longues, ça se verra pas, dit Bernard.

– Nan, je parle pas de Besançon. C'est autre chose… Bref…

Didier saisit la bouteille de vin, emplit nos verres, boit une gorgée et se détend. Il revient à notre sujet, le palais de justice de Besançon :

– Bon OK, on va procéder comme ça. C'est bien, c'est carré. Zéro coup de feu et le type des scellés sera pas emmerdé.

– Super.

– T'as Telegram ?

– Euh…

– La messagerie. C'est comme WhatsApp, mais c'est chiffré. Télécharge-la. Bernard te montrera. Hein, Bernard ?

– Bien sûr.

– Tu prendras un pseudo. Le mien, c'est Charlemagne. Je vais faire une boucle de discussion, un groupe dédié à ça.

Didier boit à nouveau une gorgée de vin, puis me dévisage en dodelinant de la tête et en souriant, l'air de dire : « Toi, tu caches bien ton jeu. »

– Jean-Marc le retraité ! s'esclaffe-t-il. Un putain de cerveau, ouais ! Je vais t'appeler Spaggiari[1] !

1. Cerveau du casse du siècle, à la Société générale de Nice, en juillet 1976. Cambriolage effectué en passant par les égouts, le week-end, sans utilisation d'armes à feu. Albert Spaggiari écrit d'ailleurs ce message sur un coffre, avant de quitter les lieux : « Ni armes, ni violence, et sans haine. » Butin : 50 millions de francs de l'époque, soit l'équivalent de 36 millions d'euros de nos jours.

16
Agence tous risques

Lorsque j'ai déjeuné au Confluent avec le gendarme Xavier, il a été très clair. Pas d'infraction, pas de délit, sinon je n'en sortirai pas les cuisses propres. Mais comment on fait, quand on n'a pas le choix ? Voilà comment ça s'est passé. Samedi, message sur Telegram de Didier, qui me demande de me tenir prêt pour dimanche. Telegram permet d'envoyer des messages chiffrés directement sur votre téléphone, sans être stockés sur le cloud, et qui peuvent s'effacer passé un délai de cinq secondes, une minute, une heure ou une semaine, au choix. Cela peut faire sourire. Didier qui joue aux cow-boys et aux Indiens. Ou aux espions. Pourtant, c'est efficace et sûr. J'ai eu l'information, qui a disparu de mon téléphone une minute après que j'en ai pris connaissance. Même si j'avais voulu montrer le message à mon nouveau pote gendarme, je n'aurais rien eu à montrer.

Le dimanche à 9 heures du matin, nouveau message, me demandant de me présenter dès que possible au château. Ce que j'ai fait. L'ambiance dans la propriété d'Écully n'était pas la même que lors de ma précédente visite. Pas de petits-fours, pas de serveuses sexy, pas de dégustation de vin à la cave. Non, là, seulement Didier, Loïc, Kevin et Bruno, que je ne connais pas. Bourru, boutonneux et obéissant : un mec du Bastion, quoi. Un fourgon Mercedes Vito, loué par Bruno, attendait sur le parking.

J'ai tout de même eu droit à un café et un briefing, mené par Didier et son avocat. À aucun moment il n'a été question de me demander mon avis. Ambiance militaire, barbouze, un truc un peu viril que Didier apprécie visiblement.

– On le fait, m'a-t-il dit. Vous partez à Besançon.

– Comment ça ? j'ai tenté.

– Le palais de justice. Vous le braquez demain, lundi.

– Mais j'ai pas pu tenir Bonnard au courant, c'est trop *short*.

– Nous nous en sommes chargés, intervient Loïc. Il est parti en week-end, un de ses amis a les clés de son appart, pour nourrir le chat. Il va laisser les clés dans la boîte aux lettres ce matin. On a des gars là-bas qui vont s'occuper de l'appartement. Vous les retrouvez sur un parking, ils vous filent le badge du palais de justice, ensuite c'est à vous de jouer.

– Ah.

– Vous allez dans un hôtel Ibis. Vous payez tout en liquide, précise Loïc en faisant glisser une enveloppe sur la table, devant moi. Là, t'as 300 balles, ça devrait suffire. Ce soir c'est McDo, OK ? Pas de resto, pas de vin, pas de vagues. Demain matin, vous faites tout comme t'as dit. Tu attends dans la petite rue avec la bagnole, les deux zozos entrent, descendent aux scellés, prennent les flingues et te retrouvent dehors.

– OK mais… Didier, tu m'avais dit que je devais juste superviser. Réfléchir à la logistique. Pas intervenir…

– C'est un test, mon grand ! Je sais que je peux te faire confiance, je le sens. Mais en accomplissant ça, tu rassureras tout le monde. Ah oui et un dernier truc : c'est mieux si tu laisses ton portable ici. Comme ça, tu bornes pas à Besançon. On a filé un prépayé à Kevin, si vous avez besoin d'appeler. Mais ce serait vachement mieux si vous aviez pas besoin. T'as des questions, Jean-Marc ?

– Oui. Pourquoi Bernard n'est pas là ?

– J'adore Bernard. Mais il n'a pas ton sang-froid et ta jugeote. Et tu ne devras pas lui en parler. On compartimente.

Je me suis engagé dans cette histoire pour surveiller Bernard et veiller à ce qu'il ne fasse pas de conneries. Eh bien je ne pensais pas que ça irait jusque-là. Je le remplace carrément. C'est ce qui me console, et c'est ce que j'appellerais l'effet lobe d'oreille.

Je n'avais pas d'autres questions, pour la simple raison que j'ai moi-même imaginé ce modus operandi. Deux choses étaient en tout cas parfaitement claires : la première, à part en m'enfuyant en courant, je pouvais difficilement me défiler. La seconde, il m'était tout à fait impossible de prévenir Xavier de l'opération en cours.

*

« J'adore quand un plan se déroule sans accroc », disait John Hannibal Smith à la fin de chaque épisode de la série *L'Agence tous risques*. Pourquoi est-ce que j'y pense, là ? Peut-être parce que je suis au volant d'un fourgon, tout comme l'était Barracuda. Je ne peux détacher mon regard du rétroviseur extérieur, avec le sentiment que ma vie s'arrête maintenant. Tout de suite. Xavier a été très clair : « Pas de baguette magique avec nous », a-t-il dit. La voiture de police grossit dans le rétro, elle avance sur moi, le gyrophare s'allume, le deux-tons retentit brièvement. Le flic veut me signaler sa présence. Mes options ? Démarrer le véhicule et partir, le plus naturellement possible. Autre option… pas le temps d'y réfléchir, car cette autre option s'impose. Au moment où la voiture de police s'immobilise derrière le fourgon, dans l'étroite rue Jean-Jacques-Rousseau, Kevin et Bruno déboulent par la porte de sortie de secours du palais de justice. Ils poussent un chariot, dégoté dans le sous-sol du service des scellés. Sur le chariot, les cinquante kalachnikovs.

Deux voitures s'engagent dans la rue, derrière celle de la police.

Les conducteurs attendent sagement, résistant à l'envie de klaxonner, ce qu'ils feraient s'il n'y avait pas les policiers. Ces derniers, ils sont trois, descendent de leur voiture. Ils portent machinalement l'index à la visière de leur casquette, geste universel des flics qui veut dire à la fois « bonjour » et « vous foutez quoi, là ? » Je descends à mon tour du véhicule et rejoins ce petit monde, Kevin et Bruno, tous deux bouche bée, incapables de réagir, les agents de police tentant d'analyser la situation. Mon mètre quatre-vingt-dix me permet de tous les toiser, et mon âge me confère une bribe d'autorité. Les agents de police ne semblent en effet pas avoir plus de trente ans. J'allume mon sourire de commercial, attrape les mains qui traînent et les serre vigoureusement. La suite, improvisation totale, performance d'acteur.

– Bonjour, messieurs, désolé, je sais, on bloque la rue.

Je me tourne vers Kevin.

– Bon, les gars, y avait plus que ça ? Vous avez tout pris ?

– Vous faites quoi ? demande un des agents.

– On vous a pas dit pour le dégât des eaux ?

– Nan.

– Tout le service des scellés est inondé. La chaudière est juste au-dessus, elle a pété. On déménage les pièces dans une annexe du tribunal.

– Mais…

Ce n'est jamais bon, quand un type commence à plisser le front. Ses yeux ne sont plus que deux fentes. Il pose les mains sur ses hanches, comme si cela pouvait ouvrir les chakras de son cerveau. Il serre les mâchoires et me donne l'impression de n'avoir aucune idée de la manière dont il doit réagir. Je me mets à sa place. Pas évident. Je dois renforcer ma position. Je m'adresse une fois encore à Kevin :

– Vous avez mon badge ?

Kevin tire la tronche, me tend le badge d'accès et se renfrogne encore. Je m'adresse cette fois au chef des policiers :

– Vous avez raison, je monte au bureau chercher les documents. J'en ai pour cinq minutes, je dois les imprimer.

Je ne remercierai jamais assez l'un des automobilistes qui attendent, dernière nous, et qui trouve le courage de donner un petit coup de klaxon. Un autre l'imite. Je les ignore et me lance dans le couloir, quand le flic m'interpelle, agacé :

– C'est bon, c'est bon : vous bloquez tout, là !

– Ouais, je sais, cette rue c'est… pas pratique.

Kevin et Bruno s'activent et chargent les kalachnikovs à l'arrière du Mercedes, une à une, jouant à la perfection le rôle des intérimaires teubés. Chose incroyable, les policiers décident de nous aider, et les voilà qui font la chaîne pour passer les fusils d'assaut à Bruno, qui les empile dans le coffre. Une fois le tout transvasé, Kevin pousse le chariot à roulettes dans le couloir du palais de justice, referme la porte de secours et me rend le badge. C'est dingue à quel point un sourire, une poignée de main et un tout petit peu de baratin suffisent à retourner le cerveau du commun des mortels. Nous montons dans le Mercedes Vito, je coupe les warnings, enclenche la première vitesse et démarre. J'accélère pour distancer la voiture de police, comme si je voulais rapidement libérer la ruelle que je suis en train de bloquer. En réalité, je veux disparaître au plus vite, avant que les flics n'aient la présence d'esprit de regarder notre plaque d'immatriculation, sur laquelle le département 69 est affiché. On n'est jamais trop prudent.

Je regarde Kevin, que les flics ont fait flipper. Il commence seulement à redescendre en pression et rit, plus de soulagement que d'autre chose.

– Ça a été ? je demande.

– Tranquille.

– Vous avez pu laisser le message ?

– Ouais, en grand au marqueur. Dans la salle, dans le couloir aussi. ABAC !

– Nan, ACAB, putain ! All Cops Are Bastards ! ABAC, ça veut rien dire !

– J'sais plus ce qu'on a mis. Ils remettront dans l'ordre. ACAB, ABAC, on s'en branle.

– T'aurais dû mettre ABBA pendant que t'y étais.

TROISIÈME PARTIE

Impossible n'est pas français

> On peut dire ce qu'on veut en public, mais en privé nous savons tous que la seule loi et le seul dieu, c'est l'argent. Si on en a suffisamment, on n'a pas à souffrir des conséquences de ses actes et on n'a pas à souffrir pour les idéaux que l'on défend, on les impose aux autres et on se félicite de la noblesse de nos intentions.
>
> Dennis Lehane, *Le Silence*

17
Aux chiottes, Jean Lassalle

Les chaînes d'information en continu ont adoré l'histoire de Besançon. Braquer la justice pour des kalachnikovs saisies chez des dealers, on se croirait dans un film d'Olivier Marchal. C'était hier, et depuis on n'entend parler que de ça. Cela dit je le sais, il y en a un que cela ne devrait pas faire rire, c'est Xavier. Mon gendarme. Lorsque j'arrive au Confluent, avec quelques minutes de retard, je suis dans la peau d'un collégien convoqué par le proviseur. Je vais devoir annoncer les conneries dont je suis responsable et à chaque nouvelle info, son visage va s'affaisser un peu plus, jusqu'à couler et former une flaque de déception. Pourtant, je n'ai pas désobéi, je n'ai rien accompli de mal, au regard de la situation si particulière dans laquelle je me trouve. Je prends place en face de Xavier, qui a choisi une table mange-debout et, donc, un tabouret de bar. La serveuse passe vers nous, je désigne la canette d'IPA que Xavier a commencé de boire, elle m'en apporte une.

Xavier pointe le menton dans ma direction, l'air de dire : « Alors ? »

Je bois une gorgée et me lance, pas tergiverser.

– Ils l'ont fait, pour le palais de justice. À Besançon.

– Je sais, répond Xavier. J'ai la télé quand même.

– C'est pas tout. J'y étais.

– Ah. Alors ça, ça me plaît pas du tout.

– J'ai su le matin que j'y allais, et on a laissé nos portables à Lyon. J'avais aucun moyen de te prévenir.

– On aurait tout arrêté, si je l'avais su. Et si jamais ça te retombe dessus un jour, la gendarmerie ne pourra rien faire.

– Je sais. J'aurai pas les cuisses propres.

– Au fait, ça veut dire quoi, ABAC ?

– Rien. Laisse tomber…

– Et tu sais ce qu'ils comptent faire avec les kalachs ?

Voilà en effet la seule question pertinente à se poser, et pour laquelle je n'ai pas la moindre réponse. Xavier est très contrarié et il me le fait sentir, il me fixe, presque les gros yeux, au point qu'il me gonfle. J'ai pas mal de défauts, pas l'hypocrisie.

– Bon, j'ai compris que t'étais énervé. C'est bon.

– Non, c'est pas bon, Jean-Marc.

– En fait si, c'est bon, maintenant t'arrêtes, tu me regardes autrement, tu me parles pas comme à un gosse. J'en ai rien à foutre que tu sois gendarme. D'accord ? Je suis venu t'alerter parce que je suis un bon citoyen, TU m'as retourné pour devenir un indic, une balance…

– Doucement…

– Non, pas doucement ! TU m'as envoyé au charbon. Je me suis retrouvé dans une situation sans alternative. J'y suis allé parce que pas le choix. Donc maintenant, tu vas me changer ton petit regard d'instit là, et tu vas me respecter !

*

Je n'ai pas encore revu Didier, depuis mon retour de Besançon. Mes exploits ont été largement relayés sur les chaînes d'information et sur les sites comme Yahoo Actualités. Presque marrante, cette sensation d'avoir traversé l'écran. Les policiers que j'ai bernés, au moment de quitter le palais de justice, sont la risée de leur profession. Nous aussi, un peu, à cause des tags laissés par Kevin. ABAC. Ridicule. Cela étant dit, les journalistes ont tous évoqué l'ultragauche. C'est dingue à quel point il est facile de faire dire ce qu'on veut à des rédactions. Toujours est-il que j'ai retrouvé mon quotidien, mon quartier, les seins magnifiques de la flamboyante rouquine responsable de salle de la brasserie Midi Minuit. J'ai retrouvé le Super U, évidemment, et sa cohorte de sucreurs de fraises. J'ai retrouvé les parrainages, Bernard et moi avons visité des mairies de villages, pour des résultats mitigés. Me refusant à systématiquement utiliser la menace, j'avoue qu'il est compliqué à vendre, le Z. Car s'il est vrai qu'il dispose de ses aficionados, il a une très forte capacité à rebuter. L'exemple le plus flagrant est celui de Lola, cette pauvre gamine de douze ans assassinée et retrouvée dans une malle. La meurtrière, une Algérienne de vingt-quatre ans, en situation irrégulière, est visiblement atteinte de troubles psychiques. L'expert psychiatre qui l'a examinée a affirmé qu'elle n'avait pas subi d'abolition ni d'altération du discernement, comprenez : elle n'est pas schizo. Il a toutefois estimé qu'elle présentait un grave trouble de la personnalité et un haut potentiel psychopathique, comprenez : elle sait ce qu'elle fait et il est préférable de ne pas la croiser. Zemmour et les gens de son parti ont utilisé le terme de « francocide ». Ce qu'ils ont retenu de cette fille timbrée, ce n'est pas son état mental, c'est sa nationalité algérienne. Elle était sous OQTF et n'aurait pas dû se trouver sur notre territoire.

C'est l'argument qu'utilise Bernard, devant les élus.

Nous sortons à l'instant d'une mairie et il a dit, texto : « Avec nous, les OQTF seront appliquées à la lettre, dans la semaine les types rentrent chez eux. Il n'y aura plus de petite Lola, croyez-moi. » Bernard est intelligent, mais son cerveau feint de ne pas comprendre l'arnaque du mot

« francocide ». Si la petite Lola est décédée, c'est parce que Dahbia Benkired est une cinglée, qui pourrait tout autant être sud-coréenne, brésilienne ou ardéchoise. Bernard me tend la carte magnétique de son Q7 et me demande si ça ne m'ennuie pas de conduire. Je prends le volant et démarre. Le seul argument de Bernard concerne donc cette histoire d'OQTF non respectée. D'après lui, le problème est juste qu'elle était chez nous. Si elle avait été en Algérie, ce serait une petite Algérienne qui aurait fini sa vie dans une malle. Je lance le débat :

– Pour la petite Lola, là, et l'OQTF, tu mélanges deux trucs.

– Comment ça ?

– Une folle qui tue une gosse, et les étrangers en situation irrégulière. C'est comme si tu disais : « Si on renvoie chez eux tous ceux qui sont en situation irrégulière, il n'y aura plus de gamin tué en France. » Mais c'est faux. Les cinglés qui s'attaquent aux mômes, on en a aussi, et des bons Français.

– Peut-être. Mais elle, Lola, serait vivante.

– Le problème, Bernard, c'est que tu pars d'une anecdote et que tu généralises.

– Une anecdote ?

– Un fait divers. C'est une fille cinglée qui a pété un plomb. Ça veut pas dire qu'il y a une armée de migrants cinglés sur le sol national qui vont tuer nos enfants.

– Des fois, Jean-Marc, je te comprends pas. Tu parles comme un islamo-gauchiste.

– C'est pas ça. Qu'il y ait un problème de politique migratoire en France, en Europe, OK, c'est un débat. Mais utiliser la petite Lola pour dire : « Regardez ce que font les migrants à nos enfants », c'est un mensonge. Ils ne font pas ça. Ce que je veux dire, c'est pas que c'est bien d'avoir des migrants. Je veux dire que cet argument n'est pas juste. Et si t'es pas juste et que les gens le comprennent, ils ne votent pas pour toi.

Un silence gêné s'installe dans la bagnole. Bernard comprend que je dis vrai. De mon côté, même si c'est très compliqué de vendre du Z, si je suis honnête, je reconnais que la publicité des parrainages est un problème. L'élu qui nous file son enveloppe se retrouve avec un dossard Zemmour sur le dos. L'argument valable ? Selon moi, ce sont les sondages. Un type qui pèse au moins 10 % dans les intentions de vote ne peut être exclu de la présidentielle. Et il ne s'agit pas de ses beaux yeux, il s'agit des 10 % d'électeurs qui doivent être représentés. Je lance Bernard sur le sujet, question de briser la glace :

– Le vrai argument, Bernard, contre lequel un élu n'a rien à répondre, c'est la légitimité. Zemmour, Le Pen, Mélenchon, ils sont légitimes. Ils sont hauts dans les sondages, ils ont des électeurs.

– Mais tu ne gouvernes pas avec des sondages.

– C'est vrai. Tu sais ce qu'il faudrait, au lieu de ces parrainages à la con ?

– Vas-y.

– Qu'un parti ait le droit de présenter un candidat s'il a un nombre minimum de députés. Je sais pas combien : dix, quinze, on s'en fout. Ça se calcule. Mais si tu as ces députés, ça veut dire que tu as des électeurs, et des vrais, pas des sondages. Ça veut dire aussi que tu as le fric et la structure pour mener une campagne.

– Et aux chiottes, Jean Lassalle !

– Oui. Aux chiottes les candidats folkloriques. Ou alors ils doivent passer par l'étape des législatives, obtenir suffisamment de députés, et voilà. En plus, le droit à avoir un candidat ne serait plus un acquis. Franchement, quand le PS a présenté Anne Hidalgo à la présidentielle, en 2022, ils étaient en état de mort cérébrale depuis cinq ans… Pourtant c'est mon bord politique, tu le sais, le PS. Mais si on est un peu honnête…

– Ouais, c'est pas con, admet Bernard.

– Merci. Je devrais écrire la Constitution de la VIe République.

– T'emballe pas non plus. Bon, tu restes à la maison ce soir ? Ça fait longtemps que t'as pas vu Valérie. Elle m'a dit de te ramener, de force s'il le faut. P'tit dîner tranquille.

18
La taqîya

C'est la première fois que je revois Didier, depuis mes exploits. Il m'a convoqué au château, je viens. Alors que je me gare sur le parking, je vois dans le rétroviseur un type qui entre dans la propriété à VTT et passe derrière ma voiture. J'ai le temps de voir qu'il porte une djellaba, un kufi (le chapeau de prière) et la barbe des musulmans. Je sors de mon véhicule, traverse le parking et avance jusqu'au perron de la bâtisse, où cette espèce de djihadiste est en grande conversation avec Didier. La scène est déjà étonnante en elle-même, mais lorsque je découvre que le type n'est autre que Kevin, là, j'en perds mon latin, mon grec et mon braille. Didier, qui lit la stupeur sur mon visage, s'en amuse :

– Tiens, Spaggiari ! Regarde comme il est beau, notre khouya[1] !

– Plutôt surprenant, je dis. Tu t'es converti, Kevin ?

– Plutôt crever.

– Allez, entrez. On va t'expliquer, Jean-Marc.

Masquer son tatouage ZYCLON BOUGNOULE sous une djellaba revient à effectuer une taqîya à l'envers. La taqîya ? C'est une pratique qui consiste à nier sa foi en l'islam, dans un souci de dissimulation. Un terroriste qui veut intégrer une société occidentale et se faire oublier, éviter les soupçons, a ce

1. « Frère », en arabe.

droit-là. Alcool, cochon, cigarette, femme blanche, il peut se comporter en parfait mécréant, puisque c'est pour la bonne cause. Kevin, c'est pareil, mais version facho. Je doute de ses capacités, compliqué de m'en cacher. Je le soupçonne d'être incapable de dissimuler quoi que ce soit.

Didier ouvre une bouteille de châteauneuf-du-pape, de chez Guigal.

Une miche de pain de campagne, du jambon à l'os, du pâté en croûte, bonne franquette et nouveau briefing, nouvelle mission. Une fois encore, Didier nous associe, Kevin et moi. Et une fois encore, il nous demande nos avis respectifs. La situation est simple : Didier a obtenu d'un proche, commandant de police aux stups de Lyon, une information qui vaut de l'or. Le nom et l'adresse d'une famille de Vénissieux qui est suspectée d'avoir une spécialité particulière : le transport de fonds. Comme la Brink's, version banlieue. L'idée est de mettre en place une surveillance autour de la famille, de déterminer quand elle effectuera un nouveau transfert d'argent, et de la braquer. Grâce à un autre proche de Didier, qui est au conseil d'administration d'un bailleur social, nous disposons d'un appartement vide, au troisième étage de l'immeuble en face de notre famille cible. L'équipe : Kevin, qui peut dorénavant évoluer avec facilité dans la cité. Et moi. Basta.

Exit Bernard, une fois encore. Je redoute le jour où il réalisera que j'ai agi pour le compte de Didier sans lui. Je le redoute car je sais ce qu'il pensera : je lui ai piqué sa place. Je ne peux évidemment pas lui avouer que, oui, je lui vole la vedette, mais uniquement pour pouvoir tout balancer à la gendarmerie. Je lui vole la vedette pour le protéger, lui ; je lui vole la vedette pour son bien.

Je commence à trouver que Didier a beaucoup de potes, de connaissances bien placées, de connexions qui nous arrangent. Est-ce lié à son taf, à sa position sociale, à ses amis politiques ? À creuser. À dire à Xavier, de toute façon. Didier poursuit son briefing et, à la question « Alors vous voyez ça comment ? », je m'amuse à devancer Kevin en l'imitant et en affirmant qu'il faut y aller à la kalach. Didier sourit de ma vanne, que Kevin ne prend pas trop mal. Il tord la lèvre supérieure et grommelle juste un « Ouais, c'est ça, ouais… » à peine audible.

– Mais bon, pour le coup, estime Didier, c'est peut-être la solution. Même si ça risque d'être chaud. C'est des Marocains. Si tu crois qu'ils ont un boulot, c'est pas le genre.

– Ben c'est des Marocains, quoi, résume Kevin.

– Donc ils sont tout le temps fourrés à l'appart. On oublie le petit cambriolage. En plus, on sait pas où est le pognon, même pas sûr que ce soit chez eux.

– On sait combien ils auront ? je demande.

– Nan. C'est des cash collectors, c'est comme ça qu'on les appelle. Ils ne touchent pas à la drogue, ne la voient même pas. Leur spécialité à eux, c'est de descendre l'argent au Maroc. Plusieurs fois par mois, ils cachent le pognon dans leurs voitures, les bagages, sur eux, je sais pas où, et ils descendent payer les producteurs de shit, au bled.

– J'étais persuadé qu'ils faisaient des virements, je dis.

– Eh non. Ils sont de la vieille école, les Marocains, ils veulent du vrai blé.

– OK, je résume : on sait pas qui part, quand, ni avec combien ?

– Voilà, dit Didier. Tout ce qu'on sait, c'est que c'est l'argent du trafic, alors on se sert. C'est un impôt sur les fils de pute. Vous avez l'appart en face, pour planquer. Kevin peut se balader dans le quartier, avec sa tronche de djihadiste. Il sera tes yeux et tes oreilles, Spagg'. Vous faites comme vous le sentez, mais on a besoin de ce fric.

– On n'est que deux ? je demande. Pourquoi on n'utilise pas les types du Bastion ?

– Pas assez discrets.

Nous sommes revenus sur le perron du château, où Didier

prend congé de nous. Kevin-Mahmoud descend les marches et défait le U de son VTT. Comme si quelqu'un, dans cette propriété, aurait l'idée de lui voler son Rockrider. Je serre la main de Didier, qui me réaffirme sa confiance :

– Je veux le fric, mais pas trop de vagues. Je t'avoue qu'au début, c'était pour ça, les kalachnikovs. Je voulais, genre... un assaut. Mais quand j'ai vu ce que t'as été capable de faire avec les scellés, je me suis dit que ça valait le coup que tu réfléchisses.

– D'accord.

– Tu gères, Spagg'. Après, si la seule solution c'est d'y aller à la kalach, comme dirait notre ami, tu me le dis. Mais je suis sûr que tu vas m'étonner.

– Je vais essayer. Et l'argent ? C'est pour quoi faire, après ?

– Moins t'en sais... Mais t'inquiète, le moment venu, tu comprendras.

Je descends à mon tour les marches du perron. Kevin enfourche son vélo et s'élance majestueusement, sans voir que sa Nike Air blanche se prend dans la djellaba. Alors qu'il veut donner un grand coup de pédale, il s'explose la gueule dans les graviers et se retrouve sur les fesses, la capuche par-dessus la tête, la manche droite relevée offrant une vue partielle sur son tatouage : ZYCLON BOU... Didier l'observe un moment, sans prononcer un mot, le visage à la fois grave et inexpressif. Juste, il ne croit pas ce qu'il vient de voir.

– C'est la punition d'Allah, je dis.

Didier se tourne vers moi et se contente, pour toute réponse, d'un :

– Tu me tiens au courant.

*

Une fois encore, c'est au Confluent que nous nous retrouvons, avec Xavier.

Deux IPA, deux burgers-frites. Je lui explique ce que j'ai

appris de nouveau, à savoir que les kalachs devaient initialement servir à braquer une famille de cash collectors marocains, mais qu'au final Didier semble préférer un modus operandi plus soft. Si possible, pas d'armes, pas de vagues. Et je suis justement chargé de définir si c'est nécessaire. Xavier écarquille les yeux, léger mouvement de recul du buste, comme un spasme, il repose la canette alors qu'il s'apprêtait à en boire une gorgée. C'est là qu'il m'énerve, un truc se passe en moi, une rébellion, une discorde. Je décide qu'il me les casse. Je me mets en mode ben ouais, c'est comme ça. Je raconte l'histoire de la famille marocaine. La planque avec Kevin, le converti en carton. Mon objectif : trouver le moyen de voler ces gens sans arme à feu. Xavier ne réagit pas, mais j'entends la mécanique de son cerveau qui fonctionne à plein régime.

– C'est chaud quand même, là, lâche-t-il. C'est quand, la planque ?

– Ben... là. Je vais y aller. Kevin est sur place. On va voir ce qu'on peut faire, mais c'est évident qu'on ne va pas débarquer avec des kalachnikovs. Didier ne me demanderait pas de jeter un œil sinon. Il enverrait le Bastion.

– C'est sûr.

– Écoute voilà, je te préviens. Maintenant, si on arrête tout, faut que je le sache. Et je vais pas faire le con à Vénissieux.

– Pour l'instant on n'a pas grand-chose. Même pour Besançon. On a ton témoignage, au mieux, et ça fait de toi un complice. T'es impliqué. On va éviter. Je veux savoir ce qu'ils préparent. Et pour le pognon, tu as une idée de combien ont les Marocains ?

– Pas du tout. Ils descendent l'argent au Maroc en voiture, c'est tout ce que je sais.

– Bon, tu restes en planque pour l'instant, mais je veux que tu aies ton téléphone sur toi. Si Didier te refait le coup du téléphone qui reste chez lui, tu l'envoies chier. T'as plus quinze ans.

– OK.

– Et cette fois tu me préviens avant d'intervenir. Je pense que Didier, c'est du lourd, et je veux l'arrêter pour quelque chose. On a des remontées de terrain. Comme d'hab, on a plein de groupuscules de trous du cul de fachos, supporters de l'OL et aussi supporters de Goebbels. Des cons, inoffensifs. Ils défilent à cinquante dans la rue en hurlant : « Islam hors d'Europe ! » Difficile de les rater.

– Comme les types du Bastion. Comme Kevin.

– Oui, mais là, c'est différent. Il y a Didier. Des moyens et un cerveau. Et si je l'arrête sans biscuit, il fait sa garde à vue et il ressort hyper méfiant, donc encore plus discret.

– Bon, OK. On continue alors.

– Voilà. Et tiens, ça, c'est pour toi.

Xavier glisse une enveloppe sur la table. Je l'ouvre et découvre une liasse de billets de 100 euros, qui rémunère, j'imagine, mes informations sur le braquage du palais de justice de Besançon. « Y a 3 000 », me précise Xavier. Beaucoup ? Pas beaucoup ? Aucune idée.

19

Das Auto

J'ai effectué quelques courses et pris de quoi tenir plusieurs jours, d'une alimentation hélas peu variée. L'appartement étant vide, nous ne disposons ni de cuisine ni de réchaud, pas même d'un vulgaire four à micro-ondes, et il a bien fallu que je me rabatte sur des choses à la fois simples et industrielles : des sandwichs triangles, des chips, des boissons gazeuses. Quelques extras, comme des barres chocolatées, Balisto jaunes et verts, Lion, Twix, j'en passe. Lorsque je suis entré dans l'appartement et que Kevin a ouvert les sacs, il a été enchanté. Je suis remonté dans son estime. Dis-moi ce que tu manges, je te dirai qui tu es. Je me souviens d'avoir vu Pierre Bourdieu, le sociologue, chez Bernard Pivot, à la fin des années 1970. J'avais une quinzaine d'années, à cette époque sans ordinateur, sans chaîne d'information en continu, sans divertissements excessifs, bref : sans Cyril Hanouna. Cette époque où un gars comme mon père, simple employé de bureau, pouvait passer une soirée à écouter Max Gallo et Pierre Bourdieu parler de leur dernière parution, à savoir *La Distinction*, en ce qui concerne Bourdieu. J'aurais nettement préféré un autre programme, seulement voilà, c'était l'époque où il n'y avait pas, ou si peu, d'autre programme. Je me souviens encore aujourd'hui de l'émission, pour avoir été choqué par les propos du sociologue. Il affirmait en effet deux choses, la première étant que si un individu peut remettre en cause ses opinions, politiques, religieuses, voire sportives, il lui est en revanche quasiment impossible de revoir ses goûts. Qu'il s'agisse de la musique, du cinéma, ou de la nourriture et des fringues. La seconde chose, plus choquante encore : mon goût est le dégoût du goût des autres.

Kevin est assis par terre, le dos appuyé contre un mur, les jambes écartées.

Il dévore un sandwich d'une main, pioche d'énormes poignées de chips de l'autre, s'envoie un litre de Coca par là-dessus, sans oublier de roter à intervalles réguliers. Devant lui, son téléphone portable, la chaîne L'Équipe, et d'interminables débats sur le statut du Paris-Saint-Germain sur la scène footballistique européenne. C'est vrai qu'il me dégoûte. Mes goûts à moi, en dresser la liste, oui, pourquoi pas. Mais commençons par le spectacle de Kevin : mes goûts débutent par le rejet entier de cette personne, ses pieds qui doivent puer dans les Nike Air, sa culture finalement pas si éloignée de celle de la cité, de la street, car centrée sur le foot, et sa façon de se tenir en mangeant. Kevin pourrait, un jour, changer d'opinion sur les Arabes, sur Éric Zemmour, sur l'Olympique lyonnais pourquoi pas. Mais vous ne lui ferez jamais manger un duo d'asperges crues et cuites dressées sur un coulis de sabayon au basilic. Par exemple.

Pareil pour moi, attention. Je suis vraiment ce que je mange. Je suis vraiment ce que je ne mange pas. Kevin ? Il est tout en bas, au niveau de la malbouffe, de la musique dégueulée par Virgin Radio et de la garde-robe unique : baskets et survêtement. Kevin est au niveau zéro du goût. Je l'observe à la dérobée. Serait-il différent s'il avait fait carrière dans le foot ? Je ne suis pas certain. Il suffit de voir comment les footballeurs professionnels s'habillent en dehors des terrains pour s'en persuader. Ils ont beaucoup d'argent, certes, et des grands couturiers qui se chargent de les saper, mais très rares sont ceux qui privilégient la sobriété. Et donc la classe, la vraie. À partir du moment où l'on possède des voitures comme une Bugatti Veyron ou une McLaren P1, on a définitivement quitté la sphère du bon goût. Je pense que si Kevin avait les moyens financiers d'un Kylian Mbappé, il ne deviendrait pas pour autant un gentleman. Bien au contraire. C'est ce que disait Pierre Bourdieu. Les gens sont marqués au fer rouge par leur caste, par leur héritage culturel. Les gens sont leurs goûts.

J'ai cru comprendre qu'il bossait dans un garage, mais n'en suis pas certain. Je lui demande, histoire de tuer le temps. J'apprends qu'il est en effet mécanicien, bosse chez Speedy et que la mécanique est aussi une passion du dimanche, pour lui.

– Je répare des vieilles caisses, chez moi, le week-end.

– Au black ? je demande.

– Nan. Pour moi. Là je suis sur une 205 cabriolet Roland-Garros, de 1990. Le moteur ça va, mais je refais tout l'intérieur. Les sièges.

– Ah. Et où tu as trouvé des sièges neufs ?

– C'est le problème. Mais j'ai un pote, dans une casse, il m'a trouvé un intérieur de XM, tout cuir, pour 300 balles.

– Attends, attends… Une XM, tu veux dire la Citroën de ministres ? C'est énorme comme bagnole, ça !

– Ben ouais. J'en bave. J'ai dû scier la banquette arrière, ma femme m'a aidé à recoudre le cuir. Une vraie galère.

– Et le résultat ?

– Ah ben, j'ai pas terminé !

– Et tu vas en faire quoi de la voiture, après ?

– Je vais essayer de la vendre. C'est pas pour gagner de la thune hein, c'est surtout que j'aime bien ça. Ça me détend.

Je ne parviens pas à déterminer si faire entrer un intérieur de XM, à savoir une grosse berline, dans une 205, à savoir une citadine deux portes, est bien malin. J'avoue, je serais curieux de voir le résultat. Je suis surpris, aussi, que Kevin ait une passion gratuite, un hobby. Les gens qui ont des occupations similaires, les faiseurs de puzzles, collectionneurs de timbres ou confectionneurs de tour Eiffel en Kapla, ces gens ont une âme. Ou un début d'âme. Ils agissent, ils concrétisent un truc, ça les dépasse, ils ne se contentent pas de s'affaler sur un divan durant leur temps libre. D'une certaine façon, ils m'intéressent. Kevin ? Ah, Kevin…

*

Le sommeil a été léger, car compliqué, sur des tapis en mousse de camping.

Le café ? Pas de café.

Je me poste à la fenêtre du salon tandis que Kevin sort dans le quartier, à biclou. Je lui ai recommandé de ne pas trop zoner dehors et de préparer un prétexte avant chaque sortie. Des fois qu'on l'attrape contre un mur et qu'on lui demande ce qu'il fout là. Pour sa première sortie de la matinée, je lui ai fourni une raison : un billet de 10 euros, et la mission de nous rapporter des croissants. Je l'observe, par la fenêtre, tandis qu'il s'élance et se prend la Nike dans la djellaba, mais sans chute cette fois. Il s'arrête à temps, dégage le tissu de sa basket et repart. Je constate qu'il se fond dans le décor.

Les volets ont été ouverts à 7 heures du matin, chez les Bennani, à l'instar de toute famille de cité qui se respecte et qui se débat dans une vie active fatigante et mal rémunérée. La famille est dans une sorte de taqîya elle aussi, rapport à l'argent. Je n'ai pas connaissance des montants transités jusqu'au Maroc, mais nous savons que leur rémunération s'élève à 1 % de la somme. S'ils acheminent 1 million d'euros, il y a 10 000 pour eux. Il doit y avoir dans les trente-cinq heures de trajet, aller-retour, ce qui représente du 285 euros de l'heure. Plutôt correct, d'autant que le risque me semble minime. La remontée de came, par autoroute, est plus périlleuse. Vous avez 400 ou 500 kilos de shit dans votre Porsche Cayenne, vous foncez sur l'A10 en direction de Paris, ou sur l'A7, pour Lyon. Difficile de ne pas se faire repérer par les gens des douanes ou de la gendarmerie, équipés eux aussi de voitures surpuissantes.

Tandis que dans l'autre sens, franchement…

A priori, la seule chose qui peut arriver aux cash collectors, c'est une enquête de police. C'est d'être déjà sous surveillance, avant même de partir. Comme c'est le cas pour les Bennani. Sinon, aucun stress. Enfin, il me semble. Je me demande d'ailleurs comment ils procèdent, avec quel véhicule, à combien ils descendent. Quelle couverture ? Quelle légende ? Question bagnole, les parents disposent d'une Mercedes-AMG CLA Shooting Brake, à savoir une berline allongée, un break somptueux, d'une puissance d'un peu moins de quatre cents chevaux et qui coûte la modique somme de 70 000 euros. Le prix, là, c'est évidemment pour l'entrée de gamme. Ils ont trois fils et une fille, la petite dernière, âgée de seize ans, voilée, comme la mère. Les fils sont grands et ne vivent plus dans l'appartement de Vénissieux, mais ils viennent régulièrement. Ils ont chacun un bolide à au moins 50 000 euros, marque Mercedes-AMG également, à croire que le préparateur allemand sponsorise les voyous français.

La famille, donc ?

Le père, la soixantaine, la calvitie, un type svelte qui s'habille sans fantaisie, sans signe extérieur de quoi que ce soit. Un homme normal, passe-partout. Son épouse a l'air un peu plus jeune, à ce que je peux voir. Mais je suis loin, posté derrière une fenêtre, et lorsqu'elle sort elle porte une abaya à manches longues et un voile. La jeune fille est elle aussi en abaya, voilée, les rares fois où elle sort de chez eux, en général pour effectuer quelques courses à l'épicerie du coin. Des fantômes. Le truc qui ne colle pas, pour leur activité, c'est la voiture. Si je suis flic et que je les vois, les trois, dans une berline coûtant l'équivalent de cent quarante mois de RSA, j'ai envie de les arrêter et d'échanger avec eux sur leurs revenus. Est-ce que ce sont les fils qui effectuent le voyage ? Possible aussi.

*

C'est notre troisième matin de colocataires, à Kevin et moi. Nous avons maintenant nos petites habitudes. Tôt le matin, Kevin part à vélo nous chercher les croissants tandis que je m'installe à mon poste d'observation. Les Bennani, la famille la plus chiante du monde à surveiller. Il ne se passe quasiment jamais rien. Les fils viennent déjeuner auprès des vieux, chaque midi. La mère et la fille sortent parfois, jamais loin, jamais longtemps. Hier, le père les a embarquées dans son break AMG. J'ai hésité. Est-ce qu'ils partent au Maroc, comme ça, avec rien sur eux, pas même un sac ? Le pognon serait déjà dans la voiture ? Non. Impensable. Même une famille d'ici ne laisserait pas de grosses sommes de cash dehors, sur un parking. Une heure plus tard, ils sont revenus, le coffre blindé de sacs de courses.

Kevin a trouvé le coup, pour le vélo et la djellaba.

Je me transforme en balistovore.

J'ai appris les échecs à Kevin, avec une appli, sur mon tél. Il a prétexté préférer le jeu de dames mais est étonnamment malin, au point que je regrette de lui avoir donné deux ou trois tuyaux sur les ouvertures. Il prend le temps de réfléchir à ses coups, comprend seul et assez vite quand il a mal joué, ponctuant sa prestation de « Putain j'suis trop con ». J'en suis là, à mourir d'ennui, quand... Holà, putain : ça bouge !

Ce sont M. Bennani et l'un de ses fils. Ils viennent de sortir de l'immeuble, le fiston montant dans son bolide et attendant, le père un trousseau de clés à la main qui se dirige vers une rangée de portes de garage, en tôle, qui s'ouvrent en se soulevant et en glissant sous le plafond du box. Quelques minutes plus tard, M. Bennani en sort au volant d'un monospace Touran, gris métal, entretenu mais hors d'âge, puisqu'il s'agit de la première version alors que Volkswagen en est déjà à la troisième. Enfin. Et je comprends leur stratégie. Ce Touran est leur outil de travail. La petite famille de Français d'origine marocaine qui descend au bled, le vieux qui ne paie pas de mine, son épouse et sa fille voilées, sa voiture passée de mode mais entretenue comme seuls savent le faire les bons pères de famille un peu fauchés. C'est une sacrée bonne nouvelle. Ils vont descendre en respectant les limitations de vitesse, par l'autoroute, en effectuant les pauses préconisées par Bison futé. Dès lors, un plan pour les intercepter et les dépouiller m'apparaît évident. Et il n'y aura pas besoin de kalachnikovs.

Je demande à Kevin de rester à la fenêtre et de surveiller, son téléphone à portée de main. Je fonce dans l'escalier de l'immeuble et monte dans ma voiture, garée sur le parking. Le père Bennani a à peine eu le temps de refermer sa porte de garage et de remonter dans le Touran. Il démarre, suivi de son fils. Il y a pas mal de monde en voiture, dans Vénissieux, si bien que ma filature est assez simple à réaliser. Je ne les colle pas. Je change de file de temps en temps. Et puis nous n'allons pas très loin. Dix minutes seulement après être partis, le Touran et la Mercedes se garent sur le parking du garage Point S, coincé entre le boulevard périphérique

Laurent-Bonnevay, la voie ferrée et le Carrefour Vénissieux. Le fils Bennani ne sort même pas de sa voiture, il attend son père qui le rejoint très vite, après avoir confié sa caisse au garage.

Une révision ?

Un changement de pneus ?

Un souci avec le pare-brise ?

Peu importe. Une chose est sûre : la famille Bennani s'apprête à reprendre la route. Et je serai du voyage.

20
Tête de nazi

J'ai téléphoné à Xavier, tout à l'heure, pour lui annoncer ce qui se trame. Il a tergiversé, traîné la patte, mis en avant son agenda chargé. Je me suis fâché. J'ai dit : « Bon, OK, donc tu valides ? On les braque demain. » Silence à l'autre bout du fil. C'est étonnant à quel point un gendarme peut rechigner à aborder des sujets sensibles au téléphone. Soit il est paranoïaque, soit il est sur écoute, et dans les deux cas c'est flippant.

– Pas au téléphone, il a finalement lâché.

– Putain, Xavier, tu me prends pour Donnie Brasco ou quoi ?

– T'es chez toi ?

– Nan, je quitte Vénissieux là. Je dois aller voir Didier. J'ai une heure, pas plus.

– On se retrouve à la gendarmerie.

Lorsque j'arrive devant la grille de la rue Bichat, Xavier est déjà là. Il m'ouvre le portail piéton et je le suis sur la rampe d'accès aux handicapés. Nous entrons dans le petit bâtiment à gauche, où un gendarme en uniforme surveille les entrées dans la caserne. Il pointe chaque personne qui entre, récupérant au passage les numéros de pièces d'identité. Mais pas avec moi. Xavier lui dit que c'est bon, et nous empruntons l'escalier qui mène aux étages.

Au premier, comme s'il prenait à cœur de me faire la visite,

Xavier m'annonce qu'ici se trouve la brigade. Au deuxième, c'est la BR.

– Pardon ? je dis.

– On est divisés en compagnies, une par région. Avec un général au-dessus. Dans les départements, c'est des groupements, gérés par des colonels. Celui de Lyon, ici. Celui de Givors, Villefranche, Bron…

– OK.

– Dans chaque groupement il y a une brigade : les képis. Et une BR. Une brigade de recherche. Les enquêteurs. T'as aussi un PSIG[1] et des unités élémentaires, comme la mienne. Je suis au troisième.

L'étage de Xavier est en forme de U, avec deux bureaux, au centre, visiblement occupés par des chefs. Deux divisions occupent chacune une aile du U, avec le chef de division au bout du couloir. À gauche, Délinquance criminalité organisée. À droite, chez Xavier, Division investigations spéciales. Nous empruntons le couloir et passons devant des bureaux où des gendarmes lèvent le nez, constatent qu'ils ne me connaissent pas, et replongent le regard sur les écrans des ordinateurs. Ils comprennent ce que je suis : un informateur. Et, comme il me l'a lui-même expliqué, les propres collègues de Xavier ne doivent pas connaître mon identité.

Il trouve une salle inoccupée, au fond du couloir. Mobilier simpliste, puisqu'il y a une table, deux chaises, une armoire en métal datant des années 1980 et, miracle, une cafetière Nespresso. Xavier en fait couler deux, bien serrés.

– Dans ma division, on a des enquêteurs d'investigations. Et des gars comme moi, nous, on gère les sources.

– Moi, donc.

– Exactement. Bon alors ? J't'écoute…

Je raconte ce à quoi j'ai assisté ce matin, le vieux Touran

1. Peloton de surveillance et d'intervention de la gendarmerie.

à l'abri dans un box fermé alors que la Mercedes à 70 000 euros dort sur le parking extérieur. Étrange, non ? Xavier confirme. Cela implique que le monospace a une valeur, mais pas celle à laquelle s'attache un collectionneur. C'est évidemment professionnel. Xavier veut ensuite savoir comment je vois les choses.

– On va faire ça avec une fausse voiture de police. Sur l'autoroute. Dans la cité, c'est trop dangereux.

– Ah bon, et tu as ça, toi ?

– Ben c'est pas compliqué : on prend une voiture blanche, on met quatre types dedans avec des têtes de con et un gyrophare sur le toit.

– Pas faux.

– On les double, juste avant une aire d'autoroute. Une sans station-service, y a moins de monde. On met le gyrophare et on leur fait signe de sortir.

– Il peut y avoir de vrais gendarmes, ou les douanes, sur l'autoroute.

– C'est pour ça que je pense à deux voitures. Une pour leur faire signe de sortir sur l'aire, et une autre qui y sera avant, pour s'assurer que l'endroit est tranquille.

– Continue.

– Ils arrivent sur l'aire d'autoroute, ils pensent qu'on est flics. On joue le jeu, on leur demande les papiers, on leur demande de sortir du véhicule. Y en a un de nous qui monte dans leur bagnole, et on se casse.

– Et s'ils ne se laissent pas faire ? veut savoir Xavier.

– Qui ça ? Un vieil Arabe et deux femmes voilées ? Tu plaisantes ? Nous, on sera quatre, peut-être cinq. On n'a même pas besoin d'armes, d'ailleurs on n'en aura pas.

– Ce que je crains, c'est l'accident de la route.

– Officiellement, c'est une famille qui descend au Maroc. Ils vont pas faire un *Fast and Furious*. Bon, peu importe : tu choisis, Xavier. Je le fais ou pas ? Sachant qu'en fait, j'ai déjà réfléchi, si je le fais pas, ça va être trop bizarre. Si j'arrête tout maintenant, sans motif valable, Didier va trouver ça très louche. Parce que, depuis Besançon, j'ai gagné sa confiance. Tout arrêter, il ne comprendrait pas. J'ai l'impression qu'on n'a déjà plus le choix. Non ?

– On peut aussi arrêter Didier. On perquise sa baraque, ses bureaux, partout. Si on trouve les armes de Besançon, il plonge.

– Oui : SI on les trouve... Tu crois vraiment que Didier stocke cinquante kalachnikovs dans son bureau ? Dans son salon ?

Xavier sait que j'ai raison. Il me fixe, cherchant à déterminer le niveau de mon engagement, puis soupire et attrape un petit sac à dos, dans l'armoire. Il l'ouvre sur la table et en sort trois boîtiers en plastique noir, pas plus gros qu'un morceau de sucre, munis d'un interrupteur sur le côté. « Des traceurs GPS », il se contente de dire. Il sort encore un rouleau de gros scotch transparent et un cutter. Il referme le sac et me le tend.

– Tiens. C'est OK, mais je veux que tu places un de ces machins sur l'argent. Les trois, ce serait idéal.

– Comment je fais ? je demande.

– En général les liasses de billets sont emballées dans du film plastique, et sous vide. Ça prend moins de place. T'ouvres une liasse avec le cutter, tu allumes un traceur, tu le glisses, tu refermes. Je veux savoir où va le pognon.

– C'est compliqué ce que tu me demandes, Xavier.

– Je sais. Tu peux tout arrêter. Encore une fois, je vois un juge, je lui demande une commission rogatoire, on va cueillir Didier. C'est toi qui sens.

– Ce serait pire...

– Et pis même s'ils trouvent les traceurs, c'est pas écrit « gendarmerie » dessus. Ça peut très bien être les dealers qui les ont mis, pour suivre leur fric.

Il est évident que je n'ai pas le choix. Je ne pourrais pas ne pas le faire. Je ne pourrais pas arrêter maintenant ma collaboration avec Didier et Kevin, sans être aussitôt démasqué. Je me demande juste si Xavier ne le sait pas depuis le début, lui, habitué qu'il est des opérations d'infiltration.

*

J'ai appelé Didier, au siège de son entreprise, avenue Tony-Garnier. En face du stade de Gerland, qui a connu les heures de gloire de l'Olympique lyonnais. L'immeuble est récent, je dirais des années 2000. Deux étages seulement, la façade est couverte de fenêtres opaques qui donnent à l'ensemble un côté très prétentieux. Ici, on fait des affaires.

À l'accueil, une jeune femme sublime ne sert à rien.

Elle sourit incroyablement bien. Elle appelle Didier, m'annonce, raccroche et me demande d'attendre dans un des fauteuils de l'entrée. Combien de fois ai-je patienté ainsi, dans des halls d'accueil d'entreprises, pour venir vendre la came de ma boîte ? Des milliers de fois. Une longue carrière de présentation de catalogues, d'hôtels bon marché en zone commerciale et de restaurants glauques dédiés aux types comme moi. Aujourd'hui, tout est différent. Je n'ai rien à vendre. Je serais plutôt une sorte de prestataire doublé d'un citoyen vigilant. Ce que je fous là ? Comme Xavier, je crois que, de manière confuse, je sais depuis le début qu'il sera difficile de stopper les choses. Je sais depuis le début que je m'embarque dans une histoire compliquée. Pourtant j'ai sauté à pieds joints. Surveiller Bernard et l'empêcher de faire des conneries. D'une certaine façon, j'y suis parvenu. Car je pense que Didier lui aurait demandé d'accomplir ce que j'accomplis, si je n'étais pas entré dans la danse.

Didier sort de l'ascenseur et vient droit sur moi, contrarié. D'un mouvement de tête, il m'invite à le suivre, sans un mot.

Je m'exécute, trottine jusqu'à la cabine d'ascenseur, Didier appuie sur le bouton -1. Au sous-sol, autre ambiance. Les murs en béton n'ont pas été peints. Un couloir dessert trois pièces minuscules qui accueillent les archives : des étagères écrasées de boîtes en carton sur lesquelles sont inscrits au marqueur des noms et des numéros de chantier. Didier ouvre la première pièce et passe la tête, pour refermer aussitôt la porte. Même cinéma avec la deuxième et c'est finalement dans la troisième qu'il trouve ce qu'il cherchait : une table et deux chaises.

– Qu'est-ce qu'on fait là ? je finis par demander.

– Faut pas trop que tu viennes ici, en fait. Ici c'est la boîte et…

– Attends, Didier, c'est toi qui m'as dit de venir.

– Tu m'as dit que c'était hyper urgent. Bref, vas-y : y a quoi ?

Je lui explique l'évolution des événements ainsi que le modus operandi que j'ai imaginé pour braquer la famille Bennani. Il m'écoute sans intervenir, l'air blasé du gars qui a tout vu, tout fait, et qui doit subir les prises d'initiative d'un petit nouveau.

– Et pourquoi on fait pas ça quand ils partent, devant chez eux ?

– Ben parce que c'est dans la cité. Il y a les autres, je sais pas où.

– Quels autres ?

– Les mecs qui leur ont confié du pognon pour l'emmener au Maroc. On les chope loin de la cité, quand ils sont isolés de la meute. Pas trop loin de Lyon non plus : on doit pouvoir revenir très vite avec le Touran. Faut aussi un endroit pour le fouiller.

– Au château, à Écully, c'est bien. Y a une ancienne grange, j'y mets mes voitures. C'est spacieux, y a des outils. Bref… Il te faut quoi ?

– Quatre mecs avec des têtes de flics. Une voiture avec un gyrophare. J'ai ma bagnole, j'irai sur l'aire d'autoroute avant, pour vérifier que la voie est libre.

– OK. Faut qu'on soit prêts à quelle heure ?

– Je sais pas. Ça peut être cette nuit, ou demain matin. Il faut que vous alliez à la planque, avec Kevin. Dès que ça bouge, vous me prévenez. Et vous les suivez. Y aura que les vieux et la fille, à mon avis. Ils font semblant de partir au bled, donc s'ils sont pas trop cons, c'est sans armes.

– OK.

– Et pour le gyrophare, tu vas faire comment ?

– J'ai tout ce qu'il faut, t'inquiète pas. On aime bien faire des descentes chez les pédales du GAL. On a des brassards, on a même des plaques « police » pour le pare-soleil. Ils se font avoir à chaque fois.

– C'est quoi, ça ?

– GAL. Groupe antifa lyonnais. Enfin, moi je les appelle les Gros anus lyonnais.

Lorsque j'arrive à l'appartement à Vénissieux, rien n'a bougé. Les Bennani ne sont pas ressortis. Tant mieux. Après Xavier et Didier, troisième briefing de la situation et de la façon dont nous allons braquer la famille de convoyeurs de fonds. J'annonce à Kevin que Didier va nous envoyer trois ou quatre gros bras avec des têtes de flics. Ils attendront ici, je vais me positionner sur l'aire d'autoroute, en éclaireur. Tout ce qu'il aura à faire, c'est me prévenir quand le Touran et notre fausse voiture de policiers prendront la route. Kevin acquiesce, contrarié. Je n'imaginais pas avoir à ménager un jour sa susceptibilité, pourtant c'est le cas. Il se renfrogne.

– Bon qu'est-ce qu'il y a, Kevin ?

– Rien, c'est bon.

– Arrête ton char, je commence à te connaître. C'est quoi qui te défrise ?

– J'aurais bien aimé être là, voilà. J'me suis fait chier à planquer, et quand ça bouge, j'suis sur la touche.

– Kevin, on a besoin de faux policiers. OK ?

– Et alors ?

– Ben même avec ta barbe, excuse-moi, le prends pas mal, mais t'as quand même une bonne tête de nazi.

– Merci, Jean-Marc.

Kevin, reconnaissant, me fait un petit sourire complice. Je craignais de le vexer, je l'ai flatté. Je crois même que, d'une certaine façon, je viens de gagner son respect.

21

Dogging

« Toi aussi tu viens pour te faire sucer ? »

Le type a une trentaine d'années. Il porte un jean, un pull Saint James et une veste de costume bleu marine. Des chaussures de ville propres. Il s'est approché de ma voiture en scrutant côté passager, a vu que personne n'y était installé et s'est déporté sur mon côté. Il cogne à ma vitre, je la baisse, et puis ça, donc :

– Toi aussi tu viens pour te faire sucer ?

– Euh... non. Non. Je... j'attends des amis, en fait.

– Ouais, ben moi aussi. J'attends des *amis*.

– Bonne soirée.

Je coupe court à la conversation en remontant la vitre de ma portière. Je n'ai pas choisi cette aire d'autoroute au hasard, mais pour des raisons précises, concrètes, pragmatiques. Une aire sans station-service, et le moins loin possible. Ces critères m'ont incité à opter pour l'aire de Bornaron, située au-dessus de Valence, à un peu plus de quarante kilomètres de Lyon. J'étais loin d'imaginer que je tomberais sur un zigoto qui croit qu'on peut avoir droit à une fellation, comme ça, en pleine nuit, sur un parking. Putain de dégénéré.

Il est presque 23 heures, j'attends ici depuis 20 heures.

Les Bennani père et fils sont revenus à l'appartement avec le Touran, vers 18 h 30, ce qui a signifié le branle-bas de combat pour nous. Dès lors et à tout moment, ils pouvaient charger le monospace et quitter la ville. Heureusement, les quatre faux policiers de Didier étaient là, prêts eux aussi à décaniller en vitesse. Peu de temps après, un 4 × 4 Audi SQ7 est venu se garer devant la cage d'escalier, deux types sont entrés dans l'immeuble avec des sacs-poubelle pleins, pour ressortir aussitôt, à vide. Départ cette nuit ? Demain matin ? Aucun moyen de le savoir mais, dans le doute, j'ai décidé de nous mettre en place. Je suis donc venu en voiture jusqu'ici, pas loin de Valence. L'aire d'autoroute est exactement comme je l'escomptais : vide. Les automobilistes privilégient les aires avec station-service, pour l'essence bien sûr, mais aussi pour les machines à café. En trois heures, je n'ai vu personne, à part mon nouveau pote, là, qui attend vous savez quoi.

La lumière des phares grossit dans mon rétroviseur. Une autre voiture. Un break familial, qui vient se garer juste à côté de moi. Le type au volant, trente-cinq, quarante ans, me regarde intensément. Sa tête d'obsédé contraste pas mal avec les deux sièges enfants installés sur sa banquette arrière. Tête d'obsédé, oui. Pas d'autre mot. Il sort de sa caisse et s'approche de ma portière, comme l'autre type. Je baisse ma vitre, il me toise, puis veut savoir :

– T'as vu un peu de monde ?

– Euh…

– T'es nouveau ? J't'ai jamais vu…

Je ne réponds même pas et referme ma vitre. Ça y est… j'y suis. J'empoigne mon smartphone et tape les mots « rencontres coquines + aire Bornaron » dans le moteur de recherche. Et bingo. Alors que je consulte un site de rencontre vantant les mérites de ce magnifique spot à cul, une berline BMW se gare non loin de ma voiture. Et cette fois, le siège passager est occupé par ce qui semble être une bourgeoise d'une cinquantaine d'années très bien conservée. Le conducteur de la voiture, son mari a priori, coupe le contact, prend son téléphone portable et commence à filmer sa femme. Cette dernière ouvre sa portière, l'homme au pull Saint James approche, baisse sa braguette, sort sa bite et obtient, enfin, ce qu'il désirait.

Ces gens sont des bêtes.

Je suis tellement gêné. Je me plonge à nouveau dans les informations glanées sur le Net et découvre ainsi le terme *dogging*. En argot anglais, *dogging* signifie sortir le soir promener son chien. Et par extension, utiliser le prétexte de sortir le chien pour, en réalité, aller s'acoquiner dans un coin sombre, à l'abri des regards. J'assiste ainsi, durant une petite heure, à un balai de voitures. Des mecs seuls, des mecs avec leur épouse, compétition de fellations, quand les amants d'une heure (pas même d'un soir) ne font pas carrément des galipettes à l'arrière des bagnoles. J'ai rarement été aussi mal à l'aise. Lorsque mon téléphone sonne enfin, je suis à deux doigts de tout annuler et de me barrer. C'est le chef de la bande de policiers bidon, Wilfried. Il m'annonce qu'ils arrivent.

– On est sur toi d'ici dix minutes. Je vais les doubler et leur faire signe de sortir. C'est dégagé de ton côté ?

– Plus ou moins, je dis.

– Comment ça ? On peut venir ou pas ?

– Oui, vous pouvez. Y a un peu de monde mais... personne ne va nous emmerder.

– Comment ça, y a un peu de monde ? À cette heure-là ?

Comme annoncé, dix minutes plus tard, le Volkswagen Touran pénètre sur l'aire d'autoroute, suivi de près par la voiture banalisée que conduit Wilfried et sur le toit de laquelle tournoie un gyrophare bleu des plus convaincants. Je reporte tout de suite mon attention sur la dizaine d'adeptes du *dogging*. Tous se figent, le regard tourné vers la lumière bleue. J'imagine ce qui leur passe par la tête. Trop tard pour se revêtir, encore plus pour espérer remonter en voiture et s'éclipser. Et cette autre question : c'est illégal comment, ce qu'on est en train de faire ? Petite tape sur les doigts et/ou amende raisonnable ou garde à vue ?

Aucune idée.

M. Bennani dépasse ma voiture et immobilise le Touran un peu plus loin, au milieu du parking. Il est avec son épouse, côté passager, et leur fille, à l'arrière. Aucun des fils n'est du voyage, ce qui limite les risques de bagarre. La voiture au gyro, une Renault Megane blanche, vient se placer devant le monospace. Wilfried reste au volant, moteur allumé, tandis que les trois gus qui l'accompagnent sortent de la voiture, laissant leurs portières grandes ouvertes. Les faux flics jouent leur rôle à la perfection, de ce que je peux en juger. Maglite à la main, ils aveuglent la famille et feignent de checker l'intérieur du véhicule, l'autre main portée à la hanche, sur la crosse du flingue qu'ils n'ont pas. Tout est question d'attitude. L'un d'eux s'approche de la portière de M. Bennani, qui baisse sa vitre, hyper coopératif. D'où je suis, je ne peux pas entendre, mais Bennani ouvre sa portière et descend de la voiture. Le faux flic se penche dans l'habitacle, et les deux femmes sortent à leur tour. Le premier s'installe au volant, fait semblant de fouiller dans la voiture, au niveau du vide-poche, tandis que les deux autres attirent la famille Bennani à l'écart, à une dizaine de mètres. Là, je crois que le père sent le coup fourré. Il se tend. Ne détache pas les yeux de son Touran. Écoute à moitié les conneries que les deux faux policiers lui racontent. Et puis d'un coup, ça part.

Les deux qui gèrent les Bennani piquent un sprint et foncent dans la voiture que conduit Wilfried. Les portières claquent, la voiture part en trombe. Inutile de préciser que le Touran fait de même. En à peine trente secondes, les deux bagnoles ont disparu et la famille de convoyeurs est baisée. La mère crie de rage, le père sort son smartphone et la fille, hagarde, s'assoit sur le trottoir. J'enclenche tranquillement la marche arrière et quitte ma place, avant de mettre la première et de m'éloigner. Dans le rétroviseur, je vois un type qui s'approche de la mère. Un type qui est venu là pour le *dogging* et pour qui l'abaya et le voile, ben ouais, pourquoi pas… Mais mauvaise pioche. Au moment où je quitte l'aire de Bornaron, je peux voir que la mère Bennani roue de coups l'aventurier sexuel.

Je rattrape la voiture de mes quatre complices, qui ont vite rangé leur gyrophare. Nous allons emprunter la prochaine sortie et revenir à Lyon par la route nationale. Je ne suis pas mécontent de la facilité avec laquelle nous avons effectué ce braquage même si, c'est vrai, je suis infoutu d'en estimer le montant.

22
Le chef indien

Mon grand-père travaillait à la DDE, la Direction départementale de l'équipement. Ça ne s'appelle plus comme ça, mais concrètement, il s'agissait du service chargé de l'entretien de la voirie. On a souvent blagué sur les hommes de la DDE. Genre, les types qui y bossaient étaient peut-être les plus grosses feignasses du pays, en tout cas dans le trio de tête avec ceux des espaces verts et ceux de l'ANPE, devenue par la suite Pôle Emploi, et aujourd'hui France Travail. C'est l'histoire de trois mecs de la DDE qui arrivent sur un chantier, mais ils n'ont que deux pelles. L'un demande aux autres : « Merde, y en a un de nous qu'a pas de pelle, comment il va faire ? » Et un autre lui répond : « C'est pas grave, il s'appuiera sur le camion. » Voilà, ces vannes-là. Mon grand-père avait aussi cette formule, pour évoquer ses collègues : « Y a beaucoup de chefs, mais pas beaucoup d'Indiens. » C'est ce que je pense en observant la scène qui se joue autour du Volkswagen Touran, dans l'ancienne grange, dans la propriété de Didier. Les valises et les sacs de la famille Bennani sont étalés au sol, vidés, triturés, défoncés. Rien. Kevin et Bruno ont retiré les sièges à l'arrière, ils sont maintenant à quatre pattes dans la bagnole en train de chercher une ouverture, une trappe, un compartiment secret. Autour de la voiture, c'est le bal des chefs. Chacun y va de son avis, donne des ordres, s'énerve presque. Wilfried et ses trois acolytes, mais aussi Didier, et enfin Loïc, son avocat. Deux qui bossent, six qui gueulent : beaucoup de chefs, pas beaucoup d'Indiens.

C'est finalement au niveau de la roue de secours, dans le coffre, que Bruno parvient à enfoncer un tournevis dans une fente. Kevin vient l'aider, glisse un pied-de-biche dans l'interstice et pousse de toutes ses forces. À deux, ils débloquent ainsi une plaque de tôle, sous la moquette. La plaque, qui fait un bon mètre carré, dévoile un espace de la même taille, pour dix centimètres de hauteur. Ce qui est certain, c'est que je n'ai jamais vu autant de billets de toute ma vie. L'argent est emballé dans de la cellophane et mis sous vide, comme l'avait imaginé Xavier. Il n'y a, a priori, que des coupures de 50 euros. Imitant les autres, je prends un paquet dans mes mains, pour le soupeser. Je sens dans la poche droite de mon pantalon les traceurs GPS que m'a confiés Xavier. Franchement, là, avec ce monde, je vais avoir du mal à les enfouir dans le pognon. D'autant que les billets sont si compactés par le vide d'air que les blocs sont durs comme du bois. Il y en a des dizaines, cent, peut-être même deux cents. Didier, hilare, attrape une brouette et vient la positionner au cul du véhicule. Nous les sortons alors, un à un, et les étalons au fond de la brouette. Il nous faut deux voyages pour apporter le tout devant le perron du château, puis nous les balançons au sous-sol, par un soupirail.

Au sous-sol, nous faisons la chaîne pour acheminer l'argent dans une salle attenante à la cave à vins, où se trouve un bureau en bois hors d'âge sur lequel trône une machine à compter les billets. Contre le mur derrière le bureau, un coffre-fort muni d'un clavier, posé à même le sol.

Je ne cache pas que, à l'instar des autres protagonistes de la soirée, je suis très impatient de connaître le montant de notre butin. Didier sort un Opinel de sa poche, découpe l'emballage du premier paquet qui lui passe sous la main, dépose les billets dans le compartiment et lance la machine.

Neuf paires d'yeux fixent intensément le petit écran, qui, une fois la valse des biffetons achevée, affiche cinq cents. Cinq cents billets de 50 euros, cela fait donc 25 000 euros par paquet. Sans nous concerter, nous nous ruons sur les paquets qui jonchent le sol de la petite cave, et nous composons des tas de dix.

Stupéfaction.

Il y a seize monticules de dix briquettes d'argent.

Il y a seize monticules de 250 000 euros.

Il y a 4 millions.

*

Nous nous sommes un peu calmés, après une jolie euphorie. Didier a maintenant étalé quinze briquettes de talbins sur le bureau. Il a pris une chaise, dans la cave à vins, est revenu s'installer devant l'argent et réfléchit. Il lève de temps en temps les yeux sur nous, qui l'observons et attendons. Wilfried et ses trois gros bras, faux flics, qui bavent presque. Kevin et Bruno, bons soldats, qui eux bavent pour de vrai. Loïc, l'avocat, certainement déjà au courant du partage qui se prépare. Moi, enfin, impressionné par l'argent, les traceurs GPS qui me démangent dans la poche de futal. On se croirait dans une famille mafieuse, avec le patriarche qui annonce à ses enfants qui va avoir quoi, et ainsi déclenche une guerre fratricide. L'atmosphère est tendue, c'est confus, diffus, néanmoins bien réel, et tout cela à cause de l'argent. La simple présence du pognon accapare toute notre attention, et tant que nous ne saurons pas où va aller chacun de ces putains de billets, nous ne pourrons pas passer à autre chose. C'est animal. L'argent, ça rend bestial, peut-être encore plus que ne peut le faire le sexe. Il n'existe pas dans la nature, il n'y a pas d'arbres à moula, et pourtant je peux jurer que les types devant ce bureau et moi avons changé d'attitude, de logiciel, de vision du monde, les hormones sens dessus dessous. Nous sommes égoïstes. Nous sommes chacun pour sa gueule. Si Didier disait à l'un d'entre nous : « Tue les autres et ce pognon est à toi », personne ne refuserait d'emblée. L'argent rend dingue. Aucun lien humain n'est plus fort que ça.

Des coups d'œil en coin. On commence à se mater en biais.

La compassion, l'altruisme. Voilà tout ce qui pourrait un peu rivaliser avec l'argent. Le christianisme, quoi. On peut considérer que ce n'est pas le moment pour les révélations mystiques, mais je comprends ce soir que la religion a pour seule fonction de nous enfoncer la compassion tout au fond du crâne. Sans cela, un égoïsme primaire prend le pas sur le reste. En tout cas, mettez huit connards face à 4 millions d'euros, la compassion diminue au profit d'une sensation de faim surnaturelle, démentielle, méta-je-sais-pas-quoi. Didier a-t-il senti cette tension bestiale ? Je l'ignore. Il est, cela dit, dans le bon timing, annonçant la fin du bal des chiens de fusil d'un tonitruant « Bon ! », qui veut dire : voilà comment on va faire. Il fait glisser deux tas de billets empaquetés devant Wilfried, précisant : « Tiens, c'est pour vous quatre. Bien joué, les faux flics. » Une liasse poussée devant Kevin, à partager avec Bruno. C'est con, mais le sourire béat et les larmes aux yeux de Kevin m'émeuvent presque. Je suis content pour ce type qui, dans mon esprit, est passé du statut de gros con à celui de couillon. Après, il suffit de me remémorer son tatouage pour savoir qui il est vraiment. Passons. Focus pognon. Didier tend une briquette à Loïc, avant d'en pousser une devant moi. Il me dit, solennel : « C'est pour toi, Spaggiari… Pour cette fois et aussi pour Besançon. T'as raté une vocation, tu peux me croire. »

Pour finir, Didier ouvre le tiroir central du bureau et fait tomber dedans les dix paquets restants. Il prend la liasse qui est encore dans la machine à compter les billets, la glisse dans sa poche de pantalon, puis lance à la cantonade : « Allez, vous mettez tout le reste dans le coffre, et après on va fêter ça ! Champagne ! » Nous effectuons les allers et retours entre la cave à vins et le coffre-fort, dans lequel nous empilons les cent quarante-quatre briquettes de thune, après quoi Didier ponctionne quatre bouteilles de champ', et nous montons dans l'appartement privé, au premier étage. Nous prenons place sur les canapés en cuir, Didier sort des coupes, les bouchons des bouteilles pètent et nous trinquons, tels des braqueurs satisfaits du devoir accompli. Didier, qui s'installe en face de moi, a une énorme bosse au niveau de l'entrejambe, formée par la liasse de billets. Il paraît que Tom Jones, durant ses concerts à Vegas, dans les années 1970, se glissait des trucs dans le slip, genre bouteille d'Orangina, pour exciter les femmes. Didier, pareil, version argent liquide.

Je bois une gorgée de champagne et repose ma coupe, priant pour que personne ne s'aperçoive que les traceurs GPS bombent eux aussi ma poche, en position assise. J'écoute à peine les conversations, les vannes qui fusent entre Didier, les petits jeunes du Bastion, Wilfried et les autres qui sont peut-être de vrais flics, tellement ils sont cons. Je comprends vaguement que la cible des vannes est Bruno, lequel s'est vanté d'avoir fait les paras, c'est-à-dire le régiment des parachutistes, à l'armée. Didier rit. « Toi, t'as fait les paras ? Les paraplégiques, ouais ! » Rires.

Comment vais-je glisser un traceur dans une liasse de biffetons ?

Je les entends déblatérer leurs conneries, sur l'armée, sur les entraînements, sur la virilité et le sexe. Chacun y va de sa performance, de son anecdote, ce sont des enfants qui jouent encore au jeu de celui qui a la plus grosse. J'ignore d'où cela sort, mais le mot « priapisme » est prononcé. Kevin et Bruno écarquillent les yeux, gênés, parce qu'ils n'en ont jamais entendu parler. Un nouveau terme qui fait peur. Didier s'en aperçoit et les met au parfum : « C'est quand t'as une érection qui s'arrête jamais, comme ça, même sans nana. D'ailleurs t'éjacules même pas. T'as la guiche qui va exploser. C'est simple, c'est un infarctus de la bite. » Je trouve préférable que Didier se soit lancé dans le BTP, plutôt qu'en médecine.

La solution est dans ma voiture, dehors.

J'ai le scotch et le cutter que m'a refilés Xavier. Sur la table basse, les téléphones portables des uns et des autres. Sauf le mien, qui est simplement resté dans ma poche de veste, avec ma liasse de pognon. Voilà mon ouverture. Je fais mine de chercher quelque chose, déplace les coupes de champagne devant moi, fronce les sourcils, tâte mes poches. Didier calcule mon manège et veut savoir ce que j'ai perdu. « Rien, je dis, évasif, mon portable. Je vais voir dans ma caisse. » Comme je l'espérais, cette diversion n'éveille aucun soupçon, chez personne. C'est si banal. Je quitte donc l'appartement, dévale l'escalier pour gagner du temps, m'installe au volant et sors de ma poche un traceur GPS ainsi que ma liasse de billets de 50 euros. Sur le siège passager, le sac à dos, qui contient le cutter et le scotch. Voilà tout ce que je peux accomplir. Un seul et unique traceur GPS sera en circulation, ce qui n'est déjà pas si mal. Cutter. Incision sur le côté de la briquette de fric. L'air s'engouffre, le paquet gonfle, je glisse le GPS, comprime l'ensemble du mieux que je peux, et entoure le bazar à l'aide du scotch transparent.

Le résultat ? Étonnamment, ce n'est pas si mal. Si Didier se contente de manipuler les liasses et de les refiler à je ne sais qui, sans les étudier de près, cela peut passer. Gros speed. Je referme le sac à dos, sors de la voiture et fonce à la cave, au sous-sol. Le coffre-fort est fermé, comme il se doit, mais le tiroir central du bureau n'est heureusement pas fermé à clé. Je l'ouvre, prends une liasse de billets dont l'emballage est intact et la remplace par celle que j'ai, comment dire… customisée. Je m'apprête à remonter mais sous l'argent, au fond du tiroir, quelque chose attire mon attention. Il s'agit de papier kraft. J'ouvre le tiroir en grand, pousse le pognon et découvre des enveloppes à bulles, format moyen. Exactement la taille d'une liasse de billets compactés. Je sors les enveloppes et les compte : dix. Je ne réfléchis même pas, ce ne peut pas être une coïncidence.

Je reprends la liasse équipée du GPS, remets l'autre en place.

Je sors les dix enveloppes, les pose sur le plateau du bureau, sors mon téléphone de la poche de ma veste et les prends en photo une par une. Les adresses. C'est incompréhensible. Il y a le nom d'une association. Il y a une boulangerie. Il y a même une pharmacie. Dix adresses, réparties un peu partout sur le territoire français. Une à Marseille. Une à Rennes. Une à Roubaix. Une à Nîmes. Une à Montbéliard. Une à Béziers. Et quatre en Île-de-France.

Je ne comprends vraiment plus rien à ce qui se trame.

Je n'ai pas le temps d'y réfléchir. Je range le smartphone dans ma poche de pantalon. Et j'entends la voix de Didier : « Ça va, je te dérange pas ? »

QUATRIÈME PARTIE

On a très envie de… vous

Il est intelligent, Hassan. Mais tu sais quoi ? Parfois, c'est un désavantage. Ça dépend qui tu as en face. Je te dis ça, toi, pour le coup, tu es hors de cause. C'est ça que j'aime bien avec toi. Parce que, crois-moi : intelligent, parfois, c'est un défaut. C'est comme ça que vont te venir des idées.
Ça, et la tentation de prendre les autres pour des imbéciles.

Laurent Chalumeau, *Kif*

23
Origami

J'y suis allé au culot, sortant toutes les liasses de billets du tiroir et farfouillant dedans. Pestant, m'agaçant, disant à Didier que :

– Ben non, tu me déranges pas du tout, surtout si tu m'aides à trouver mon portable.

– Et qu'est-ce que ton portable foutrait dans ce tiroir ?

– Je regarde partout où je suis passé, Didier, OK ? Parce que je l'ai perdu, et si je l'ai laissé sur l'aire d'autoroute et que, manque de bol, les Bennani le récupèrent… Ils auront mon téléphone et j'aurai des dealers à qui on a volé 4 millions d'euros au cul !

J'ai refermé le tiroir en le claquant.

– La grange est encore ouverte ? j'ai demandé.

– Bien sûr.

– Je vais voir. Mais s'il y est pas, c'est la merde, putain !

Je me suis précipité hors de la cave, laissant ainsi le loisir à Didier d'ouvrir le tiroir dans mon dos et de recompter les liasses, afin de s'assurer que je ne suis pas redescendu pour voler. Avant de sortir, j'ai laissé tomber mon téléphone sur le sol, l'ai amorti du cou-de-pied, comme au foot, quand j'étais adolescent. Je me suis rué sur le Volkswagen Touran, en ai ouvert le coffre, ai fouillé à l'intérieur, puis dessous, allongé sur le sol. J'ai ainsi fait le con cinq bonnes minutes, le temps que Didier me retrouve, mon smartphone à la main.

– Eh, Spaggiari ! Il était par terre, devant le rack à champagne…

– Ah putain, le soulagement !

Si Didier n'avait pas été dupe, je ne serais pas là, tout de suite, avec lui, en train d'assister à une messe en latin. L'inconvénient d'une telle cérémonie est qu'on n'y comprend rien. Et l'avantage, eh bien, c'est qu'on n'y comprend rien. Le curé n'a pas plus de quarante ans, il est très beau, porte de petites lunettes rondes à la John Lennon. La comparaison s'arrête là, puisqu'il jacte en latin, donc, et n'est a priori pas dans un mood *give peace a chance*. Cela m'a plutôt l'air d'une tendance *give Zemmour a chance*. Bon, je ne suis pas spécialiste. Je trouve étonnant qu'il soit efféminé à ce point, limite tarlouze extravertie, la grande folle de l'église. Moi, la sexualité des uns et des autres, je m'en fous. Pour tout dire, je ne comprends même pas l'homophobie, qui me paraît aussi incongrue que, je ne sais pas, au hasard, la haine des châtains clairs ou des amateurs de tartiflette. Juste, ici, je suis surpris que personne ne relève. Parce que le public, pardon. Traditionalistes, intégristes, j'ignore comment les nommer. Ils ont tous un schisme dans le cul, assistent à la messe sur les genoux, les femmes des têtes de Marie-Chantal, les hommes de Baudouin ou de Gonzague, c'est-à-dire des gens difficilement soupçonnables d'une attitude *gay friendly*. Et pourtant leur curé multiplie les envolées surjouées, sorte de *drama queen* latiniste. Il est autant à sa place qu'un salafiste dans une Gay Pride.

Est-ce que Didier pense comme moi ? Aucune idée.

J'ai mal aux genoux. Je ne comprends pas ce que raconte le monsieur. Depuis presque deux heures, j'imite les attitudes, sans la moindre conviction. Seule chose positive, Didier m'a demandé de l'accompagner ce matin. C'est la preuve que je m'en suis bien tiré, pour le coup des enveloppes.

La messe s'achève enfin.

Alléluia.

Les couples consanguins se déplient et recouvrent leur forme habituelle, serre-têtes et mocassins à glands, manteaux d'hiver tout droit sortis d'une partie de chasse et chevalières aux armes de familles ancestrales et moisies. Tous ces gens ont dépassé leur date de péremption, leur date de lucidité, leur date d'humilité. Leurs enfants, fringués pareil, reproduiront sans aucun doute la même existence de gens pâles et dépourvus d'aspérités. À les regarder, vous avez juste envie de ne plus jamais croire en aucune entité divine.

Au moment de sortir de l'église Saint-Just, dans le Vieux-Lyon, Didier s'immobilise devant le porte-cierges. Une centaine de pics de métal prêts à accueillir les phallus en cire. Deux euros, la bougie. Didier sort une liasse de billets maintenus ensemble par une pince en or surmontée d'un diamant et portant ses initiales, gravées dans le métal précieux. Il extrait un billet de 200 euros, qu'il est contraint de plier à de nombreuses reprises afin qu'il passe dans la fente dédiée à la monnaie. C'est presque amusant de le voir galérer ainsi, pour un cierge, qu'il s'empresse d'empaler et d'allumer à l'aide d'un briquet, lui aussi en or. Tout cet or, quelle manie. Comme je l'observe, il se sent obligé de me tenir au courant :

– J'ai une comparution demain, au tribunal. Ils veulent me coller une prise illégale d'intérêts, parce qu'on construit un immeuble à Écully et que je suis conseiller municipal.

– Ah merde…

– C'est des conneries. J'y vais jamais, au conseil. Enfin bref, je suis un peu superstitieux.

– Ben là, tu mets le paquet, je dis en désignant la caisse en bois qui a accueilli son billet.

*

Je suis sur BFMTV. Je *suis*. À la fois le verbe « être » et le verbe « suivre ». Je sais pertinemment que les chaînes d'information en continu sont des putes. Le simple choix des sujets traités est politique. Bien sûr. Même pas besoin d'écouter les commentaires et analyses des invités sur le plateau, qui leur sont de toute façon inféodés. Ils sont là pour exister. Médiatiquement. Plus qu'une gloriole, ils viennent ici chercher une importance, une justification de leur parcours de suceurs. Cela dit, il y a des informations qu'ils traitent tous, en même temps, le même jour, pas le choix. Et c'est le cas aujourd'hui. Un nouveau gamin est décédé, hier. Il n'avait que treize ans. Frappé à mort devant son collège. La particularité cette fois, c'est que c'est un enfant de bourgeois, scolarisé dans un quartier très chic de Toulouse. Il s'appelait Jules. Le père, professeur d'université. La mère, directrice du service de l'urbanisme, à la ville. Beaucoup, beaucoup d'argent. Les photos de ce gamin à l'avenir radieux passent en boucle. Les agresseurs étaient cinq, ils venaient de la cité du Mirail. Sur BFM, ils insistent sur le fait que, pour l'instant, on n'a aucune idée du profil des présumés coupables. Comprenez : on ne sait pas encore si ce sont des Arabes.

Tout à l'heure, j'étais sur CNews. Eux n'ont pas attendu. Et ça s'est mis à parler de charia, de choc de civilisations et, évidemment, de la fin de l'excuse de la minorité. Tant que les gamins de cité se frappaient et se tuaient entre eux, la violence était acceptable. Cette fois, non. Ceux qui ont massacré Jules ont commis une terrible erreur. Ils ont frappé le cœur des Français de souche, comme on dit : le cœur des Blancs. La petite Lola a été tuée par une folle. Le jeune Lucas, poignardé dans un bal, dans le cadre d'une bagarre générale, est quasiment mort par manque de bol. Là ? Il s'agit d'une mort gratuite. Et elle va leur coûter très cher.

Ça a commencé, aujourd'hui.

Des jeunes Blancs, pas forcément fanatisés, même pas politisés, s'en sont pris à des Arabes, dans la rue. À Toulouse, mais aussi à Paris, Lille, et évidemment chez nous, à Lyon. Le résultat ? C'est le début d'une putain de guerre civile. Deux France irréconciliables qui se cherchent des noises et s'observent depuis des décennies et qui, cette fois, vont en découdre. Choisis ton camp, camarade…

J'éteins la TV, écœuré.

Le hasard veut que je retrouve Xavier, en cette fin de journée. J'espère avoir son ressenti là-dessus. J'ai réservé il y a plusieurs jours auprès de la rouquine de la brasserie Midi Minuit, insistant pour avoir une table dans un coin tranquille. Elle me demande si là ça ira et, en toute franchise, je n'aurais pas espéré mieux. Nous bénéficions carrément de la petite salle, derrière le bar, à gauche en entrant dans l'établissement. Alors certes, il y a des baies vitrées qui donnent sur le cours Charlemagne, nous exposant à la vue de tous. Mais à 21 h 30, les passants, ici, sont soit bourrés, soit à la recherche d'un endroit pour le devenir.

Ponctuel, Xavier. Content de l'endroit, limite impressionné que l'on dispose d'une pièce pour nous seuls. Je choisis de ne pas en faire des caisses et dis la vérité : c'est calme en ce moment et la responsable de salle, habituée à mes pourboires, effectue là à peu de frais un investissement à court et moyen terme. Nous commandons deux IPA. Je m'amuse de nous voir comme un couple qui a sa boisson fétiche, me garde bien de le lui faire remarquer et balance très vite les nouvelles. Quatre millions d'euros raflés, dix *adresses* bénéficiaires chacune d'un envoi postal de 25 000 euros. J'ai pu prendre les adresses en photo, sur les enveloppes. Ce qui va se passer ensuite, pas la moindre idée. Mais un peu de jugeote suffit à comprendre qu'il y a de l'action dans l'air. L'actualité, et puis cette haine des Arabes qu'éprouve Didier. D'une certaine façon, je l'envie. C'est si simple, la détestation, l'exécration. Surtout dans des moments comme celui que nous traversons, avec l'histoire du petit Jules. Quel que soit le problème, le coupable est désigné, présent, il est presque un partenaire. Et des types s'agrègent ainsi entre eux, par mimétisme, trop heureux du bouc émissaire qui les unit, qui les lie. C'est peut-être naturel après tout, une banale réaction du corps social. Je n'en sais rien.

Je n'ai aucune idée de ce que Didier finance. Quel mouvement ? Quelles actions ? Une chose est certaine, cela ne doit pas être une œuvre culturelle. Il arrive en tout cas ce que craignaient les autorités depuis longtemps, qu'un type n'utilise son cerveau, dans cette mouvance remplie d'abrutis qu'est l'ultradroite. Didier. Qui d'une certaine façon cache bien son jeu malgré tout, car depuis que je le fréquente, je l'ai rarement entendu sortir un truc réellement brillant. Il est drôle, OK. Une répartie d'enfer. Après, il dispose surtout de moyens financiers et des petites mains du Bastion.

Deux steaks tartares et une bouteille de chénas plus tard, je demande à Xavier ce qu'il en pense, pour ce gosse, Jules, à Toulouse. Selon lui, c'est une catastrophe. Comme moi, il est persuadé qu'une guerre civile se profile, notamment à Lyon, où les fachos ne vont pas laisser passer une telle aubaine. Il me dresse d'ailleurs le tableau de la sphère radicale lyonnaise. On commence par le Bastion, que je connais bien désormais. Proche de la Fédération des associations familiales catholiques du Rhône, ce qui m'étonne peu, après la première messe en latin de ma vie. Néofascistes, nationalistes, les nôtres avant les autres et tout le tremblement. Là, c'est du populo. On trouve également la Cocarde étudiante. Université Lyon III. Des jeunes gars habillés comme pour assister à une finale de Roland-Garros, mèche sur le côté, pull en laine torsadé, les groles de ton grand-père. Virilité assez proche de celle du bichon maltais. Ceux-là distribuent des tracts, s'encanaillent parfois en bastonnant des étudiants de gauche qui tentent des blocages de la faculté, mais cela ne va pas plus loin parce que, plus loin, on salit ses habits. Xavier, grisé par le gibolin, poursuit l'inventaire.

– Il y a l'ISSEP, l'école de Marion Maréchal, dans le 2e. Eux sont censés former l'élite de l'ultradroite de demain. Mais comme les formations ne sont pas reconnues, y a pas un chat. Ils s'en sortent parce qu'ils ont une structure, un truc plus discret, qui proposait des formations pour les élus pro-Zemmour, avant que Marion les plante pour revenir au bercail. Chez les Le Pen. Elle, c'est la plus grosse traîtresse de tous les temps, entre nous. Quand Zemmour cartonnait, elle l'a rejoint. Quand le RN s'est imposé aux législatives, elle a trahi Zemmour. Pendant la guerre, elle aurait dénoncé tous ses voisins, celle-là.

– Et à l'ISSEP y a des tronches, non ?

– Ouais, mais ils sont surtout dans la politique. Pas dans l'action. Et la Maréchal, elle aimerait pas trop que son bébé soit associé à de l'illégal.

– D'ac.

– Après, t'as la Mezza Lyon. Mes préférés. Ils sont basés à Décines, tu sais pourquoi ?

– Nan.

– Le Groupama Stadium ! Ces fils de pute sont des

supporters de l'OL. Ils sont dans les virages. Hooligans nazis. Tu viens tranquillement avec ton gamin pour chanter « Sainté on t'encule » et tu te retrouves avec des totenkopfs et le salut hitlérien. Tu leur mets un Noir devant eux, ils hurlent des cris de singe. C'en est presque comique. Mais quand tu regardes bien, ils sont à peine une vingtaine.

– Et ils bastonnent, eux ?

– Ouais. Avec le Guignol Squad. Là on est dans le 6e. Identitaires, royalistes, néonazis. Mais eux c'est juste une banderole, y a pas de structure. Tous les autres, quand ils font des actions, ils revendiquent ça : Guignol Squad. Pour pas se griller et se faire démanteler par le ministre de l'Intérieur.

Est-ce que ces gens ont voulu faire référence au bouquin de Louis-Ferdinand Céline, *Guignols' Band* ? Quel meilleur parrainage, certes symbolique, que celui d'un écrivain antisémite ? Il y a une chose dont je suis certain, avec eux, c'est que les coïncidences n'existent pas. Les mots sont choisis, précis, politisés.

– Et ton ami Bernard, tu vas continuer de le voir alors ? me demande Xavier.

– Bien sûr. Bernard est mon meilleur pote, c'est mon frère. Si je suis venu te voir, au départ, c'était pour le sortir de ce bazar.

– Et maintenant ?

– Maintenant je suis en mission, si tu veux tout savoir. Je veux les faire tomber. Grâce à toi. D'ailleurs, je t'envoie les photos des enveloppes. Avec les adresses.

– Ouais. Attends, j'ai un nouveau téléphone, rien que pour toi. Didier, c'est du trop lourd, je compartimente. Redis-moi ton numéro.

Xavier sort un smartphone. Je lui dicte mon numéro, il l'enregistre et me téléphone aussitôt. Je laisse sonner, puis l'enregistre de mon côté. J'invente un faux nom : BORIS COIFFURE. Totale improvisation. Je sélectionne ensuite les dix photographies des enveloppes, les lui envoie par SMS et ne suis pas fâché, enfin, de les effacer. Si Didier tombait dessus, hein ? Je finirais découpé en morceaux.

24
Vigoda

Didier m'a appelé, presque en panique. En tout cas, aux abois. Cela ne doit pas lui arriver souvent. Il a tenté de m'expliquer la situation, à laquelle je n'ai pas compris grand-chose, juste que son ex-femme est en galère et qu'il faut partir à Paris pour l'aider. Là. Tout de suite. Je déteste ça, mais je suis au garde-à-vous, bien obligé. Moins d'une heure après cet appel, Didier a débarqué en Porsche en bas de mon immeuble, accompagné de Wilfried et de Laurent, un des trois autres faux policiers. Ces deux malabars m'ont laissé le siège passager et se sont serrés à l'arrière.

Didier écoute, lui aussi, Nostalgie. Mais il a tant de choses à me raconter que le trajet va passer vite. Il est évidemment question de son ex-femme, Anne Bertin-Barnier. Impressionnante. Villeurbannaise, père ouvrier, mère secrétaire, élevée dans le culte du Parti communiste, au point de lui faire étudier le russe dès la sixième, en première langue. Ingénieure en informatique, diplômée de CPE Lyon, l'école supérieure de chimie, physique et électronique, promotion 1998, Anne Bertin a choisi de monter son entreprise plutôt que de mener une carrière dans un grand groupe. Elle s'est associée à un camarade de promo, dont le nom de famille a facilité les obtentions de prêts bancaires, associé qui a ensuite disparu de la circulation.

– Comment ça ? je demande à Didier.

– Ben la boîte, franchement, c'était Anne, le cerveau.

Le logiciel, elle l'a inventé, et c'est elle qui a décroché les contrats en Russie. C'était tout elle ! L'autre gland faisait le beau et partageait les dividendes. Remarque, Anne, ça lui allait. Elle voyait pas le mal. Elle se souvenait que c'était grâce à lui et à sa famille de bourgeois qu'ils avaient pu se lancer.

– Qu'est-ce qui s'est passé alors ?

– Qu'est-ce qui s'est passé ? Ben on s'est mariés, putain ! Je voyais bien que l'autre servait à rien. Alors je l'ai coincé. D'abord sympa, tu vois, on se fait un p'tit bouchon dans le Vieux-Lyon, je lui explique comment je vois les choses. Si t'as pas de valeur ajoutée, tu dégages, c'est la loi de la jungle, c'est comme ça.

– Laisse-moi deviner : le message sympa n'est pas passé ?

– T'as tout compris, Jean-Marc. Je lui ai expliqué une deuxième fois, avec les sous-titres. Soit il revendait ses parts à Anne, soit je deviendrais méchant.

– Et ?

– Il a fallu que je sois encore plus clair. J'ai envoyé trois connards avec des cagoules, ils l'ont attrapé dans un parking souterrain. Ils lui ont mis la branlée de sa vie. Pas des petites gifles, non... La vraie taugnée. La raclée à la papa. Ils lui ont pété un genou, t'imagines... Un coup de pied sur le côté exter', et bim la jambe en accordéon.

– Il a compris après ça ?

– Ouais. Six mois avant de remarcher normalement. Il a revendu ses parts à Anne.

– Et c'était quoi, leur logiciel ?

– Vigoda. Ça veut dire « avantage », en russe. Tu connais SAP[1] ? Le progiciel ?

– Bien sûr ! Je bossais dessus.

– Ben c'est pareil, mais pour les Russes. Et ma Anne,

1. Entreprise allemande qui propose des logiciels et progiciels de gestion d'entreprise. Son progiciel le plus connu est SAP ERP.

comme c'est une petite maligne, elle a pas fait comme tout le monde. SAP, c'est une licence, t'achètes pas le logiciel, tu raques pour qu'on te file un système dont tu peux plus jamais te passer après. T'es prisonnier. Comme le père de Howard Hughes, tu savais qu'il avait inventé le trépan ? Des têtes coniques pour forer les puits de pétrole. Eh ben il les vendait pas, ses trépans, il les louait. Il a déposé des brevets et était le seul au monde à pouvoir en fabriquer et en louer. Un putain de génie.

– Et c'est quoi, son trépan, à ton ex-femme, alors ? C'est quoi, son coup de génie ?

– Son logiciel, elle le vendait pas, elle le louait pas non plus. Elle le mettait à disposition, en échange de 0,2 % des bénéfices des entreprises. Les années 1990 et 2000, avec les oligarques, je te fais pas de dessin.

– Ah ouais.

– Elle a revendu sa boîte et le logiciel il y a quelques années. Vas-y : dis un chiffre.

– Je sais pas... Cinq millions ?

– Ouais, c'est presque ça. Elle a vendu Vigoda pour 230 millions d'euros.

« Sur le cul » est une expression que j'emploierais volontiers, mais elle ne me semble pas assez représentative de ce que je ressens à cette annonce. L'ex de Didier invente un logiciel, se gave de pognon en travaillant pour des oligarques russes, se créant au passage un réseau dont j'ai du mal à imaginer l'ampleur, puis elle vend sa boîte l'équivalent de dix fois le budget annuel d'Haïti. Certaines personnes fendent la vie, elles possèdent ce truc indéfinissable, presque divin, grâce auquel tout ce qu'elles entreprennent se transforme en réussite monumentale. Anne Bertin-Barnier appartient évidemment à cette caste. Le genre de personne que vous ne rencontrez jamais, vous n'êtes même pas au courant de son existence.

Le racisme c'est comme la musique, certains aiment la variété française d'aujourd'hui, d'autres Franz Schubert. Le racisme a ses beaufs, il a ses mecs pointus, qui n'ont pas grand-chose en commun et, certainement, se méprisent. Vous avez le racisme populo, qui se nourrit de l'aigreur et de la rancune de ceux qui ne possèdent rien, tout juste un peu de dignité. Le mécanisme du bouc émissaire fonctionne à plein régime : si je n'ai rien, si je ne suis rien, c'est parce que les Noirs et les Arabes sont parmi nous. Il fonctionne également entre les immigrés et fils d'immigrés, dans tous les sens. Des Algériens détestent des Tunisiens, des Marocains haïssent des karlouches et certains, parmi tous ceux-là, éprouvent une haine du Blanc. Ce sentiment d'injustice naît de l'écart entre ce que les gens pensent mériter et ce qu'ils obtiennent effectivement. Les premières générations de migrants réclament peu, n'ont quasiment rien et s'en contentent. Les deuxième et troisième générations connaissent une frustration : ce que leurs parents pouvaient accepter, endurer, eux le refusent. À raison. De façon assez mécanique, le bon petit Blanc français peut apparaître comme un opposant, voire un ennemi. Une chose est sûre, cela dit : si tout le monde avait du fric, ce racisme-là n'existerait pas, ou serait négligeable. Récemment, grâce aux progrès de l'écologie dans les prises de conscience, ce type a d'ailleurs un nouvel ennemi, c'est le blindé, le riche. À cause du bilan carbone. On peut évoquer une sorte de racisme de classe. Bon, soyons clair, il le détestait déjà, mais maintenant il sait pourquoi : c'est parce qu'en prenant l'avion pour ses vacances, le blindé nique la planète. L'avantage, avec le salaud de pauvre, est qu'on peut lui faire détester n'importe qui. On n'a qu'à pointer le doigt.

Un peu plus haut dans l'organigramme, vous avez le raciste outré. Il valide toutes les analyses de Pascal Praud. Niveau socioprofessionnel moyen ++, il vit dans des quartiers de Blancs et s'ambiance tout seul en suivant les informations à la TV ou en enchaînant des vidéos de tirs au mortier sur la police, sans réaliser qu'un algorithme, quelque part, le gave comme un cochon de la bouffe qu'il aime et redemande. La différence ? Au lieu de dire les gris ou les crouilles, il dit les enfants d'immigrés ou les jeunes issus de la diversité.

Enfin, au sommet de cette chaîne alimentaire, vous trouvez le raciste élitiste. Là, c'est de la poésie. Il vous dit « pureté ». Il vous dit « destin ». Il vous dit « supériorité ». Il conçoit la société comme un corps, le corps social, dont il est vital de soigner les maladies. Dois-je préciser qu'il s'agit d'un corps sain et parfait, qui ne dysfonctionne que parce que des putains de microbes maghrébins le gangrènent ? Ce raciste, imbu de lui-même, de sa lignée ascendante et surtout descendante, a les testicules pleins de sa propre arrogance au point que lorsqu'il pense à la race blanche il s'éjacule dans les yeux. Trop de pression.

Didier est une sorte de mutant, un croisement entre le populo et l'outré.

Anne Bertin-Barnier, en revanche, appartient à l'évidence à la caste supérieure.

Qu'est-ce que cela me fait ? Pour être tout à fait honnête, alors que Didier gare sa Porsche devant l'hôtel particulier de son ex-femme, à Neuilly, j'ai un peu le trac.

25
Nardine Ouzbek

L'hôtel particulier d'Anne Bertin-Barnier ressemble à l'image que je me suis toujours faite d'un hôtel particulier à Neuilly-sur-Seine, avec du marbre partout où il est possible d'en installer. Si le papier-toilette en marbre existait, eh bien ici ils auraient un sacré paquet de rouleaux d'avance. L'entrée et l'immense escalier ouvert qui mène à l'étage : marbre. Le sol : marbre. Les murs sont recouverts de marqueterie plutôt raffinée mais, en dessous, à votre avis ? Je ne suis pas certain que ce soit du Placo.

Un jeune type en costume nous invite à le suivre et nous abandonne à l'entrée d'un salon démesuré, dont un pan de mur, du sol au plafond, est recouvert d'une bibliothèque de livres anciens. Il y en a des centaines, peut-être des milliers. Comme aucun escabeau, même un vieux en bois à roulettes, ne se trouve à proximité, j'estime que les bouquins sont là pour faire beau. Du papier peint, en un peu plus cher. Le mobilier est tout ce qu'il y a de moderne. Quatre canapés en cuir, chacun de la taille d'une limousine de pute, forment un carré impressionnant. La table basse ? Chez des gens normaux il s'agit du parent pauvre du mobilier, censé n'accueillir que vos téléphones et les télécommandes de la box et de la TV. Sur celle-ci, on pourrait convier une dizaine de nains pour une raclette party. Tiens, un piano à queue. Personne ne sait en jouer, j'en suis persuadé. Ce n'est pas un instrument de musique, c'est un meuble. Comme tout dans cette pièce. Tout n'est que trophée, étalage, collection. C'est la version ultra friquée du concept de celui qui a la plus grosse.

Nous nous installons sur les canapés, Didier à ma droite, Wilfried et Laurent à ma gauche. Au-dessus de nous, une rosace formée de moulures me fait penser à un furoncle qui tente d'éjecter un lustre recouvert de feuilles d'or. Tout me semble prétentieux, arrogant, à claquer. À partir du moment où il y a plus de dix chambres dans une maison, je considère que le propriétaire a de sérieux problèmes avec son ego. Il ne parvient plus à le caser dans l'espace-temps, il cherche sans cesse un endroit plus vaste, oubliant un principe de base : un jour tu vas crever, abruti. Abrutie, en l'occurrence.

Anne effectue une entrée magistrale dans la pièce, à se demander si elle ne l'a pas travaillée avec un coach en entrée-magistrale-dans-une-pièce. Ces gens disposent de coachs pour tout et n'importe quoi, alors pourquoi pas ça. C'est une belle femme, qui ne doit guère avoir plus de cinquante ans. Les cheveux très noirs, coupés à la garçonne, façon Demi Moore dans le film *Ghost*. Elle porte un tailleur pantalon strict, des chaussures à talons qui accentuent sa cambrure, un chemisier blanc ouvert juste ce qu'il faut pour rendre fous de désir à peu près tous les hétéros de Neuilly. Je sens, de façon quasi animale, que Wilfried et Laurent sont en érection à la seconde où nous la voyons. Oh, ils savent : pas touche. Pas pour eux. La voir évoluer chez elle, déjà, représente un privilège, un voyeurisme inespéré.

Ils se lèvent, avec certainement déjà leur propre foutre qui dégouline le long de leurs jambes, dans les chaussettes. Didier et moi nous levons également, et au sourire amusé d'Anne Bertin-Barnier, j'estime que nous devons ressembler à une brochette de gitans, à peu près autant à notre place que quatre poils sur le menton de Cécile de France.

– Didier ! dit-elle, énergique, tout en l'embrassant sur la joue.

– Salut, ma belle.

– Vous êtes Jean-Marc, je présume ? me demande-t-elle en me tendant la main.

– Oui. Enchanté.

– De même. Bon et, messieurs, c'est vous, les costauds ?

Wilfried et Laurent sourient bêtement, en parfaite synchronisation. Tout au plus marmonnent-t-ils un « b'jour, m'dame » que personne n'entend et dont tout le monde se fout, à commencer par la maîtresse des lieux, qui sonne la fin des présentations d'un tranchant : « Allez, assis : je vous briefe. On a du boulot. »

La directrice de campagne d'Éric Zemmour est sa compagne, Sarah Knafo. Enfin, disons qu'elle est directrice du sommet de l'iceberg, elle gère les relations avec la presse, la communication, et elle gère, surtout, son poulain : notre candidat. En revanche, ce qui se trame en dessous, ce n'est pas son rayon. La sécurité ? Sarah a beau être brillante, elle n'y connaît pas grand-chose en boîtes de sécu. C'est là qu'intervient Anne, qui est une sorte de dark Sarah, celle qui chapeaute le monde inversé et maléfique, comme dans *Stranger Things*. Bon attention, le moins d'irrégularités possible. Il ne s'agirait pas de se faire coincer comme des cons sur le budget de la campagne, que Zemmour soit élu ou non d'ailleurs. Après, les arrangements, cela existe. Jusqu'à aujourd'hui, personne n'a trouvé à redire à la gestion de la sécurité sur les meetings et au siège de campagne d'Éric, confiée à la société FPS, France Protection Sécurité. Son créateur et patron, Martial Laennec, est un jeune mec d'une quarantaine d'années épatant et brillant qui n'a qu'un défaut : il n'a jamais cessé de jouer aux cow-boys et aux Indiens. C'est exactement ce qu'il a fait, lors d'un débat public qui a eu lieu à Pau, il y a six mois. Rien à voir avec Zemmour, à l'époque. Laennec gérait la sécurité d'un autre homme politique, de droite évidemment. Alors que les forces de l'ordre contenaient et dissipaient des manifestants gauchistes venus en nombre sur le parking du parc des expositions, Martial n'a pas résisté. Se contentant d'enfiler des brassards POLICE, les cinq types de la sécu et lui-même s'en sont donné à cœur joie, matraquant tous les révolutionnaires aux cheveux sales et aux pieds malodorants qui ont eu le malheur de les croiser. Des arcades sourcilières ont volé en éclats, des lèvres se sont fendues, des nez ont fini en choux-fleurs.

Jusque-là, rien d'extraordinaire. Sauf que deux journalistes pédérastes de *Mediapart*, qui étaient présents et qui avaient filmé les exploits de karaté-kid-Laennec, ont fait la connexion avec le monsieur Sécurité de Zemmour. Gênant ? Un peu. Ils font chier, *Mediapart*, parce qu'ils ont raison à chaque fois. En plus, ils bossent, ces merdeux, ils creusent, ils farfouillent, et si vous êtes dans leur ligne de mire c'est foutu, ces types sont des ténias. Ramper dans les boyaux et dans la merde, c'est leur spécialité. Les excréments, leur milieu naturel. Enfin, voilà en gros comment Anne dépeint la situation et la presse écrite de gauche. Didier se gratte le menton, sceptique.

– Je comprends pas bien, dit-il finalement. Tes gars ont cogné des antifas à une manif, c'est l'histoire des manifs, non ? C'est de bonne guerre, les mecs d'en face pensent sûrement comme moi. C'est comme les supporters de Lyon et de Sainté, ils peuvent pas se passer les uns des autres.

– Usurpation de la fonction de policier, se contente de dire son ex-femme.

– Ouais, bon, OK. Les brassards, c'est pas bien malin. Ça

va pas chercher loin non plus. Et en plus tu dis que c'était même pas à un meeting d'Éric ?

– Peut-être, mais aujourd'hui il est avec nous. Ce qui devrait être sa casserole devient notre casserole. Ces abrutis ont été filmés avec des brassards POLICE en train de savater des gamins idéalistes, des étudiants en fac de socio, au milieu des forces de l'ordre. Même les vrais flics y ont cru, remarque. Mais *Mediapart* a fait fumer la vidéo sur les réseaux, tu penses bien...

– Oui, mais...

– Écoute, Didier, c'est très simple : demain matin à 6 heures, la PJ va cueillir Martial chez lui. Le procureur déclenche une enquête préliminaire. J'ai assez de réseau pour avoir été prévenue à temps. Nous avons deux problèmes : le premier, des journalistes sont plantés devant son appart depuis ce matin. Il ne peut pas bouger, il ne peut pas faire le ménage lui-même. Vous êtes là pour ça. Dans son appart, mais aussi dans les locaux de FPS, à Rosa-Parks, dans le 19e. Disons que Martial est un peu collectionneur, il faut déménager quelques armoires. Et disons aussi qu'il dispose de deux ou trois passeports diplomatiques qu'il n'est pas censé avoir.

– Putain, mais c'est un guignol, ton gars, fait remarquer Didier.

– Oui, mais c'est le mien.

*

Nous avons attendu qu'il fasse nuit pour lancer l'opération.

Anne m'a choisi parce que je ne suis personne et que je n'ai pas une tête de con, contrairement à Wilfried et Laurent. Didier est hors jeu, dans le sens de hors compétition, en tant qu'ex-mari. Avec les journalistes, surtout lorsqu'il y a des caméras, il faut se méfier. Il suffit qu'un de ces types fasse son job vraiment mieux que les autres et qu'il reconnaisse le baron du BTP lyonnais pour que vous vous retrouviez avec une affaire dans l'affaire, avec un scandale potentiel. Anne ne veut pas être impliquée publiquement. Anne est une femme de l'ombre. C'est donc moi qui l'accompagne et conduis la Porsche Panamera, direction rue Blanche, dans le 9e arrondissement. J'entre l'adresse dans Waze, qui me conseille de prendre l'avenue des Ternes, puis le boulevard de Courcelles qui devient le boulevard des Batignolles, jusqu'à la place de Clichy, où je pourrai descendre la rue de Clichy et chercher à me garer dans le coin. Juste, pas devant le domicile de Martial Laennec, en Porsche, il a déjà bien assez de casseroles.

Nous sortons de Neuilly. Le silence dans l'habitacle est signé Porsche. C'est à cela que l'on reconnaît les bonnes voitures, celles qui coûtent une blinde : à leur silence. J'accélère pour m'engager avenue des Ternes, légère poussée dans le dos, discret rugissement du moteur. Anne est calme, bien que contrariée. Je pourrais la rassurer en lui affirmant que tout va bien se passer. J'insulterais son intelligence. Nous n'avons aucune idée, ni elle ni moi, de la tournure que vont prendre les événements. Anne est une meneuse. Anne est une stratège. De quoi j'aurais l'air, à vouloir la consoler ? Et puis c'est elle qui brise la glace :

– Quel con, ce Martial, j'vous jure !

– Il doit avoir des qualités, si vous l'avez choisi.

– Oui, il en a. C'est certain. Comme vous, Jean-Marc, j'ai l'impression. Didier dit que vous êtes un homme de confiance. Intelligent et froid.

– S'il le dit…

– C'est ce qu'il faut. Dans les affaires, en politique. Être intelligent, bien sûr. Mais froid, surtout. Comme un médecin légiste. Les gens ne le comprennent pas, les gens sont des enfants. Ils m'emmerdent tous.

J'arrive place des Ternes et m'engage sur le boulevard de

Courcelles. Si Xavier me voyait, il aurait certainement un infarctus. Quand je repense à ses consignes, ses règles de base, ses règles d'or, la première étant de ne surtout pas s'impliquer. C'en est presque drôle. Cette fois, c'est moi qui brise le silence :

– C'est quoi au fait, le deuxième problème ? Tout à l'heure vous avez dit : « On a deux problèmes. » Le premier, c'est les caméras en bas de chez lui qui l'empêchent de bouger.

– Martial a deux passeports diplomatiques chez lui. Un russe, un saoudien. Je le sais, c'est moi qui les lui ai obtenus. Autant vous dire que si le procureur les trouve, ce n'est pas bon pour la campagne. Remarquez, personne n'a intérêt à ce que cela arrive. Pas même les autres candidats. Ils craignent trop l'effet Trump.

– C'est quoi, ça ?

– La victimisation. Plus vous lui tapez dessus, plus vous validez la thèse du harcèlement à son encontre. Je vais vous dire, j'ai même hésité à laisser faire, dans la journée. Pour obtenir cela, justement.

– Mais il y a le deuxième problème ? je demande.

– Voilà. Martial ne coûte pas très cher, parce que nous ne payons qu'un petit quart des factures. Ça peut paraître bête, mais le budget de campagne est très serré et nous faisons gaffe. Donc on fait appel à FPS, il faut bien, mais on a un forfait Black Friday.

– Qui paie alors ?

– Vous connaissez Vladimir Umarov ?

Je fais non de la tête.

– C'est un homme d'affaires ouzbek. Une de mes relations. Il a fait fortune dans le cuivre, le cuivre de l'Oural. Avec la chute de l'URSS, en étant un peu malin là-bas... Et Umarov l'est, malin. Bref, il a une propriété en Bourgogne, un château, avec je ne sais combien d'hectares de zone de chasse. Il a mandaté FPS pour en assurer la sécurité.

– OK, j'ai compris. C'est un financement de campagne un peu déguisé, quoi…

– Voilà. FPS est payée officiellement pour la surveillance du château en Bourgogne, mais en réalité pour assurer la sécurité de la campagne et des meetings. Mais bon, l'effet Trump, faut pas trop pousser non plus. On devrait pouvoir déminer le terrain pour ça. On dira que le contrat pour le château en Bourgogne date et que FPS n'a pas pensé que ça ferait mélange des genres. Mais s'ils trouvent les passeports et le reste, c'est pas bon. Ça va aller, vous ?

26
Un petit café

Minuit. J'ai tourné dix bonnes minutes rue de Clichy et dans les rues adjacentes, sans succès. Il n'y a pas la moindre place pour garer la Porsche, dont le gabarit n'est pas adapté à la capitale. C'est finalement place Lili-et-Nadia-Boulanger que je trouve une solution, en montant carrément sur le trottoir. Je tends la carte de la voiture à Anne.

– Tenez, je dis. Au cas où. Vous n'étiez même pas obligée de venir, en fait...

– Si, je préfère. Et filez-moi votre numéro de téléphone, on ne sait jamais.

Martial Laennec habite au 44, rue Blanche. Cela dit, j'aurais pu trouver sans disposer de l'adresse, car comme l'a annoncé Anne, les chaînes de TV sont déjà présentes. Pas la foule des grands soirs, mais tout de même. Une fille d'une trentaine d'années, seule apparemment, je veux dire sans équipe à ses basques. Fringuée dans le style extrême gauche thunée, baskets Veja rouges, cheveux courts, jean, doudoune K-Way. Elle tient dans le creux de la main une caméra professionnelle sur laquelle je peux voir le logo de *Mediapart*. Pas très loin, ceux de BFMTV et de CNews, qui vont par paires, à l'instar de n'importe quelle paire de testicules : l'envoyé spécial et son cadreur. Ils attendent, se tiennent prêts à réclamer l'antenne pour la fameuse priorité au direct. Bon, là, le direct, il est minable. Une façade de bâtiment, la lumière à quelques fenêtres, un silence de mort. Je peux dire que je suis bon comédien puisque lorsque je tape le code de l'immeuble, de la façon la plus naturelle qui soit, comme si je vivais là, les journalistes ne bronchent pas. Parfait.

Seconde porte, à l'intérieur, avec interphone cette fois. Martial décroche très vite et demande :

– C'est qui ?

– Anne m'envoie.

– C'est au quatrième.

Ascenseur. Quatrième. Porte du milieu. Martial Laennec a des allures d'étudiant à HEC, ce qui contraste avec son activité d'agent de sécurité. Je m'attendais à un grand costaud, vaguement intelligent pour en être arrivé là, pas trop non plus. Et me voici face à un quadra pas bien épais, aux lunettes de banquier, costume impeccable et tête de macroniste de la première heure. Je le suis dans un escalier en colimaçon qui mène au premier niveau de son appartement. Sur la gauche, une ouverture ronde et vitrée d'un mètre de diamètre, dans le mur, donne sur une cuisine équipée d'une quinzaine de mètres carrés, surface habituellement suffisante pour un jeune couple parisien. Face à moi, une porte ouverte, un bureau. À droite enfin, un grand salon, je dirais trente mètres carrés, puis un escalier qui dessert l'étage. Là-haut, je ne sais pas. Le coin nuit, forcément. Martial, qui me voit jeter un œil à la dérobée, se sent obligé de faire l'article :

– Y avait cinq chambres de bonne au-dessus. On a tout racheté, tout pété…

– Génial. Bon : on y va ?

Avant d'attaquer, Martial décide de me proposer un café, que j'accepte par politesse. Nous nous retrouvons ainsi dans la cuisine, où il pose une tasse sur le support en plastique d'une cafetière Krups pour Nespresso. Le support est branlant, de travers, et il entreprend de le réparer ou, en tout cas, de le faire se maintenir. En vain. Debout à côté de lui, je le regarde s'échiner, en silence. Je lance un premier « C'est pas grave, laisse tomber », qu'il balaie d'un revers de main. Il va me faire ce café. OK. Je prends place sur une chaise, à la table. Martial ne parvient pas à remettre le bordel en plastique et s'énerve, d'abord un long soupir poussif, puis des jurons. Ah ça y est, ça a l'air de tenir : il appuie sur la touche espresso, mais le support lâche côté droit et s'affaisse. La tasse penche elle aussi, le café se répand, catastrophe, Martial traite la cafetière de salope et moi, en réalité, j'en ai rien à foutre de ce caoua. Mais je respecte, je comprends, il s'est mis en tête de me le couler et l'échec est inenvisageable, abandonner reviendrait à foutre à la poubelle des siècles et des siècles de civilisation. L'épouse entre alors dans la cuisine et gueule en chuchotant : « Les enfaaaaaaaants ! » Impuissant et dépité, Martial désigne cette conne de Krups. Il a la présence d'esprit de me présenter sa femme, Murielle, une jolie blonde exaspérée. On est en pleine campagne présidentielle, son mec s'est fait serrer comme un con à jouer au policier pour tabasser des étudiants, les flics vont se pointer dans un peu moins de six heures pour l'embarquer, et il découvre que leur cafetière déconne. Sans rien dire, elle prend la tasse, la maintient en position et appuie sur la touche espresso. Elle pose ensuite la tasse sur la table, devant moi. « Sucre ? » Je réponds oui et le regrette aussitôt, car ils ne prennent pas de sucre dans leur café et ne savent même pas où en trouver avec tous ces placards. Une fois encore, il est impensable qu'ils abandonnent : c'est l'honneur de la rive droite qui est en jeu. Et je t'ouvre chacune des portes, je retourne tout, je peste, je râle. C'est drôle, on dirait qu'ils entament la perquisition eux-mêmes, prenant de l'avance sur la descente des flics, demain matin 6 heures. Et puis la délivrance. Martial dégote un paquet de sachets de sucre en poudre individuels, des Béghin Say, ceux qui sont allongés en forme de tube et aux couleurs criardes.

Je crois même entendre un *yes* victorieux susurré. Il pose la boîte devant moi. J'en prends un, déchire le haut, verse le sucre dans la tasse, réalise qu'il n'a pas pensé à la petite cuillère et laisse tomber. Je prends la tasse et m'envoie le café d'un coup. Tout ça pour ça.

– Bon, Martial, je dis. Anne m'a donné ses consignes. Tu dois me donner les passeports et ta fausse carte de police. Les brassards aussi.

– Les passeports, je les ai ici.

– Elle demande aussi si tu as du liquide. De l'argent.

– Euh… ouais.

– Alors tu me donnes tout. Et tu dois me briefer pour tes locaux, à Rosa-Parks. On doit virer quoi ?

Murielle n'a pas attendu la fin de cette conversation pour aller dans le bureau, juste à côté. J'entends ce qui ressemble au bruit d'une molette de coffre-fort que l'on tourne, à plusieurs reprises, puis elle réapparaît avec les deux passeports et une grosse liasse de billets de banque. Elle dépose le tout sur la table.

– OK, je dis. Je donne ça à Anne. Pour ta boîte, alors ?

– Y a des armes. Des armes que je suis pas censé avoir.

– Beaucoup ?

– Y a une armoire, dans une petite salle, derrière mon bureau. C'est une armoire blindée, tout est dedans. Y a des fusils-mitrailleurs, des armes de poing, des couteaux… Y en a j'ai le droit, mais c'est mieux peut-être de tout virer. Y a aussi les brassards et plusieurs fausses cartes de police.

– Ça se passe comment, demain matin ?

– C'est une enquête préliminaire. La perquisition, je pourrais m'y opposer, mais derrière le procureur va l'imposer, alors… C'est mieux que je la joue hyper coopératif.

– D'ac. Bon je vais pas traîner, là, Anne m'attend.

– OK. Dis-lui que je suis désolé, hein…

– Elle le sait, je crois.

Dans l'ascenseur, j'ai le temps de prendre en photo avec mon téléphone les pages comportant l'identité et la photographie de Martial, sur les deux passeports. Xavier appréciera, j'en suis certain. Par précaution, je supprime les photos, qui vont ainsi se réfugier au chaud dans l'album « supprimées récemment ». Je pourrai les exhumer le moment venu. Cela vaut ce que cela vaut, mais si Didier ou Anne ou je ne sais qui décide de vérifier mon smartphone, il ou elle ne tombera pas dessus d'entrée de jeu. J'ai le temps de glisser les passeports dans ma poche de pantalon, l'argent dans celle de mon blouson, puis je quitte l'immeuble, comme si de rien n'était. Je vois que les journalistes, en bas, tiquent un peu, m'observent en fronçant les sourcils, puis se concentrent à nouveau sur le bout rougeoyant de leurs clopes respectives.

*

Une heure du matin. Nous retrouvons Didier et ses hommes au siège de FPS, la société de sécurité de Laennec. Eux sont venus au volant de la Tesla Model S d'Anne. Nous sommes dans les locaux, elle farfouille à la recherche de dosettes compatibles avec la cafetière posée sur un meuble bas, dans la salle de réunion. Décidément. Après la nuit des longs couteaux, celle des longs espressos. Didier, Wilfried, Laurent et moi ouvrons l'armoire blindée dans la salle attenante au bureau. Elle contient ce que Martial m'a annoncé, à savoir un arsenal de débile mental. Il est presque sympathique, comme ça, du moins pas antipathique. Mais que penser d'un homme qui se déguise en policier pour frapper des étudiants en sociologie et qui entasse des armes de guerre dans son bureau ? Il a beau porter des lunettes et des vestes de costume, une partie de son cerveau est niquée. Fantasme sur l'autorité, la virilité, à ça de la nostalgie des années Giscard, quand l'État tuait, couvert à la fois par la police et par l'ORTF. Martial appartient à cette race de gars qui, sous l'Occupation, auraient postulé rue Lauriston. Un sale type. Pas le temps de m'émouvoir. Nous avons la chance que les locaux de FPS soient légèrement en retrait par rapport à la rue Gaston-Tessier, à deux pas de la station RER Rosa-Parks. Notre autre chance est que le secteur soit principalement composé de bureaux, évidemment déserts à cette heure de la nuit. Didier a reculé la Panamera sur le trottoir, cul à cul avec l'entrée du local. Nous chargeons le coffre, effectuant un Tetris niveau 12. Découvertes amusantes : plusieurs grenades, un sabre qui a l'air japonais mais qui pourrait très bien sortir de chez Decathlon, des gilets pare-balles estampillés POLICE NATIONALE. Le déménagement nous prend une vingtaine de minutes, le temps pour Anne de dégoter de quoi servir cinq mugs de café. Elle me tend le mien, qui porte un visuel : un diamant rouge sur fond noir, le sigle jaune BRB en surimpression. Brigade de répression du banditisme Paris. On est sur une obsession.

Il nous a fallu une heure supplémentaire pour retourner à Neuilly et vider le contenu du coffre, que nous avons entassé dans une cabane de jardin derrière l'hôtel particulier. Cabane de jardin, façon de parler, entendons-nous bien. Il s'agit d'un ancien pigeonnier en dur, bâtiment circulaire au toit couvert de tuiles et dans lequel on pourrait décemment loger trois ou quatre sans-abri.

Nous reprenons les voitures.

La nuit est loin d'être terminée. Nous fonçons cette fois dans le 8e arrondissement, rue François-Ier. Au numéro 3 se tient le QG de campagne d'Éric Zemmour. Didier, Anne et moi descendons, tandis que Laurent et Wilfried repartent aux volants de la Porsche et de la Tesla, à charge pour eux de trouver des places de stationnement. Je note qu'aucun journaliste ne fait le pied de grue ici. Ils ne sont finalement pas si malins. Anne tape le code de la haute porte en bois qui donne sur la rue et la serrure s'ouvre dans un bruit infernal, sorte de flatulence métallique. Nous passons le porche et accédons à une cour intérieure de taille modeste, au fond de laquelle se trouvent les locaux de Reconquête. Une porte en bois, à nouveau un digicode. Anne nous ouvre, allume et va droit derrière l'accueil, composé d'un grand bureau blanc en arc de cercle. Là, elle ouvre une trappe dans le mur, semblable à celle qui masque les compteurs électriques. Sur un boîtier noir, elle entre un code à six ou huit chiffres, désactivant ainsi l'alarme.

Nous voici en place, pour une nuit de veille, en remplacement des mecs de FPS.

Ils reviendront quand les choses se seront tassées. Quand Anne Bertin-Barnier et Sarah Knafo auront trouvé les éléments de langage qui démineront le terrain. En attendant, donc, les vigiles, c'est nous. Nous empruntons l'escalier ouvert, derrière le comptoir, et arrivons au premier étage. Parquet qui craque, photocopieuse dans le couloir, plusieurs petites salles de réunion. Au deuxième, trois pièces en enfilade : une grande salle de réunion, le bureau d'Agnès, la secrétaire d'Éric Zemmour, et enfin son bureau, fermé à clé en permanence. Au troisième étage, pour finir, encore des bureaux, ainsi qu'une cuisine au mobilier de cafétéria totalement incongru. C'est là que nous nous posons, sur deux clic-clac au confort douteux. Anne, encore elle, se dévoue pour les cafés, fouille dans les placards, trouve de quoi. Je me lève et l'aide, pose les tasses, les cuillères ET le sucre sur la table. J'en profite pour demander à Anne ce qu'on fabrique ici.

– Ce qu'on fabrique ? elle répète. Le QG n'est jamais vide, il doit toujours y avoir quelqu'un. N'importe quel journaliste, ou opposant antifa, ou opposant politique, pourrait entrer par effraction et foutre la zizanie.

– Ah bon ? Vraiment ?

– Ou venir poser des micros dans nos salles de meeting.

– Ah ouais, j'avais pas pensé à ça.

– T'inquiète, y en a d'autres qui y pensent, tu peux me croire.

Je suis en train d'aligner sur la table des petites cuillères à la coloration suspecte lorsque Didier, le nez à quinze centimètres de l'écran de son smartphone, lâche un « Oh putain, Jean-Marc, c'est la merde » qui casse un peu l'ambiance. Il se lève, vient se placer à mes côtés et me montre. Le site Internet de *Mediapart*. Une vidéo, intitulée « QUI EST CE MYSTÉRIEUX VISITEUR DU SOIR ? », et dans laquelle on me voit entrer dans l'immeuble de Martial Laennec, puis en ressortir. Je revois la meuf en Veja et K-Way, sa caméra dans le creux de la main. La pute.

27
Un petit con

Est-ce que l'on peut parler de panique ? Pas totalement. Mais bon, situation très préoccupante. Dès que Martial a été embarqué par la police, les journalistes se sont démultipliés. À croire qu'ils se reproduisent. Une nuée s'est agglutinée sous les fenêtres de la DRPJ, 36, rue du Bastion, dans le 17e, d'autres se sont rués à Rosa-Parks, certains ont décidé de rester devant son domicile, rue Blanche, tandis que le gros des troupes s'est posté devant le QG de campagne. De fait, je suis prisonnier de la permanence d'Éric Zemmour. Prisonnier de la cuisine. Anne m'a demandé d'éteindre mon smartphone. J'ai obéi et ai même retiré la carte SIM, par précaution. Puis brainstorming. Comment on fait pour me dégager des locaux, sachant qu'il n'y a pas d'autre sortie que celle qui donne sur la rue François-Ier, où les crevards et leurs caméramans sont à l'affût ?

Wilfried et Laurent ne nous ont été d'aucun secours. Ils se sont réfugiés sur le clic-clac, s'excluant eux-mêmes des débats. Anne a commencé à recevoir des textos par dizaines. Didier est sorti dans le couloir faire les cent pas et ruminer, n'ayant pas plus d'idées que les autres. Si, aller foutre 200 balles dans une église pour brûler un cierge. Mais bon…

À 9 heures, la secrétaire de Zemmour et le permanent salarié par Reconquête sont arrivés. Autant dire que l'accueil, dans la rue, ne leur a pas plu. Tout comme il n'a pas plu à Éric lui-même, qui vient de débarquer. J'ignore où sont passés les autres, toujours est-il que je suis seul dans la petite cuisine lorsqu'il apparaît dans l'encadrement de la porte, en pleine conversation avec Anne. Il prend le temps de me saluer, « Bonjour, monsieur », avec un sourire de politesse. Je ne le connais pas personnellement, mais il me semblé irrité, voire ulcéré. À raison.

– Tu m'expliques ce qui se passe, Anne ?

– On a fait le ménage cette nuit. Les perquisitions ne vont rien donner.

– Je suis en colère, j'espère que tu le comprends. Je suis en pleine campagne électorale, je ne veux pas gérer ce genre de chose. Et surtout, je ne veux pas avoir des abrutis pareils autour de moi !

– Je comprends, Éric.

– Je n'ai pas besoin d'un con de vigile qui se prend pour Kevin Costner dans *Bodyguard* !

Je ne connaîtrai jamais la fin de cette conversation, puisque Éric et Anne descendent l'escalier jusqu'au deuxième étage, celui du bureau du candidat. Cela dit, j'en imagine aisément la teneur. Lui fou de rage, pas besoin de ça. La politique, c'est sérieux. Anne doit lui promettre qu'il n'y aura pas d'affaire, qu'elle va faire retomber tout ça.

Le peut-elle ? Elle est brillante. Je n'en doute pas une seconde.

Pourtant, lorsqu'elle nous rejoint cinq minutes plus tard, elle n'a pas d'autre solution à me proposer que l'attente. Attendre, que les choses se tassent. Attendre, que les journalistes abandonnent. J'en suis réduit à réfléchir à la logistique : comment vais-je faire pour les fringues, pour me doucher, et les toilettes, hein ? Comment elles sont, les toilettes ? Mais c'est compter sans le génie de Didier, qui soupire et se met à fouiller dans les placards en pestant :

– Putain, Anne, y a rien à bouffer ici ? On va mourir de faim !

Il l'ignore lui-même, mais il vient de donner une idée à son ex-femme, dont le regard change et dont le sourire s'allume.

– Mais bien sûr, dit-elle. C'est ce qu'on va faire.

– Faire quoi ? je demande.

– Manger. Enfin… pas vous, Jean-Marc.

Anne fait le tour des bureaux et demande aux personnes présentes leurs préférences alimentaires, après quoi elle nous rejoint dans la cuisine et lance plusieurs commandes sur l'appli Deliveroo. Un peu de chinois, de l'indien, du libanais et enfin des burgers, le tout à livrer pour midi. Réalisant que nous ne comprenons pas la stratégie, Anne pose son téléphone sur la table et nous met au parfum :

– On va avoir quatre livreurs, dans le tas il y en a bien un qui fera la taille de Jean-Marc.

– OK, je dis. Et ?

– Vous prenez son blouson, son casque, son sac à dos, son vélo, et vous partez. Ta voiture est garée où, Didier ?

– Wilfried ? interroge Didier.

– Pas loin, à deux rues d'ici.

– Bon, reprend Anne. Jean-Marc, vous allez jusqu'à la voiture en tenue Deliveroo. Didier, tu y vas cinq minutes après, avec le vrai livreur, il récupère son attirail et vous, vous allez à Neuilly. Je vous retrouve plus tard.

Le jeune type a ma corpulence, à cela près qu'il est beaucoup plus affûté. Il a une trentaine d'années, passe ses journées à livrer de la bouffe dans Paris à vélo, forcément, ça sculpte. Antoine, son prénom. Un métis. Tandis qu'Anne lui explique ce que nous aimerions, il fronce le nez, jette des coups d'œil anxieux à l'écran de son smartphone sur lequel défilent les courses à venir et qu'il est en train de manquer. Il a le don d'agacer Anne, qui modifie sa com' :

– Bon, jeune homme, vous n'avez pas envie de gagner 100 euros ?

– Quoi ? fait l'intéressé.

– C'est bon cette fois ? Vous m'écoutez ?

Didier sort sa pince à billets en or et tire deux billets de 50 euros, qu'il lève sous le nez d'Antoine. C'est bête, mais j'adore son geste. Il le maîtrise à la perfection, habitué qu'il est à dégainer et produire de la thune entre ses doigts, tel un magicien. Didier est une sorte de Gérard Majax du flouze. En tout cas, nous avons maintenant toute l'attention du livreur, qui considère que notre deal est plutôt cool, mais qu'il serait bien meilleur si nous mettions 300 euros. J'observe Didier, dont les paupières s'affaissent légèrement. Je le sens à deux doigts de prononcer des mots comme « bamboula » ou « boukak » qui, je le crains, pourraient froisser. Il ne bouge plus, la pince à billets encore dans la main gauche. L'erreur qu'il a commise, c'est ça. Nous voyons tous qu'il a encore un bon paquet de billets de 50. Avant qu'il n'ait le temps de devenir désobligeant, Anne prend les 100 euros qu'il tient dans la main droite, puis sa liasse, et ponctionne quatre autres billets. Le jeune Antoine a gagné sa matinée, à en juger par son sourire jovial et sincère. Il se permet un trait d'humour, au passage :

– Écoutez, y a peu de chances que je vote Zemmour un jour, mais il remonte dans mon estime.

– Ouais, c'est ça, fais le malin, lâche Didier. Petit con…

– Ça va aller, Jean-Marc ? me demande Anne.

– Oui, oui.

– T'inquiète, ajoute Didier. Spagg' est le meilleur d'entre nous.

Je dois avouer que moi il me plaît, ce petit con. Est-ce qu'il pourrait contacter la presse, plus tard, et raconter qu'il m'a aidé à fuir le QG de campagne d'Éric Zemmour ? Sans preuves, il ne serait peut-être même pas pris au sérieux.

Gratter 300 euros, c'est sa façon de nuire à la campagne électorale du candidat d'extrême droite qu'en toute logique, il exècre.

Il me refile son blouson, son casque de vélo et son sac à dos carré.

Pour quelques minutes, me voici dans la peau d'un prolétaire 2.0. Un de ces esclaves modernes qui vivent en dehors de Paris, à cause du prix des loyers, mais qui chaque jour y travaillent. La capitale, intra-muros, n'est habitée que par des riches. Les pauvres, domiciliés tout autour, mettent chaque matin une heure, voire plus, pour venir faire fonctionner cette ville. Pour le bon plaisir des riches. Il ne manque plus qu'un péage à l'entrée de la cité, que les écolos rêvent d'instaurer, pour rétablir totalement les pratiques du Moyen Âge.

Lorsque j'ouvre la porte du QG, casque sur la tête, lunettes de soleil sur le pif, tous les regards se portent sur moi, dans un début d'euphorie, pour retomber aussitôt. Je tente de rester naturel. Antoine m'a confié la clé de son vélo électrique et m'en a rapidement expliqué le fonctionnement, lorsque je lui ai demandé s'il y avait quelque chose de spécial à savoir. C'est plutôt rudimentaire : « Le mieux, c'est que vous utilisiez les pédales. » Je pense qu'il s'est foutu de ma gueule, ce qui est de bonne guerre. Au moment où j'enfourche sa bécane, les journalistes ont déjà reporté leur attention sur leurs smartphones, indifférents au biker racisé que je suis censé être. Mon exfiltration est réussie.

28
#MeToo et développement personnel

Le thème de l'émission *C dans l'air*, sur France 5 : « Le cinéma français se déchire… » Le sujet, évidemment, les violences et agressions sexuelles faites aux femmes dans les milieux du cinéma et de la télévision. Un acteur a encore frappé, l'occasion de revenir sur tous ceux qui ont des casseroles : Roman Polanski, Harvey Weinstein, Gérard Depardieu bien sûr, mais aussi Jean-Marc Morandini, Nicolas Hulot, Patrick Poivre d'Arvor, Sébastien Cauet. Il y a une sorte de consensus tacite, sur le plateau, une petite musique qui raconte que les hommes sont des bêtes à castrer. Il paraît que certaines féministes ultras affirment que tous les hommes sont des violeurs, ceux qui ne passent pas à l'acte n'en ont tout simplement pas encore eu l'occasion. Ils ne se sont pas retrouvés en position de domination, qui le leur permettrait, mais si un jour vous leur donnez cette position, ils violeront.

Je me sens agressé, alors même que je n'ai jamais fantasmé un viol, ni volé ne serait-ce qu'une caresse. Toutefois je comprends ce qui est exposé : le système patriarcal a lui aussi sa petite musique, celle de la virilité et de la coolitude de la séduction masculine. Une sorte de machisme d'ambiance. Très bien. Mais alors est-ce que quelqu'un pourrait demander au réalisateur de l'émission d'arrêter de faire toutes ces amorces de plan sur le décolleté, les jambes, les pieds nus dans des chaussures à talons de Caroline Roux, la présentatrice ? Je ne comprends même pas que cette dernière l'accepte. On est là en train de dire qu'il faut arrêter avec la sexualisation permanente du corps de la femme, et le mec ne cesse de cadrer les longues jambes de la journaliste. C'en est presque drôle, mais en réalité pas du tout. Je zappe. Ils m'énervent, tiens. Trek TV. Un documentaire sur des fadas, adeptes des ultra-trails, qui participent à la Dragon's Back Race, une course à pied reliant le nord au sud du pays de Galles. Distance, environ 300 kilomètres, pour 15 000 mètres de dénivelé, le tout en cinq jours. La particularité de cette épreuve est qu'il n'y a pas de pistes, de chemins ni de routes. Vous traversez des champs, des collines, des forêts, des cours d'eau. Il y a une dimension course d'orientation, qui fait d'ailleurs la différence entre les fadas. Certains gagnent du temps en effectuant de meilleurs choix d'itinéraires. Le soir, tout ce petit monde dort dans des tentes. Il y a une ambiance sympa, celle des sportifs, des traileux qui se dépassent, se surpassent, repoussent les limites du corps et qui, ensuite, s'attaquent à celles de leur mental. Que ce soient les hommes ou les femmes, tous ont un même logiciel, qui comporte en premier lieu une résistance à la douleur incroyable. On les voit le soir du troisième jour, dans leurs tentes, essayer de soigner leurs pieds, semblables à des escalopes milanaises. Gros plans sur des ampoules aussi grosses que des œufs au plat, sous les pieds et sur les talons. Certains ont perdu leurs ongles, qu'ils retrouvent au fond de leurs chaussettes. Et puis le dernier jour, la plupart parviennent tout juste à marcher, tant ils sont courbaturés. Les muscles frisent la crampe en permanence, ils ne courent plus, les jambes raides, incapables de plier les genoux. Certains pleurent. J'apprécie l'effort, depuis mon canapé. En même temps, ils m'agacent. Ce sont des bourgeois qui repoussent leurs limites parce que vivre ne leur suffit plus. Des ultralibéraux snobs qui vont vous dire qu'ils ne sont pas dans le consumérisme, mais dans le dépassement. Nan, mec. Tu te goures. Tu consommes de l'estime de toi. T'es à fond dans le *Just do it.* Je zappe à nouveau. La chaîne Histoire. Le commandant Massoud. Assassiné par deux faux journalistes et vrais kamikazes, qui ont fait exploser à côté de lui leur caméra piégée. Le 9 septembre 2001, seulement deux jours avant les attentats du World Trade Center. Conclusion de la voix off, le Pakistan, derrière tout ça, a éliminé Massoud car il aurait été le seul relais des Américains sur le terrain, en Afghanistan. Massoud 0-talibans 1. Ce ne sont pas toujours les révolutionnaires romantiques qui gagnent. Le commandant Massoud, croisement entre le Che et Nelson Mandela, en est la preuve.

Que serait le monde s'il avait vécu ?

Et si Robert Kennedy n'avait pas été buté et avait décroché la présidence américaine en 1969 ? Et si Trotski n'avait pas pris un coup de piolet dans la nuque ? Et si ma tante en avait…

J'empoigne la télécommande, éteins la box.

Je regarde trop ces conneries. Je suis enfermé dans mon appartement, planqué chez moi depuis quarante-huit heures. J'ignore si les policiers, à Paris, sont à ma recherche. Je suis persuadé que la fille de *Mediapart*, elle, l'est. Et bien comme il faut, façon *Mediapart*. Donc, profil bas. Je remplis mon cerveau de merde, entre les chaînes d'info et le reste.

Deux jours de confinement. Cette fois, je pense que l'orage est passé. L'affaire Laennec est en train de se dégonfler. Au début, les images me montrant entrer et sortir de son immeuble, rue Blanche, sont passées en boucle. Le mauvais cadrage de la vidéo m'a vite rassuré, car il était assez difficile de me reconnaître. De son côté, Reconquête a produit les éléments de langage efficaces et parfaitement calibrés. La société FPS a bien un contrat avec Vladimir Umarov, concernant sa propriété en Bourgogne, mais elle n'y intervient que lorsqu'il s'y rend, c'est-à-dire quasiment jamais. Martial Laennec n'a pas pensé une seconde que cela pourrait donner lieu à des soupçons de financement illégal de la campagne, voire à une ingérence étrangère, russe en l'occurrence, dans la politique française. La société FPS a donc soumis au milliardaire ouzbek une rupture de contrat, acceptée dans la foulée.

Ouf.

Bien joué, Anne Bertin-Barnier.

Aucun flic n'est venu sonner à ma porte et me demander ce que je foutais à Paris. Ils auraient pu me retrouver, ne serait-ce qu'avec la téléphonie. Ils auraient pu convoquer tous les gens dont le téléphone a borné là, à l'heure de ma visite, et auraient constaté que je ressemblais vachement au mystérieux visiteur du soir. Ce que je crois ? Ça doit arranger beaucoup de monde qu'on ne me trouve pas et qu'on ne me demande pas ce que je suis venu chercher ce soir-là. Anne me l'a dit : les autres craignent l'effet Trump.

Donc voilà, *Mediapart* a sorti la vidéo de Martial en train de savater des manifestants, à Pau. Ils ont découvert son identité et, de fait, dénoncé une usurpation de fonction de policier. La justice, comme toutes les fois où *Mediapart* sort un scandale, bien obligée de traiter la chose. Enquête préliminaire, sans oublier de prévenir discrètement Anne au préalable, afin qu'elle ait le temps d'effectuer un peu de ménage. La police est bien venue cueillir Martial chez lui, à 6 heures du matin, le lendemain de ma visite. Il a accepté la perquisition à son domicile.

Il a accepté celle de ses bureaux, à Rosa-Parks. Rien de compromettant n'a été trouvé.

Résultat : les étudiants frappés à Pau ont porté plainte. L'usurpation de la fonction de policier est une circonstance aggravante. Et ? Et rien. Terminé.

29
La tartine de miel

Je n'ai pas encore vu Xavier, depuis mon retour de Paris. J'ai échangé par messagerie, mais il est pour encore quelques jours à Grenoble, sur un dispo, la surveillance d'un jeune cadre écolo soupçonné d'appartenir à un groupe de terros antispécistes. J'ai hâte d'être à notre prochain débrief qui, je l'espère, sera le dernier. J'ai espoir que le gendarme transmettra les photographies des passeports diplomatiques de Martial Laennec à ses collègues de la police judiciaire parisienne. Des descentes seront effectuées dans tous les lieux auxquels Didier a accès, pour trouver les kalachnikovs. La DGSI va mettre en place une surveillance sur les destinataires qui ont bénéficié des largesses de Didier. Ça va foutre un bordel qui éclaboussera Zemmour et niquera sa campagne. Je pourrai retrouver ma vie et mon Bernard normal. Je pense que je ne lui dirai pas ce que j'ai fait, si ça ne sort pas dans la presse. Peut-être parviendrai-je à négocier ça avec Xavier. Au pire, si je dois témoigner publiquement, Bernard comprendra. Quand il saura de quoi Didier a été capable, quand il saura à quel point l'entourage de leur poulain est vérolé, il me remerciera.

Étonnamment, même si je n'ai pour ainsi dire pas adressé la parole à Éric Zemmour, je le plains. Car je n'ai pas le sentiment qu'il sache ce qui se trame autour de lui. Je ne l'imagine pas cautionner des braquages de palais de justice ou de familles marocaines liées au trafic de stupéfiants.

Didier, plus royaliste que le roi.

Didier, plus zemmourien que le Zemmour.

Qui agit autour, dans l'ombre, dans son dos, pour faciliter son arrivée au pouvoir. Sans oublier que le vrai patron est une patronne. Anne Bertin-Barnier. Elle, la meneuse, l'architecte, le démiurge. Le candidat est dans les hautes sphères, dans la politique, il est dans son programme, multiplie les joutes oratoires sur les plateaux de TV. Il est sur le terrain, les marchés, les usines, les piquets de grève, partout où il est bon de se montrer. Alors la logistique, les détails, ce n'est pas lui. C'est Anne. Et Anne a décidé que, cette fois, l'élection ne leur échapperait pas. D'une certaine façon, Didier est lui aussi le dindon d'une farce qui le dépasse. Il obéit.

*

Encore une petite sauterie, chez Didier. La dernière pour moi, a priori, puisque je vois Xavier demain matin. Tout le monde l'ignore, mais ce sont mes adieux. Je me gare sur le parking, à Écully, et suis accueilli par Didier, déguisé en père Noël. Deux semaines d'avance sur le réveillon. Radieux, énorme cigare à la main. Il est vrai que, de son point de vue, les voyants sont au vert. L'affaire Laennec a déjà fait pschitt. Didier a laissé à Anne 200 000 euros, pour financer la sécurité, à la suite du retrait d'Umarov. Ainsi, l'argent du trafic, l'argent de la cité, finance la campagne.

– Alors ce confinement ? me demande Didier.

– Ça va, deux jours. Ça n'a pas été trop long.

– Merci en tout cas, Jean-Marc. Pour tout ce que tu as fait.

– OK.

– Allez, entre : ce soir on profite !

Pas de serveuses cette fois, c'est à la bonne franquette.

Didier a tout de même fait appel à un traiteur, qui a dressé un buffet dans la salle de réception. Nous sommes une dizaine, le cercle rapproché. Sont évidemment présents Kevin et trois couillons du Bastion. Wilfried et Laurent sont là, Bernard, Valérie, Loïc, l'avocat de Didier, et moi. Voilà, pour les invités proprement dits. Car s'il n'y a pas de serveuses, c'est parce que Didier leur a préféré d'autres prestataires : des escorts. Une dizaine de femmes sublimes en robe moulante déambulent en effet, servent du champagne en roulant du derrière, multipliant les moues et les clins d'œil. J'ai compris : c'est un repas d'entreprise, en un peu plus fun et festif. Pour nous récompenser des efforts accomplis. C'est bien Didier, ça.

Je salue tout le monde, saisis une coupe et me joins à Valérie et Bernard. Est-ce que je les ai trahis ? Oui. Mais encore une fois, quand ils apprendront de quoi Didier est réellement capable et comment, avec mes moyens, j'ai tenté de le stopper, ils me pardonneront.

Je souris à mon pote. Lui est tendu.

– Ça va ? m'agresse Bernard, sans me dire bonjour. Tranquille ?

– Pardon ?

– Tu crois peut-être que je t'ai pas reconnu sur la vidéo, à la télé ? En bas de l'immeuble ?

– Bernard, je crois que ce n'est pas le moment, et pas l'endroit.

– Si je suis venu ce soir, c'est pour avoir une conversation avec Didier. Mais bon… ça sent plutôt la partouze, là. Tu m'as éjecté, putain, Jean-Marc ! Je suis bon à aller chercher des parrainages, c'est ça ? Pourquoi, je suis trop con ?

– Allez, Bernard, calme-toi. Faut que tu fasses confiance à Didier et à Anne. Nous, on reste à notre place, on s'occupe des parrainages et…

– Nous ? Nous ? T'étais à Paris, Jean-Marc. Tu sais ce

qui s'est passé pour Laennec et tu ne veux pas me dire. Je pensais qu'on était amis.

Bernard vide sa coupe d'un trait et la repose sur le buffet. Il se tourne vers Valérie et lui adresse un signe de tête un peu vieille France, qui veut dire : « Allez, bobonne, prends ton sac on y va. » Elle me regarde et me sourit tristement.

– Allez, Bernard… je tente. Tu pars pas déjà ?

– Je pars tôt demain matin, j'ai de la route.

– Pas d'esclandre, OK ? Tu vas saluer Didier. Vous aurez une discussion quand ce sera le moment.

– Je salue rien du tout et j'aurai pas de conversation avec Didier. C'est avec Éric que je vais avoir une conversation. Je suis curieux de savoir s'il trouve qu'il est bien entouré. Je suis même pas sûr qu'il soit au courant de toutes ces… magouilles, là, avec Laennec.

Bernard part comme un prince, suivi par Valérie. Mon regard croise celui de Didier, à quelques mètres de nous. J'ai rarement vu un père Noël avec une aussi sale gueule.

*

Je ne me suis pas éternisé, après leur départ. Bernard a vu juste. Si la soirée n'a pas viré à la partouze stricto sensu, elle a tout de même dégénéré et les dix créatures moulées dans des robes sexy ont visité quelques recoins du château. Très peu pour moi. Bernard a aussi vu juste, pour ma trahison. Je lui ai pris sa place. Didier m'a préféré.

Je me lève à 9 heures du matin. J'ai un peu bu, hier soir, et voilà le résultat, j'ai la tête de Gérard Larcher. Je me sers un verre de jus d'orange, fais couler un espresso, insère une tranche de pain de mie dans le grille-pain, sors le beurre et le miel. Je pose mon téléphone sur la tranche, appuyé contre le grille-pain, et lance BFMTV sur l'appli myCANAL. Il fait très froid, les journalistes découvrent l'hiver. J'ignore pourquoi je continue de m'intéresser aux informations du petit écran, puisque je suis systématiquement déçu, voire énervé. Même Arte, qui fait pourtant office d'intellectuelle du PAF, a transformé son JT du soir en une sorte de journal régional dédié à l'Allemagne. On se croirait sur France Bleu Bavière. France Info sauve un peu l'honneur, et encore.

Cela dit, BFM et CNews demeurent les champions du racolage, avec des travers différents. Les premiers sont obsédés par la météo et les chroniques économiques, les seconds par l'immigration et l'incompétence du gouvernement. La tranche de pain de mie est éjectée, je l'attrape quasiment au vol, la dépose sur une petite assiette à dessert et la tartine de beurre. Un grave accident de la route a eu lieu ce matin sur l'A40, au niveau de Nantua, sous le tunnel de Chamoise. Un véhicule a perdu le contrôle et a rebondi plusieurs fois contre les parois, à droite et à gauche, avant d'effectuer des tonneaux et de prendre feu. Le chauffeur, qui selon les premières nouvelles serait un chef d'entreprise retraité lyonnais, est évidemment décédé.

La nouvelle tombe très vite, il s'agit de Bernard. Il se rendait à Flaine, la station de ski, où il possède un studio, pour une réunion de copro. Je sais que je devrais appeler Valérie. Je n'ose pas. Valérie est intelligente et a certainement compris. Valérie m'a demandé dès le début de veiller sur Bernard.

Ce que j'en pense ?

J'en pense que c'est surtout à Xavier que je dois parler. Vite. Je lui téléphone et lui annonce sans chichis que lui et moi n'avons pas réellement géré la situation. Euphémisme. Ça tourne mal, ça tourne à la merde, et il a intérêt à se pointer chez moi fissa. À peine dix minutes plus tard, le gendarme sonne à ma porte. Calme, tranquille. Il me dit un truc flatteur sur mon appart, du style : « Tu dois être bien là », il pose ses clés et son portable sur le comptoir de la cuisine et prend place sur un tabouret. Peut-être surjoue-t-il le gars blasé pour m'aider à redescendre en pression ? Il se fout le doigt dans l'œil, et jusqu'au coude. Parce que la pression, oui, je l'ai. On peut même évoquer une putain de pression comme je n'en ai jamais eu. Je lui fais malgré tout un café, et puis :

– T'es au courant ? je lui demande. Pour Bernard ?

– Oui, j'ai vu ça. Ils parlent d'un accident. Condoléances, je suis vraiment désolé…

– Mon cul. Y a pas d'accident, Xavier ! Hier on était ensemble, et Bernard a fait un sketch. Il n'était pas d'accord avec la façon de faire de Didier. Il voulait en parler avec Zemmour en direct, pour lui dire qu'on manœuvrait dans son dos pour la campagne.

– T'y vas un peu fort. Y a pas de preuves et…

– Ah non, ça, y a pas de preuves, non ! C'est Didier : c'est ça, sa façon de faire !

– Oui, et donc il n'y a pas de preuves. Jean-Marc, on ne peut pas lancer des enquêtes sur une conviction, tu comprends bien.

– T'as suivi l'histoire avec le mec de la sécu, Martial Laennec ?

– Oui, j'ai vu ça.

– Eh ben j'y étais, avec Didier ! C'est moi, le connard qu'on voit entrer dans son immeuble et ressortir. J'y suis allé pour faire du ménage, j'ai récupéré les passeports diplomatiques de ce con : un russe, un saoudien. On a aussi fait ses bureaux, il avait des kalachs, des flingues, des brassards et des gilets pare-balles POLICE. On a tout viré et tout planqué chez son ex, Anne Bertin-Barnier.

– Je comprends rien, Jean-Marc.

– Ouais, c'est bien le problème. Y a pas de preuves… mais il te faut quoi ? On a cinquante kalachnikovs qui se baladent dans la nature. On a dix personnes à travers la France qui ont chacune reçu une enveloppe de 25 000 balles. Chez Laennec, on a su la veille qu'une perquisition aurait lieu le lendemain. Tu trouves ça normal ?

– Je te dis juste que sans preuves, on ne peut rien faire.

– J'ai photographié les passeports de Laennec. Je peux aussi te dire qu'on a déménagé tout ce qui craignait, dans ses bureaux, chez Anne Bertin-Barnier, à Neuilly.

– Les données sont très simples, Jean-Marc : tout ça, ça ne vaut rien, sauf si tu témoignes. Ça veut dire avouer que tu as braqué le palais de justice de Besançon, que tu as braqué une famille de Marocains, que tu as aidé Laennec à soustraire des éléments à la justice dans le cadre d'une enquête préliminaire ordonnée par un procureur de la République. OK, si tu veux… Mais toujours sans preuves, je ne suis même pas certain que Didier risque grand-chose. Ce sera parole contre parole.

– Putain mais tu délires, Xavier !

– Détends-toi. On va réfléchir posément. Déjà : c'est où, tes chiottes ?

– Dans le couloir, là. À gauche.

– Je te dis pas que tu as tort, me lance-t-il en sortant de la cuisine. Juste, faut faire les choses bien.

Bernard est mort. Je suis embrouillé. Une seule question, en boucle, dans ma tête : est-ce ma faute ? Est-ce que j'ai tué mon pote en jouant au plus malin ? J'en sais rien, putain. Mais l'accident, pas une seconde j'y crois. Je connais maintenant Didier assez bien pour savoir qu'il a une capacité à surmonter tous les obstacles. Si l'obstacle est un être humain ? Rien à foutre, la pitié et l'empathie ne font pas partie de son logiciel.

Xavier est en train de pisser, la porte ouverte.

Je déteste ça. Il a été élevé où, bordel ?

Je prends mon smartphone, sélectionne les photos des passeports que j'ai prises dans l'ascenseur, rue Blanche. Je les récupère dans l'album intitulé « Supprimées récemment » et les envoie à Xavier par Telegram. La sonnerie de son téléphone portable, sur le comptoir. Je regarde machinalement l'écran, constate que ce sont bien mes photos qui viennent d'arriver, et découvre au passage le pseudonyme qu'il m'a attribué : Spaggiari.

CINQUIÈME PARTIE

La France des jours heureux

Y a d'la rumba dans l'air, le smoking de travers.
Je te suis pas dans cette galère, ta vie tu peux pas la r'faire.
Tu cherches des morceaux d'hier Pépère, dans des gravats d'avant guerre.
Le casino c'est qu'un tas d'pierres, ta vie tu peux pas la r'faire.

Alain Souchon,
« Y a d'la rumba dans l'air »

30

Manif pour pas tous

L'église est pleine, le prêtre n'en fait pas des caisses, je me réconcilie avec la grandiloquence des cathos. Le taulier ne peut toutefois s'empêcher de nous interpréter son plus grand tube, repris du bout du cœur par quelques bigots, sortes de fayots du premier rang : « Notre Père qui es aux cieux, que Ton nom soit sanctifié, que Ton règne vienne, que Ta volonté soit faite sur la terre comme au ciel. Donne-nous aujourd'hui notre pain de ce jour. Pardonne-nous nos offenses comme nous pardonnons aussi à ceux qui nous ont offensés. Et ne nous laisse pas entrer en tentation, mais délivre-nous du mal. » Je ne me souvenais pas à quel point cette prière est infantilisante. À dire vrai, elle englobe tout ce que des enfants ont à réclamer à leurs parents, à savoir la bouffe et une éducation correcte. Et n'appelle-t-on pas les prêtres mon père ? Les croyants sont des êtres à la fois faibles et imbus d'eux-mêmes, de leur sacro-saint statut de vivants. Pourquoi n'acceptent-ils pas de disparaître ? De considérer que leur mort ressemblera trait pour trait à la période qui a précédé leur naissance ?

J'observe Valérie, de trois quarts. Elle est digne.

Digne, Aurore l'est aussi. La première épouse de Bernard, que je n'ai pas revue depuis des années et pour qui, je le sais, je ne représente rien. Plus rien. Si, juste un truc, je suis le parrain de Guillaume, le fils qu'elle a eu avec Bernard.

Il n'y a ni Didier, ni Kevin, ni aucun membre du Bastion. C'est mieux.

Le prêtre me fait penser à un garagiste. Bricolou de l'au-delà, persuadé d'en connaître un sacré rayon sur la mort, alors que bon… Je m'y connais autant que lui. De la mort de mes parents, je n'ai retenu que deux choses significatives : l'odeur des fleurs, le boucan de la table funéraire réfrigérée. Notre Père qui es aux cieux… Conneries. Dieu est une arnaque, Il est vendu comme une entité stable, immuable, l'étalon-or du vivant, alors que le vivant n'a aucune stabilité. Tout est devenir, tout est en train de passer. Le bébé qui vient au monde commence immédiatement à devenir un mort, aussi sûrement qu'un kiwi pourrit dans sa corbeille. Le mouvement même des planètes montre à quel point tout bouge, coule, évolue, sombre, meurt. Les soleils finissent toujours par péter et exploser en supernovæ, les galaxies, attirées entre elles par la gravité, se fritent et fusionnent. Pour résumer, on peut dire que tout fout le camp, toujours, partout.

Guillaume se présente devant le pupitre, quelques feuilles de papier à la main. Le discours. Le fils retrace le parcours du père, les grandes étapes, à la fois privées et professionnelles. Une vie, en quelques minutes, deux, trois, maximum. Pour conclure, Guillaume raconte que, l'été dernier, avec Valérie, ils se sont offert une croisière sur le fleuve Guadalquivir. Et de conclure : « Je suis heureux, papa, que tu aies fait cette croisière, car cela ressemble à la vie : les croisières s'arrêtent, les fleuves continuent de couler. »

Cette phrase est aussi tranchante qu'un coup de pied dans le genou.

Un silence épais, chargé de molécules invisibles, celles du moment de grâce, envahit l'église. C'est bref. Le prêtre reprend la parole et retrouve ainsi son leadership, vexé, peut-être, qu'un civil lui ait volé la vedette dans le grand show de la métaphysique.

La personne devant moi se tourne et me tend le goupillon. Je le trempe dans l'eau bénite et contemple un instant le cercueil, sur lequel trône la photographie d'un Bernard radieux. L'eau est le rappel du baptême et signifie que le défunt suit le Christ dans une nouvelle naissance, naissance de la Vie éternelle. Des bondieuseries. Des âneries. Guillaume n'a pas cru si bien dire en évoquant ces histoires de croisière et de fleuve. Entre la vie et la mort, il y a toujours cette histoire de flotte. Il est vrai que ça, on en est sûr : il n'y a pas de vie sans eau, nulle part dans l'univers. Ma vision, c'est qu'il ne doit pas y avoir beaucoup d'Évian dans l'*au*-delà. La vie est encadrée, une parenthèse nichée au creux du néant. Ça me rappelle l'effet de surplomb qu'a subi William Shatner, l'acteur qui jouait le rôle du capitaine Kirk dans la série *Star Trek*. Pour assurer la promotion du tourisme spatial, ce con de Jeff Bezos a payé au nonagénaire le voyage dans l'espace. Dix minutes, à peine. À son retour sur la terre ferme, l'acteur a annoncé avoir vécu l'expérience la plus terrifiante de toute sa vie[1]. Il a eu une révélation face au noir total de l'univers : la fragilité absolue de la planète et de la vie. On parle de choc cognitif. En réalité, il a vu la vérité vraie : la vie ne peut être qu'un accident. La norme, c'est la mort, car toute *chose* vivante est en train de mourir alors qu'à l'inverse, aucune *chose* morte n'accède à la vie. Ce n'est pas la mort qui est absurde. C'est la vie.

Ainsi Bernard a recouvré son état naturel. Le rien.

J'effectue le signe de croix à l'aide du goupillon et pose la main gauche sur le couvercle du cercueil, ultime contact physique avec mon ami. Bernard, qui a signé son arrêt de

1. Voir chronique de Thomas VDB, sur France Inter, 7 novembre 2022.

mort en quittant la soirée chez Didier et en affirmant un peu trop fort qu'il allait parler à Éric Zemmour en direct. Bernard, qui a signé son arrêt de mort à la seconde où il a commencé de militer avec Didier. Je tends le goupillon à la personne qui attend derrière moi et passe devant Valérie, assise au premier rang. Elle ne réagit pas en me voyant. Les yeux embués, le regard vide. Croit-elle vraiment au tragique accident de la route ?

Un quart d'heure plus tard, alors qu'elle quitte l'église et rejoint la petite foule sur le parvis de l'église, j'obtiens une réponse assez claire. Je m'approche d'elle pour l'étreindre et l'assurer de mon soutien, lorsqu'elle me foudroie du regard et me crache au visage.

– Je ne veux plus jamais te revoir, m'annonce-t-elle.

– Valérie, je ne sais pas ce que tu crois, mais...

– Je ne crois rien, Jean-Marc. Je sais. Tu étais notre ami. Tu les as laissés faire.

Elle s'éloigne et me laisse planté là. Je passe une main sur ma joue, pour enlever le crachat, que je ne parviens qu'à étaler un peu plus. Sa salive a un goût de fiel. Si elle savait dans quelle situation je me trouve, Valérie ne m'en voudrait peut-être pas autant. Impossible de la mettre dans la confidence. C'est dans son intérêt, dans le mien également. Je ne dois rien dire à personne. Pas confiance. Même Xavier, le gendarme, est dans la mouvance. Alors quoi ? Je vais voir d'autres flics en serrant les fesses dans l'espoir qu'ils soient clean ? Nan. Fini. Il y a eu un mort, un assassinat par accident. Mon Bernard.

Je suis seul.

La vraie question qui m'obsède est : quand Didier décidera-t-il que c'est mon tour ? Car il le décidera, je n'ai aucun doute là-dessus. Au mieux, il attendra que Zemmour soit élu Président et me présentera alors l'addition de ma trahison. Assassinat pur et simple, suicide ou accident. Je dois avouer être assez admiratif de la façon dont il m'a muselé et contrôlé. Plutôt que de m'éliminer, il m'a juste laissé croire que je déjouais ses plans alors que mon confident était un de ses lieutenants. Chapeau. C'est aussi le signe qu'il ne tue que si la situation l'exige, comme avec Bernard. Et donc retour à la question initiale : quand Didier estimera-t-il que la situation l'exige ? Il me reste un dernier avantage : Didier ignore que je sais. Je peux donc continuer à jouer au con, jouer à l'infiltré/idiot du village, le quasi-infiltré malgré lui. Et une certitude : mon unique issue est la fuite en avant.

*

J'ai fui comme un lâche, après le crachat de Valérie. Je n'ai même pas osé aller voir Guillaume. À quoi bon, puisque j'ai tort. Je n'ai pas su protéger Bernard. Tout ce que je peux faire cette fois, c'est le venger.

Je n'ai pas envie de manger. Ni boire, ni dormir, rien. Affalé sur mon canapé, BFMTV plein pot, je ne peux dégager mon regard embué de l'écran. Quelle impuissance ! J'ai l'impression que notre pays est en train de devenir une dictature, que je le sais, mais ne peux rien y faire, pas même prévenir mes concitoyens. Ils ne m'écouteraient pas. Et pourtant les informations sont là, sous nos yeux. Les images défilent en boucle, sur BFMTV, mais aussi sur France Info, CNews, au journal de France 2, partout. C'est d'une rare violence. C'était hier soir, dans le Vieux-Lyon. L'association Vie-Palestine a organisé une soirée débat autour de la situation dans la bande de Gaza. Une cinquantaine de personnes étaient réunies, des hommes, des femmes et des enfants. Ils voulaient seulement tenter de répondre à des questions telles que : quelles sanctions pour Israël ? Que fait l'ONU ? Quelle sera la position future de la France si l'extrême droite arrive au pouvoir en 2027 ? À cette dernière question, ces gens ont obtenu une réponse très claire, peu avant 22 heures. Une centaine d'hommes vêtus de noir, cagoulés, armés de barres de fer, de couteaux et de mortiers artisanaux, ont encerclé la salle de réunion. À l'intérieur, les responsables de l'association ont été prévenus à temps, ils ont pu bloquer les portes à l'aide de tables et de chaises. On se serait cru sur une barricade, à Montmartre, pendant la Commune.

Un petit groupe de connards, dehors, est parvenu à défoncer la porte de secours, à l'arrière du bâtiment. Ils ont tiré au mortier dans la salle, à l'aveugle, créant ainsi un mouvement de panique. Les invités au débat ont dégagé la porte principale à la hâte et ont fui en hurlant, pour tomber sur le gros de la bande de fachos. Accueil maison. Ces dégénérés étaient placés sur les côtés, à droite et à gauche, comme pour effectuer une haie d'honneur. En guise d'applaudissements, ils étaient armés de fouets, avec lesquels ils ont roués de coups les propalestiniens, sans épargner les femmes et les enfants. Pour conclure cette baston si bien préparée, les fachos ont sorti des fusils à eau dont les réservoirs étaient remplis de sang de porc. Ils ont évidemment canardé.

Inutile de dire que cela a été filmé, documenté par les agresseurs, qui se sont réclamés du Guignol Squad. Je me remémore le cours d'ultradroite que m'a dispensé Xavier. Le Guignol Squad est une coquille vide, une entité sans existence administrative, et donc impossible à dissoudre. Ce nom ne sert qu'à revendiquer les actions violentes. C'est du Bastion tout craché. Et c'est, une fois encore, le signe que la guerre civile est là, chez nous. Des Français s'entretuent au sujet d'un conflit extérieur. Ce qui ne devrait susciter que des débats de politique internationale engendre des haines fratricides.

Avant d'éteindre ma télévision, je remarque qu'un des types me fait penser à Kevin. Les fringues, peut-être, ou alors la gestuelle, la façon de bouger. Ce pourrait être lui. C'est certainement lui. Pour la première fois de ma vie, j'ai honte d'être français.

31
Mourir sur scène

J'ai vu passer des baskets Stan Smith, et c'est peut-être ce qui me choque le plus. Juste avant il y a eu l'annonce faite par le contrôleur, demandant s'il y avait un médecin dans le train et s'il pouvait se rendre de toute urgence en voiture 1. Étant installé en voiture 2, j'ai penché la tête dans le couloir et cherché à voir ce qui se passait. Trop loin, je ne distinguais pas grand-chose. Une agitation, des gens qui se lèvent et speedent. Ensuite, les allées et venues de plusieurs contrôleurs, la panique se lisant sur leurs visages. Enfin, le TGV qui s'arrête au milieu de nulle part, en rase campagne, dans une gare minuscule et abandonnée depuis des années. Voiture 1, deux types en transportent un autre, inconscient, le premier le tient par les bras, l'autre par les pieds. Je vois les baskets Stan Smith du type et je me dis : merde, il doit avoir la trentaine avec ce genre de godasses. Les deux secouristes improvisés l'allongent sur le quai et se relaient pour lui prodiguer un massage cardiaque. Les premiers secours sont sujets aux modes, comme toute activité humaine. Depuis quelques années maintenant, la règle est de pratiquer le massage sans interruption, jusqu'à l'arrivée d'une ambulance. C'est très physique. Ils se sont installés par terre, devant la porte du wagon. Je ne peux pas voir le visage du mort-vivant mais je sais qu'il ne survivra pas, car j'ai la vue sur ses semelles. Talons plantés dans le sol, pointes écartées, ses pieds forment un V. Pas celui de Victoire, non. Plutôt le V de Vie brisée.

Les deux jeunes qui le gèrent y vont fort, ils effectuent les bons gestes, chacun à son tour, mais je vois ses pieds qui ne bougent pas, qui n'ont pas bougé depuis qu'ils l'ont posé là. Aucune réaction musculaire, pas même un réflexe. Le type est dans une position allongée et il n'en changera plus jamais. Je le sais. Sa fréquence cardiaque est à zéro, l'instrument de mesure, ce sont ces foutues Stan Smith. Dans mon wagon, tout le monde est aussi choqué que moi. Ça s'agglutine contre les vitres. Tous, nous espérons que ce jeune gars qui a la vie devant lui va s'asseoir et hoqueter, respirer à pleins poumons, revenir. Mais on sait bien que non. C'est un peu comme regarder un quart de finale de Roland-Garros joué par Richard Gasquet, à l'époque. Il va perdre. On regarde quand même, aux commentaires les mecs font ce qu'ils peuvent pour entretenir un suspense mais au fond, tout le monde sait qu'il n'y a aucune bonne surprise à attendre. Parce qu'il y a les blessures, toujours, pour ce bon vieux Gasquet. Là, c'est pareil.

Ça s'éternise. Vingt minutes déjà. Les spectateurs de mon wagon réintègrent leur siège. Certains consultent leur montre. D'autres soulèvent l'écran de leur MacBook Air. Chacun réalise qu'il sera en retard et qu'il doit prévenir ses contacts professionnels. D'une certaine façon, nous sommes tous en train d'enterrer ce pauvre homme. Et puis le SAMU arrive, un médecin étonnamment calme et lent. Il prend le relais, à la fois plus aguerri et plus rien-à-branler. Il s'agenouille, appuie deux doigts sur la carotide, demande quelque chose aux deux jeunes qui ont pratiqué le massage cardiaque tout en regardant sa montre. Je devine que le médecin veut savoir depuis combien de temps ils s'excitent sur la cage thoracique. Vingt bonnes minutes.

Le doc se relève, va chercher une couverture de survie dans

l'ambulance et recouvre le corps. Ce n'est plus un homme, c'est un cadavre. Il faut attendre pendant un quart d'heure supplémentaire l'arrivée de la police, dont la présence est obligatoire, puisqu'il y a un mort. Les flics effectuent les constats sans même se baisser, écoutent le toubib, puis tout ce petit monde signe des paperasses. Un des flics sort un truc qui doit être marrant, les autres se gaussent.

Seules les Stan Smith dépassent. Je bloque dessus, incapable d'en détacher le regard. Des gens attendent cet homme, à Paris, une femme, des enfants peut-être, ses parents, frangins, frangines, amis. Tous l'ignorent, mais ils ne le reverront pas. Moi, je le sais, et d'une façon étrange cela me rend à la fois triste et mal à l'aise. Le fait que je sois au courant, pas eux, est anormal, déconnant. Ensuite, la vie reprend ses droits, la vie reprend toujours ses droits. La mort de ce jeune homme a duré deux heures trente-huit minutes. C'est en tout cas la traduction en langage SNCF : deux heures trente-huit minutes de retard. Et cette question, que tous les passagers se posent en secret, dans leur tête de salauds : « Ils vont nous rembourser le billet ou pas ? »

Notre TGV repart et je ne peux m'empêcher de penser à ces histoires de mauvais présages. Bernard est mort. Ce type, là, que je ne connais pas, mort. J'envisage qu'une entité supérieure soit en train de communiquer avec moi en morse, les points et les traits étant représentés par ces cadavres. Et si je ne suis pas fatalement le prochain, je sais que je suis sur la liste. La liste de Didier. Lorsque Xavier est sorti des chiottes, chez moi, et qu'il m'a rejoint dans la cuisine, je l'ai jouée détendu, serein, le gars qui s'est rendu à son avis. Genre oui c'est vrai, t'as raison, on ne peut rien faire pour l'instant, il n'y a pas de preuves, et bla, et bla, et bla. Est-ce qu'il m'a cru ? Je ne suis pas mauvais pour embrouiller les gens, mais en même temps, Xavier passe sa vie confronté à des types qui tentent de l'embrouiller. Fifty-fifty.

La vérité est que j'ai peur.

Quand le train s'est arrêté tout à l'heure, que ce jeune homme a eu un malaise, l'idée d'une opération spéciale m'a traversé l'esprit. S'il était un comédien ? S'il s'agissait d'une diversion et qu'un tueur passait dans le couloir pour me refroidir en toute discrétion ? Absurde. Absurde ? J'en sais rien en vrai, rien du tout. La seule chose dont je suis certain, c'est que mon temps est compté. J'ai quitté Lyon sans rien dire à personne. J'ai fui. Combien de jours avant que Didier ou Xavier s'en aperçoive ? Si je ne suis pas dans le collimateur, c'est large. En revanche s'ils me surveillent, je suis peut-être déjà suivi.

*

C'est la première fois que je prends un Airbnb. Comment personne n'y a pensé plus tôt ? Louer des appartements vides dans des villes où le marché de l'hôtellerie est soit saturé, soit trop coûteux. C'est censé être beaucoup plus avantageux qu'une chambre d'hôtel, ce qui n'est pas forcément évident à Paris, où le concept de c'est-beaucoup-plus-avantageux a la même véracité que celui de la femme à barbe.

L'aspect sympathique de disposer du vrai logement de vraies gens disparaît dès que vous poussez la porte de la boutique pourrie du boulevard de Clichy. Un type aux origines indéfinissables, peut-être malgache ou vietnamien, mais pourquoi pas péruvien, murmure un bonjour qui s'apparente au rot d'une digestion compliquée. La boutique, un mystère. Il y a bien tous les articles du parfait vapoteur, mais également des PC démontés, des tee-shirts à l'effigie de la tour Eiffel avec *I love Paris*, sans compter les pancartes annonçant la réparation d'écrans de smartphones et de tablettes. Si ça se trouve, le mec est aussi pompier de Paris, danseuse au Lido et agent immobilier. Il est en tout cas une petite main du réseau Airbnb et, à la vue du mail de confirmation, il me confie les clés de mon logement, situé rue Durantin, à dix minutes à pied. En réalité, si comme moi vous tournez dans le quartier à sa recherche à l'aide de l'appli Plans du smartphone, il faut une petite demi-heure.

La rue Durantin est une ruelle, à deux pas de la basilique du Sacré-Cœur.

L'appartement est composé d'un salon, d'une cuisine, d'une salle de bains, d'un W-C et d'une chambre. Je dirais dans les trente mètres carrés. Étonnamment, la jeune femme qui le loue a laissé quelques affaires personnelles, des livres de poche sur des étagères, des bibelots et des photos de famille encadrées. Une famille nombreuse. Quatre sœurs, qui ont entre vingt-cinq et trente-cinq ans. Sur certaines photos, elles posent avec moult cousins, cousines, oncles et tantes devant une magnifique maison en bord de mer. La Baule ? Le Touquet ? Ma présence dans cet appartement m'apparaît alors comme une sorte d'anomalie, quasiment une effraction, une intrusion. J'ai accès à une intimité. Restreinte, certes : il n'y a pas grand-chose. Coquille vide. Je me demande dans quelle mesure la jeune propriétaire ne laisse pas ces photographies pour faire vrai, faire vivant. C'est comme si vous étiez dans une chambre exposée dans un magasin IKEA, mais avec des photos d'êtres humains qui existent vraiment. Une vie en carton.

Bref. Comme tout à Paris, ce logement est une illusion. Celle d'être chez soi.

Je l'ai pris pour trois semaines. J'ai prévu large. Ce que j'ai imaginé pour me tirer d'affaire devrait a priori générer un bordel cataclysmique. Ai-je le choix ? C'est bête à dire, mais mon salut passe par l'explosion de l'extrême droite française, en tout cas celle d'Éric Zemmour, victime collatérale de son propre entourage. Ça me réjouit, je ne m'en cache pas. Comment, nom de Dieu, Bernard a-t-il pu considérer que cet homme était providentiel ? Honnêtement, combien d'hommes politiques ont réellement changé le cours de l'Histoire ces dernières décennies ? Georges Clemenceau, Léon Blum et Franklin Delano Roosevelt. De Gaulle ? Après la guerre seulement. Churchill et Roosevelt ont mené les affaires et combattu Hitler, eux seuls. Le Général les gonflait, ce roi nu, militaire d'une armée défaite et citoyen d'un pays empêtré dans la survie et la collaboration. Churchill et Roosevelt ont octroyé à de Gaulle une chambre de bonne. Le grand homme politique est venu ensuite, en lançant la Ve République et en nous dotant de l'arme nucléaire. Tous les autres étaient au mieux de fins politiciens. Mitterrand le premier.

Alors Zemmour, un homme politique de premier plan, franchement ? Cela revient à comparer Kylian Mbappé à un ramasseur de balles. OK, ils sont les deux sur la pelouse, mais c'est tout. Et donc il devrait sauter, d'ici à quelques jours, si je me débrouille bien. Didier pareil, son ex-femme aussi, et même Xavier le gendarme bâtard. Un cataclysme, je vous dis.

Quel meilleur endroit que Montmartre pour se planquer, le temps que les choses se tassent ? Pour la suite, j'ai prévu un coup de vice. J'ai emporté un des traceurs GPS que m'a confiés Xavier. Lorsqu'il s'agira pour moi de disparaître, d'échapper réellement à Didier et aux gens du Bastion, j'appellerai le gendarme et lui jouerai la comédie du type flippé. Je lui dirai que je pars me cacher et que je n'ai confiance qu'en lui, que je prends un traceur GPS sur moi afin qu'il me retrouve si jamais il m'arrive quelque chose. Et je foutrai le traceur dans la poche du premier voyageur venu, à la gare Saint-Lazare. Ainsi ils suivront un anonyme qui n'est pas moi.

Je n'en suis pas encore là. Je suis installé sur une terrasse, rue des Abbesses.

J'avoue, j'aime être ici. Parce que, ici, c'est Paris. Un peu plus tôt, en flânant, je suis tombé sur le Café des Deux Moulins, puis sur l'épicerie de Collignon, du film *Le Fabuleux Destin d'Amélie Poulain*. En longeant la rue des Abbesses et avant d'atterrir sur cette terrasse, j'ai croisé Sandrine Bonnaire qui marchait aux côtés d'un Claude Lelouch aux allures de papi. Un peu plus loin, Renaud, carrément. Le chanteur, attablé avec une dizaine de jeunes gens. Pas pu m'empêcher de regarder sur la table : un verre d'eau devant lui. Déception.

Le serveur m'apporte mon verre de chardonnay. À la table voisine de la mienne, une femme d'au moins soixante-dix ans engage la conversation. Curieuse, bon, pourquoi pas. Afin de ne pas subir un interrogatoire, je mens, raconte une histoire de déplacement professionnel. Mais je me suis inquiété pour rien, car elle a surtout besoin de parler. Elle est née ici. Elle est montmartroise. Elle me demande si je savais que la maison qu'a occupée Dalida, depuis les années 1960 jusqu'à sa mort en 1987, avait été la maison de Louis-Ferdinand Céline, avant et pendant la guerre. Non. J'ignorais.

– Ça devait pas être la même déco, hein ? je lui fais remarquer.

– Ah çà !

– L'écrivain antisémite et parano, la chanteuse disco avec des boas à plumes…

– La crevure et la princesse.

– C'est dingue que le même pays puisse engendrer des personnalités aussi différentes.

– Ce n'est pas le pays qui fait ça, monsieur. C'est Montmartre !

Le silence s'installe à nouveau. Les touristes semblent participer à une course à pied, le nez planté contre l'écran de leur smartphone, à la recherche de l'adresse pour laquelle ils ont effectué le voyage. Ma voisine les observe, sirotant son kir. Je ne suis pas certain qu'elle les déteste, mais elle ne les porte pas non plus dans son cœur. Elle ressemble à la vieille lionne d'un zoo, dans sa cage, fatiguée, qui regarde défiler ces cons de visiteurs. Plus trop la force de rugir. Elle attend.

– Allez, finit-elle par dire. J'ai encore le temps de passer voir la Grande.

– Pardon ? je demande. Qui ça ?

– Dalida. Elle est au cimetière de Montmartre. Je passe la voir, de temps en temps. Elle était du quartier, vous savez. Enfin je veux dire, elle était vraiment du quartier. On la voyait tous les jours… Tout le monde a été tellement triste quand elle s'est tuée.

– J'imagine.

– C'est la famille. Bon séjour, monsieur.

La dame dépose sur sa table l'appoint en pièces, puis traverse la rue des Abbesses jusque chez le fleuriste en face, d'où elle ressort presque aussitôt avec un bouquet composé de roses orange et d'œillets. Je la regarde s'éloigner lentement. Je ne suis d'ordinaire pas très sensible aux signes du destin. Les signes, on ne les remarque que si on les cherche. Donc, je m'en cogne. Mais je dois dire qu'entre le mort du TGV, Dalida et puis cette vieille salope de Louis-Ferdinand Céline, les signaux que m'envoie le monde ne sont pas hyper rassurants.

Je vide mon verre d'un trait et remonte dans ma case, rue Durantin, pour une bonne nuit de sommeil. Il faut que je sois en forme, demain. Car demain, je les explose tous.

32
Citizen Clème

Il m'a fallu du temps et un brin d'ingéniosité pour trouver le nom de la fille. Clémentine Barreau. L'adresse, plus facile. Mon pote Google. 127, avenue Ledru-Rollin, dans le 11e. Hélas pour moi, il n'y a pas de brasserie dans cette partie de l'avenue, pas même un petit café de quartier où me poser. Pire, il y a un commissariat à une centaine de mètres. Donc le gars qui traîne en attendant quelqu'un durant des heures, plutôt louche. Je n'ai pourtant pas d'autre choix.

J'ai trouvé une boulangerie, dans une rue adjacente.

Et me voilà avec un pain au chocolat, un double espresso dans un gobelet en carton, à planquer dans la rue. Bonjour le barbouze. J'ai décidé de venir tôt, pour 8 heures du matin, histoire de ne pas la manquer. J'ai ainsi eu la joie de prendre le métro à une heure de pointe, quand les Parisiens semblent parodier un film de zombies. Chacun hait le reste de la rame, comme si tous étaient responsables du fait qu'il doive se lever tôt et passer une journée de plus dans ce job merdique. Je les plains. La promiscuité. On devient tous le frotteur de quelqu'un. Et on dirait que la RATP passe de l'huile de friteuse sur les barres du métro, pourtant non : ce sont les gens eux-mêmes. Tout ce gras qui dégouline. Le Parisien sécrète de l'huile par les doigts et la répand sur tout ce qu'il touche. Vous arrivez au taf, vous avez déjà les mains dégueu, impression d'avoir caressé les cheveux d'une clocharde. Il y a aussi ce Roumain handicapé qui secoue un gobelet, a les jambes montées à l'envers et dont le regard déjanté ne donne plus l'heure. On aimerait se pousser afin de le laisser passer mais impossible, on est déjà sardine, on est déjà full. Je crois qu'ils organisent des castings, là-bas, à Bucarest, Bistritsa ou Cluj-Napoca. Un accordéon, un pied bot et une maladie de peau : engagé. Tu vas découvrir la grande vie à Paris, veinard !

À 9 h 45, Clémentine n'est toujours pas arrivée au bureau.

Encore une particularité de la capitale : les horaires. Ceux qui le peuvent commencent plus tard le matin, finissent plus tard en conséquence, le soir. Lutte des classes jusque dans les horaires de galère. J'espère seulement qu'elle n'est pas en congé pour deux semaines, ou en télétravail. Je prends le risque d'abandonner mon poste le temps de foncer à la boulangerie, pour reprendre un double. Je me suis absenté dix minutes, grand max. Je n'aurais vraiment pas de bol qu'elle soit arrivée à ce moment-là.

J'attends.

11 h 27. Une femme d'une trentaine d'années tourne au coin de la rue et marche dans ma direction. Cheveux courts, lunettes de vue, tenue décontractée : jean, baskets Veja, doudoune K-Way. Je crois bien que c'est elle. Oui, je la reconnais. Elle ralentit devant le 127. Je l'interpelle :

– Madame, excusez-moi !

– Oui ?

Elle fronce les sourcils, Parisienne habituée aux relous de tout genre.

– Vous ne me reconnaissez pas ?

– Nan.

– Je suis le visiteur du soir.

*

Je ne m'attendais à rien de particulier, venant d'une journaliste de *Mediapart*. Enfin si, comme dans les films, quelqu'un de chiant et de fouineur, qui prend sa déontologie pour une religion et qui croit, oui, qui croit lutter contre le mal. Quelqu'un dont l'obsession est de dénoncer un scandale. Lanceuse d'alerte professionnelle. Clémentine est déconcertante. Quand je lui ai annoncé qui j'étais, tout à l'heure dans la rue, elle s'est marrée et m'a répondu :

– Mais bien sûr. Et moi, je suis Superman, j'ai juste oublié mon slip.

– Pardon ?

– J'aime pas les mystères, ça me soûle, tes histoires de visiteurs du soir là...

– Vous ne comprenez pas. Votre vidéo. Vous ne vous souvenez pas ? En bas de l'immeuble de Martial Laennec.

– Oh, putain !

Est-ce que j'ai confiance ? Est-ce que je peux faire confiance à cette personne ? Je n'en ai aucune idée. J'ai toujours entendu, dans les documentaires de la chaîne Histoire, qu'en matière d'espionnage il fallait se méfier des nouveaux arrivants dans votre vie. Ce mec super qui débarque au club de foot et avec qui vous avez des affinités. Cette étudiante qui prend l'appartement voisin du vôtre. Dans une vie normale, cela n'arrive quasiment pas, un ou une nouvelle venue. Votre vie est faite, vos amitiés, vos collègues, tous les rôles ont déjà été distribués. Là c'est différent, car c'est moi le nouveau venu, c'est moi qui débarque. Et ce serait donc plutôt à Clémentine de se méfier.

Si elle est sur la défensive, alors elle cache très bien son jeu.

Comprenant ma réticence à monter dans les bureaux de *Mediapart*, elle a décrété qu'il était l'heure de déjeuner. Et c'est ainsi que nous nous retrouvons attablés rue de Charonne, chez Giorgio. Restaurant italien branchouille. Le serveur pose d'autorité une demi-San Pellegrino et une bouteille de vin rouge sur la table. Il ouvre le gibolin. Je regarde l'étiquette : Nero d'Avola. Il ne daigne pas nous faire goûter, ni même prendre notre commande, et nous apporte cinq minutes plus tard deux assiettes de ragoût d'agneau. Clémentine est si à l'aise dans cette petite salle que je la soupçonne d'y déjeuner chaque jour, peut-être même d'y dîner aussi. Je n'exclus pas l'idée qu'elle dispose d'un lit à la cave.

– Bon alors, le visiteur du soir ! Racontez-moi tout.

– Je veux savoir si je peux vous faire confiance.

– Ben… nan !

– Pardon ?

– Je sais pas si vous pouvez me faire confiance ! Je suis journaliste, tout ce qui m'intéresse, c'est le prochain scoop. En foutre plein la vue à toute la rédaction. Vous, je vous connais pas. On n'est pas amis, ni rien. Alors voilà, on va pas se tirer les cartes entre gitans… Vous ne pouvez pas me faire confiance, a priori.

Elle a le visage d'une intellectuelle, avec ses cheveux coupés court à la Christine Angot et ses lunettes de vue. Pas trente-cinq ans, ses yeux pétillent et trahissent sa vivacité d'esprit. Ce qui cloche ? Sa voix. On dirait Gérard Darmon. Ses cordes vocales épaisses comme des jambons qu'elle fait sécher dans la fumée de clope. Sa gorge doit être aussi encrassée que le tuyé[1] d'une ferme du Haut-Doubs. Clémentine a également un accent étonnant, celui des titis parisiens. La gouaille. C'est assez drôle. Le visage d'une Marion Cotillard, le timbre de voix d'un docker du Havre et le bagou à la Audiard. En témoigne cette expression, que je n'avais encore jamais entendue mais qui est tellement parlante : « On va pas se tirer les cartes entre gitans. »

Je commence à me demander ce que je fous là.

1. Cheminée de forme pyramidale et servant à fumer les viandes, dans les fermes du Haut-Doubs, notamment autour de la région de Morteau.

J'ai tout misé sur cette fille, sans rien savoir d'elle. Est-ce que j'aurais pu me douter qu'une super journaliste de *Mediapart* serait aussi… déglinguée ? Enfin déglinguée, je l'ignore. Mais ce qui est certain, c'est qu'elle n'envoie pas de bons signaux. Je la dévisage. Je dois faire une sale tête, car elle ajoute :

– Je sais même pas ce que vous voulez, et vous me parlez de confiance. C'est absurde. Allez-y, commencez votre histoire. On verra où ça nous mène.

– Je me suis retrouvé sans trop le vouloir dans l'entourage de Didier Barnier, à Lyon. Vous connaissez ?

– Ça me dit quelque chose. Le BTP, c'est ça ?

– Voilà.

– L'ex-mari d'Anne Bertin-Barnier ?

– Lui-même. Comme elle, il est militant Reconquête. J'ai commencé à aider un ami, dans son entourage, à chercher des parrainages pour Éric Zemmour. J'ai ensuite été amené à faire des choses plus… délicates.

– Comme votre petite visite du soir chez Laennec ?

– Par exemple.

– Et votre ami ? Celui des parrainages ?

– Il est mort. Je pense qu'il a été assassiné.

– OK, stop. Avant toute chose, si vous me contactez, on est d'accord que c'est pour que *Mediapart* raconte votre histoire ?

– Oui.

– Donc : si c'est pas des conneries, si vous êtes pas un petit malin opposant politique qui veut foutre la merde, ça m'intéresse. C'est certain. Mais vous devez savoir que je n'ai pas le pouvoir de vous protéger.

– Ce n'est pas ce que je vous demande.

– En revanche, si on sort votre histoire, c'est une forme de protection. Ce qui est rendu public n'est plus à cacher.

– Je vois. Mon problème est que j'ai fait des choses qui

vont m'attirer des ennuis. J'ai braqué des gens, enfin… j'ai aidé à le faire. Je rendais des comptes à un gendarme, j'étais une sorte d'infiltré, vous voyez… Mais le gendarme est dans la combine.

– Ah ouais, le complot, quoi… Vous vous êtes fait bien baiser, on dirait, nan ?

– Euh… oui. On peut dire ça comme ça.

– J'ai l'impression que vous n'avez pas trop le choix.

– Voilà.

– On peut vous filmer. Vous racontez tout. Face caméra. On met votre témoignage en ligne, et après c'est une tempête à la merde : faudra vous trouver un parapluie genre parasol.

– OK.

– Enfin, avant ça, vous allez tout me raconter, à moi. Je dois tout vérifier. Commencez par le début.

33
Le changement, c'est maintenant

Clémentine ne m'a donné aucune nouvelle durant quarante-huit heures, le temps pour elle d'effectuer les recherches et recoupements nécessaires. Sans surprise, puisque je lui ai raconté la plus stricte vérité, elle a retrouvé la trace du braquage du service des scellés au tribunal de Besançon. Elle a également obtenu une information capitale, en ce qui concerne les adresses sur les enveloppes que j'ai trouvées chez Didier. Enveloppes qui ne pouvaient servir qu'à envoyer une liasse de l'argent braqué à la famille Bennani. Les dix adresses sont justement sous surveillance depuis des mois, certaines depuis des années. Qu'il s'agisse du patron d'une boulangerie, du gérant d'un pressing, du président d'une association de soutien scolaire, tous sont fichés S pour « sympathie djihadiste ». Quatre d'entre eux sont même des imams qui, pour la faire courte, disent de la merde sur la France dans leurs prêches. De là à croire qu'ils sont en relation avec des cellules dormantes de terroristes…

Didier qui finance des islamistes ? Même pas en rêve. Je ne comprends plus rien. Ou plutôt, si, je comprends trop. Didier est un petit malin qui d'une main envoie ses troupes fouetter des militants propalestiniens, de l'autre main finance des djihadistes. Son but est la guerre civile. Son but est que l'extrême droite apparaisse à tout le monde comme le dernier recours. La présidentielle.

Clémentine est également parvenue à trouver des infos sur les Bennani.

Sans pouvoir confirmer de façon certaine qu'ils se sont bien fait braquer sur une aire d'autoroute par de faux policiers, elle a obtenu confirmation que des soubresauts, des bas bruits à Vénissieux trahissaient une panique dans cette charmante petite famille de convoyeurs de fonds. Ainsi, elle estime que je suis une source fiable. Pour ma part, j'hallucine. Comment Clémentine, journaliste basée à Paris, peut obtenir de telles informations ? Ça me tracasse. J'arrive de la minuscule cuisine du Airbnb avec deux espressos, que je pose sur la table du salon. Clémentine est en train d'installer un projecteur sur trépied. Elle le branche, m'aveugle au passage, puis l'éteint et installe maintenant la caméra, sur un autre trépied.

– Tenez, je dis. Votre café.

– Merci.

– Comment vous avez su, pour les fichés S ? Et pour les Bennani ?

– J'ai pas vraiment su pour la famille de Marocains. Juste, ça a bougé autour d'eux. Dans le milieu, là-bas. Il s'est passé quelque chose qui n'a pas du tout plu aux dealers du coin. Et perdre 4 millions d'euros, ça ressemble vachement à un truc qui ne plaît pas du tout à des dealers.

– OK. Mais je veux dire… Comment vous avez obtenu ça ?

– Est-ce que vous êtes en train de me demander : « Quelles sont vos sources ? » Hein ? Comme dans les films tout pourris ?

– Ben… ouais.

– Je connais très bien un flic à la DGSI. On se rend des services, on s'échange des infos… Enfin on couche ensemble, quoi.

– Ah, OK, pardon, je ne voulais pas être indiscret.

– Pfuh ! Je m'en fous. Pas de souci. On attaque ?

Une heure plus tard, c'est presque fini. Je viens de raconter mon histoire, face caméra. Clémentine m'a posé les bonnes questions, aux bons moments, me permettant ainsi de solidifier, de crédibiliser mon récit. Comment, au départ, j'ai juste voulu m'assurer que mon meilleur pote ne se mettait pas dans des embrouilles qui le dépassaient. Comment j'ai infiltré, malgré moi, l'entourage de Barnier, ce fils de pute céleste. Et comment, enfin, j'en suis arrivé à balancer à la gendarmerie. Abattre l'ultradroite.

Une chose est certaine, j'ai eu le nez creux, puisque Didier a obtenu les deux choses nécessaires à un attentat de grande envergure : de l'argent et des armes. Ajoutez à cela son ex-femme, Anne Bertin-Barnier, placée au cœur du réacteur nucléaire zemmourien, brillante et disposant d'un entregent et d'un réseau exceptionnels. Vous avez tous les ingrédients d'une action importante sur le sol français. Un putsch, pourquoi pas.

Dernière question avant de couper la caméra :

– Votre conclusion, Jean-Marc ?

– Il y en a plusieurs. La première est que si Xavier, le gendarme, n'était pas dans le camp de Didier Barnier, je ne serais pas là à faire le zouave devant une caméra. La gendarmerie, ou je ne sais quel service, aurait arrêté cet homme dès le départ. Avant que le tribunal de Besançon ne soit braqué. La deuxième conclusion, et même si ce n'est pas du tout mon bord politique, je me dois de le dire, est qu'Éric Zemmour n'est pas au courant de ce qui se prépare. Je le pense sincèrement. Il est mal entouré. Son équipe est gangrénée et il l'ignore. Mais cela ne l'exonère pas.

– Comment cela ?

– Au pire, il sait. Au mieux, il ne sait pas. Donc, il est soit dangereux, soit incompétent. Dans les deux cas, il n'a rien à faire à la tête de l'exécutif.

*

Pour remercier Clémentine, d'une certaine façon, je l'invite au restaurant.

J'ai repéré avant-hier, en passant devant, un italien qui m'a semblé très correct. C'est ainsi que nous nous retrouvons au fond de la salle d'Al Caratello, rue Audran, à deux pas de l'appartement, devant une coupe de prosecco et une assiette d'antipasti à partager pour l'apéritif. Nous trinquons. Je suis soulagé car cette fois, d'une façon ou d'une autre, c'est la fin de ce qui s'apparente à un cauchemar. Le début d'un autre ? Certainement. Il va falloir une ou deux journées à Clémentine pour faire un montage sympa, dans lequel elle inclura les photos des enveloppes que je lui ai confiées et celles des deux passeports diplomatiques de Martial Laennec. Elle n'exclut pas de faire un aller-retour à Besançon pour effectuer quelques plans de la façade du palais de justice. Elle doit encore trouver des visuels de Didier et de son ex-épouse. Enfin, elle intégrera ses propres images du visiteur du soir, à savoir moi, lorsque j'ai quitté le domicile des Laennec. Ensuite, ce sera sur le site de *Mediapart*. Ce sera repris par toutes les rédactions, ce sera champagne chez BFMTV et suicide collectif chez CNews. Peu m'importe. Je me prépare à répondre de mes actes, devant des flics ou des gendarmes. Peut-être des gens des renseignements intérieurs ? J'ai ma conscience pour moi.

– Bon, vous pouvez me le dire maintenant… commence Clémentine. C'est quoi, votre bord politique ?

– Plutôt PS.

– Condoléances.

– Oui, c'est sûr. Quand je pense que le parti n'a pas soutenu Bernard Cazeneuve pour être Premier ministre, en 2024…

– C'est vrai qu'ils ont fait très fort. On peut même dire qu'ils ont fait très Faure ! Savonner la planche à l'un des leurs parce que Mélenchon le leur a ordonné.

– Et au final on a eu Barnier, un baron de la droite.

– Oui enfin, si vous soutenez Cazeneuve, vous êtes de droite, Jean-Marc, quand même.

– Mais non !

– Vous avez voté Hollande en 2012 ?

– Oui.

– Bon ben on va pas se tirer les cartes entre gitans : vous êtes de droite !

Clémentine éclate alors de rire et vide sa coupe d'un trait. Décidément, j'aime bien cette gonzesse. Est-ce qu'elle est sérieuse ? Est-ce qu'elle se fout de ma gueule ? Aucune idée et aucune importance. Les antipasti engloutis, le serveur nous apporte deux assiettes d'osso buco et la bouteille de barolo que j'ai commandée. Il me fait goûter le vin, délicieux, après quoi nous attaquons la bouffe. Le moment est parfait, si ce n'est ce texto qui arrive sur mon portable et me glace. Anne Bertin-Barnier : « Bonsoir, Jean-Marc, j'ai appris que vous étiez à Paris, accepteriez-vous de m'accompagner pour une visite de l'Assemblée nationale ? »

Pour la première fois de ma vie, je réalise ce que veut dire l'expression « glacer le sang ». Ce message veut dire : « On sait où t'es. » S'ils savent où je suis, c'est qu'ils m'ont cherché. S'ils m'ont cherché, c'est qu'ils veulent m'éliminer. Clémentine me demande ce qui se passe, voyant la panique sur ma tronche. Je regarde à l'entrée du restaurant et dans la rue, rien de spécial. Je tourne la tête et regarde dans les cuisines, ça va. Rien.

– Qu'est-ce qui se passe, Jean-Marc ? Ça va pas ?

– Je sais pas.

Je tourne l'écran de mon smartphone vers Clémentine, qui lit le message d'Anne et fait la grimace. Elle pense comme moi : pas bon, ça. Officiellement, personne ne sait que je suis à Paris. De toute évidence, Xavier a utilisé les moyens de la gendarmerie, tracé mon téléphone ou mes réservations sur Internet, train et Airbnb. Je suis cuit.

– T'as pas le choix, Jean-Marc, estime Clémentine, que la situation délicate pousse à me tutoyer. Tu dois accepter l'invitation.

– T'es cinglée ? Ce texto, là, c'est le baiser de la mort !

– Peut-être. Mais tu as un avantage : ils ignorent que tu sais qu'ils savent. Officiellement, tu es persuadé d'être un indicateur de la gendarmerie.

– Oui. Et ?

– Tu dois donc te comporter normalement. Faire comme si tout était normal. Anne te propose de vous voir, t'y vas. Tu dois jouer la montre, Jean-Marc. De mon côté je speede la rédaction, on met la vidéo en ligne, et là ce sera fini. Ils ne pourront plus rien te faire.

– C'est facile à dire pour toi.

– Un dernier truc : si tu fuis, tu iras où ? T'es venu à Paris, ils t'ont trouvé. Tu crois qu'ils te trouveront pas si tu vas ailleurs ? Et s'ils voulaient te buter, alors qu'ils t'ont trouvé, ce serait fait, non ?

Clémentine a raison. Ça me fait mal de l'admettre, mais c'est vrai. Ce que je pense : ils préparent un attentat dément, pour très bientôt. Ils veulent s'assurer que je me pense à l'abri et donc que je ne vais pas aller jacter à la presse ou ailleurs. Eux aussi jouent la montre, ils envoient Anne pour qu'elle me surveille. Qu'elle me maintienne sous sa coupe.

Jouer la montre.

Jeu de montre et jeu de dupes. Je dois couvrir mes arrières. Au cas où. Car si Anne est une femme intelligente et réfléchie, Didier, lui, peut décider sur un coup de tête qu'il est préférable que je meure.

– Bon OK, je dis, tu as raison, je dois faire comme si de rien n'était.

– Je sais, ça pue, mais t'as pas le choix.

– Juste, un truc… Si jamais je disparais, y a une personne qui saura où je suis.

– Didier ?

– Nan. Pas lui.

34
VIP

Anne m'a donné l'adresse, 126, rue de l'Université, et m'a demandé de penser à ma carte d'identité. Alors que je l'attends, avec une dizaine de minutes d'avance, j'avoue avoir pas mal de questions en tête. La première étant : qu'est-ce que je fous là, bordel ? Ma vie était simple, rangée, confortable. Mes courses au Super U. Mes repas du soir à la brasserie Midi Minuit et la petite rousse aux seins généreux. Mes apéros et mes sorties avec mon vieux pote Bernard. Bref, la vie, ça allait. Maintenant ? Je me sens dans la peau d'un résistant. Qui doit libérer Paris, rien que ça.

Un taxi dépose Anne, pile à l'heure. Elle porte un pantalon noir moulant et légèrement pattes d'éléphant, un chemisier coquille d'œuf classique et un long manteau rouge pétant, assorti à des baskets blanc et rouge, munies de sortes de picots en plastique sur les talons. Sur le côté, les initiales CL. Cette femme est décidément déroutante. Elle me rejoint, m'embrasse sur la joue en pressant légèrement mon épaule en même temps, geste amical, presque tendre, quasiment érotique.

– Jean-Marc, je suis si heureuse de vous voir !

– Moi aussi, Anne. Mais qui vous a dit que je faisais mon touriste dans la capitale ? je demande de la façon la plus détachée qui soit.

– Jean-Marc, je sais tout sur les miens. Comme une maman poule.

Elle ne me répondra pas. Je passe à autre chose :

– Pas de déménagement de fusils d'assaut aujourd'hui ?

– Non, glousse-t-elle. Aujourd'hui c'est visite guidée. Vous connaissez le député Glaser ?

– Non.

– Il est Renaissance. C'est un élu du Bas-Rhin. Il m'a proposé de faire une visite privée il y a longtemps et il insiste depuis des mois. J'ai cédé. Mais je n'ai pas envie de me retrouver seule avec lui. Je ne veux pas qu'il s'imagine des choses, vous voyez… En tout cas c'est vraiment gentil de m'accompagner.

OK : elle me drague. Elle ne me fait pas du gringue, je ne dis pas ça. Disons qu'elle semble entamer une opération de récupération. Et je ne sais qu'en penser. De leur point de vue, ils me contrôlent déjà. Alors pourquoi ce cirque ? J'estime qu'Anne est là pour me jauger. Anne est là pour décider si je vais leur causer du tort.

Au 126, on croirait l'entrée de service d'un hôtel particulier. Une ouverture banale, dans un renfoncement du bâtiment, surmontée d'une marquise en métal doré qui donne un aspect un peu kitsch, limite années 1980. En revanche, dès que vous passez le seuil, c'est ambiance aéroport, contrôle de sécurité. Sur la droite, un bureau derrière lequel deux gendarmes scrutent les arrivants et les invitent à vider le contenu de leurs poches dans un bac en plastique. Les sacs éventuels atterrissent sur le tapis roulant de l'appareil à rayons X et vous-même passez sous un portique détecteur de métaux. Le hall d'accueil n'est pas immense, à peine vingt mètres carrés. Cinq personnes sont alignées derrière un comptoir en marbre. Anne se présente devant le jeune homme le plus à droite et annonce, pas du tout impressionnée : « Nous sommes attendus par le député Glaser. » Je ne suis pas sûr qu'elle ait dit bonjour. Le type empoigne la souris, clique à deux ou trois reprises et nous trouve dans sa bécane. Il nous demande nos cartes d'identité, se tourne pour les scanner avant de nous les rendre et de nous confier des badges nominatifs. Il passe ensuite un coup de fil en interne et annonce que les visiteurs du député l'attendent. Puis, nous indiquant une banquette coincée entre deux colonnes : « Je vous laisse patienter, le député va venir vous chercher. »

Anne et moi nous installons.

Elle dégaine son portable et se met à scroller. Je l'imite, intrigué par ses baskets. J'entre dans le moteur de recherche « baskets rouges CL ». Parmi quelques images de pompes, je reconnais un modèle et le sélectionne. OK. Baskets modèle Astroloubi, de la marque Christian Louboutin. Prix : 850 euros. Je n'ai jamais mis un tel prix dans un manteau d'hiver, par exemple, ou un costume, encore moins dans des chaussures de ville. Alors dans des baskets... Je suis choqué. Je sais que cela existe, évidemment. Mais voir un tel accessoire de riche, à mes côtés, c'est la première fois. Anne a posé sa cheville droite sur sa cuisse gauche et agite son pied machinalement, dans une posture presque masculine, en mode manspreading. Elle est à la fois décontractée et écrasante. Nonchalante, en tout cas. Indéchiffrable. Sur l'écran de mon smartphone, je vois une autre paire de baskets, Christian Dior cette fois, pas mal, imitation des Nike Air Force 1, au prix modique de 1 100 euros. Un autre monde. C'est alors qu'un homme d'une quarantaine d'années, beau gars, cheveux blonds soyeux et barbe parfaitement taillée, se présente devant Anne. Il écarte les bras, jovial, ravi de sa venue. Costume et cravate impeccables, l'œil pétillant de désir, il donne l'impression de vouloir la dévorer, malgré l'alliance qu'il porte. Anne lui dit : « Ah ! Mon cher Fabrice ! », avec beaucoup trop de *i*. Ça sonne faux, mais peut-être qu'il ne s'en rend pas compte, tant il est obnubilé par le décolleté de la cougar. En tout cas lui la considère comme telle : une cougar. Triste jeune homme. Il pense sûrement que son mandat de député lui confère une sur-masculinité, un peu comme une deuxième bite. À mon avis, il en faut un peu plus pour impressionner Anne Bertin-Barnier. Et puis pour ce qui est d'impressionner, la vérité est que je suis l'objet de cette visite mascarade. Je suis la cible. Anne veut m'en mettre plein la vue, à moi. Me montrer qu'avec elle on entre au Palais-Bourbon facilement. Et qu'un député peut se transformer en toutou en sa présence.

C'est exactement ce qui se passe. Toutou Glaser nous fait visiter les lieux, prenant un malin plaisir à emprunter des couloirs, des escaliers, à bifurquer, revenir en arrière, pour finalement nous faire admettre que c'est un vrai labyrinthe et que lui-même, parfois, s'y perd encore. À l'étage au-dessus de la salle des Quatre Colonnes, les bureaux des différents groupes parlementaires. La majorité dispose de la plus grande salle, la salle Colbert. Ici, les attachés parlementaires ne sont plus autorisés. Marre de voir fuiter des discussions en direct sur les réseaux. D'un commun accord, les députés ont tous admis que cela ne pouvait venir que de leurs attachés. Pourtant, cela continue. Mystère.

Le député Glaser achève son tour du propriétaire par le sous-sol, où sont basés les locaux de LCP, la chaîne parlementaire. Enfin, il doit nous laisser, la séance des questions au gouvernement débutant d'ici à une vingtaine de minutes. Il ajoute :

– Je vous ai réservé deux places, Anne.

– Comme c'est gentil, Fabriiiiiiice.

– Nous voyons-nous bientôt ?

– Je vous laisse voir avec votre agenda. Déjeunons, quand vous le pourrez.

– On peut aussi dîner. Ça laisse plus de temps.

Anne sourit sans répondre, comme seules les femmes

de grande classe savent le faire. Façon très stylée de dire : « Ouais c'est ça, commence à te toucher tout seul. »

Anne et moi sommes ressortis de l'Assemblée et l'avons contournée pour nous présenter à l'entrée visiteurs des QAG[1], côté quai d'Orsay. Nous pénétrons dans ce qui ressemble à une dépendance, montrons une fois encore nos cartes d'identité, passons un portique et ressortons à l'air libre, dans une cour intérieure. Je suis Anne, qui connaît bien les lieux. Elle traverse la cour et entre dans le bâtiment sur notre gauche. Nous sommes cette fois, avec la centaine d'autres visiteurs, dans une grande pièce munie de casiers et de tringles chargées de cintres. Le vestiaire, auquel personne n'échappe. Les blousons, manteaux, vestes sont interdits dans l'hémicycle. Les téléphones portables, appareils photo et caméras également, cela va de soi. Nous nous présentons devant une jeune femme, au comptoir, et posons nos effets personnels en échange d'un badge portant un numéro. Ensuite, un escalier double mène à l'étage des visiteurs, où des majordomes répètent en chuchotant leurs consignes : interdit de parler, d'invectiver, de prendre la parole, etc. C'est drôle à quel point ils insistent.

Bousculade feutrée. Les places sont chères, tout devant. Nous y parvenons malgré tout et nous asseyons sur les sièges rouges et étroits du balcon supérieur du Palais-Bourbon. Trois rangées qui occupent toute la largeur de l'hémicycle. La dernière rangée n'est pas extra, une vingtaine de colonnes grises interdisant une vue dégagée. Mais au premier rang, ça va. On a en outre le loisir d'appuyer ses coudes sur la rambarde, même si on nous a formellement interdit de le faire. J'engage la conversation, pour tuer le temps, qui peut s'avérer un peu long.

– Qu'est-ce qu'on fait là, Anne ?

---

1. Questions au gouvernement.

– Nous visitons le pouvoir, Jean-Marc. Ce sera bientôt chez nous ici.

– *Inch' Allah.*

– Vous êtes drôle.

– Vous en tout cas, vous avez l'air très sûre de vous. Éric peut très bien perdre. C'est même ce qui se profile, dans les sondages. Marine au second tour...

– Pas cette fois, Jean-Marc. Grâce à notre travail. Grâce aux choses que VOUS avez accomplies.

Les députés commencent à arriver, par petits groupes. Je suis étonné de la taille de la salle, qui paraît immense à la télévision, et qui est petite en réalité. Chacun intègre sa place, dans une version à peine améliorée de l'amphi d'une vieille faculté. Je m'amuse à voir galérer les obèses, politiciens gavés de bons restaurants parisiens à longueur d'année et aux frais de la princesse France.

Anne désigne la salle devant nous et commente :

– Nos ennemis sont là, Jean-Marc. Nous touchons au but. Nous allons les éliminer et nous aurons le champ libre. J'ai tenu à vous les montrer. Et je veux que vous assistiez au bouquet final !

– Comment ça ? Là ? Tout de suite ?

– Non. Pas là, non. Mais je vous le dis, vous serez là. Je vous veux à nos côtés. C'est très simple, Jean-Marc : c'est avec nous, ou contre nous. Vous connaissez la fameuse phrase : « Garde tes amis près de toi, et tes ennemis encore plus près » ? Tout un tas d'abrutis disent que ça vient de Sun Tzu, dans *L'Art de la guerre.*

– Et ça vient de qui alors ?

– De Michael Corleone, dans *Le Parrain.* Mais peu importe. Ami ou ennemi, je vous veux près de nous.

– Je suis un ami, vous le savez bien. Je l'ai prouvé, non ?

– Oui, mais vous avez disparu de Lyon. Je me suis attachée à vous, ajoute-t-elle avec un grand sourire. Et je n'aime pas ne pas savoir où sont mes proches. Et puis voilà : vous méritez de participer à l'assaut final. Ici même. On va tous les exterminer, façon Reichstag en 1933.

Je n'en crois pas mes oreilles. Je tourne lentement la tête sur la droite et observe les députés du centre, de la gauche et de l'extrême gauche. Agglutinés. Insouciants, voire inconscients. En attendant l'arrivée du président de l'Assemblée, ils se marrent, s'échangent des bises, se montrent des conneries sur les smartphones. Je repense à ce que j'ai accompli ces dernières semaines. Les kalachnikovs. L'argent pour des fichés S. Pas besoin de sortir de Saint-Cyr pour réaliser ce qui se prépare. Je ne parviens pas à cacher ma stupeur. Ça sort tout seul. Je dis à Anne :

– Vous n'allez pas tuer ces gens ?

– Si. Mais la cible principale, ce n'est pas eux…

Anne tourne alors la tête sur notre gauche. Je suis son regard, qui se pose sur la députée de la 11e circonscription du département du Pas-de-Calais. Marine Le Pen. Autour d'elle, ses collègues du Rassemblement national font eux aussi la foire. Je suis estomaqué, ce qui amuse Anne. Elle rit, avant de me prendre à témoin :

– Franchement, Jean-Marc, qui nous barre la route du second tour ? Les LR ? Des marionnettes ; le ventriloque, c'est nous. Mélenchon ? Il a tout misé sur le vote musulman et il l'a obtenu. Le vote des musulmans qui votent. Ça donne 20 %, et ce n'est pas suffisant. Le PS ? Je n'en parle même pas.

– Le RN, je réponds.

– Voilà. C'est le RN, notre ennemi. Mais plus pour longtemps.

35

Designated survivor

Avant de nous séparer, quai d'Orsay, Anne m'a dit de me tenir prêt et de garder mon téléphone en mode non silencieux. Clin d'œil à l'appui, qui veut dire, je traduis : c'est imminent. Je suis rentré à l'appart, à Montmartre, ai appelé Clémentine pour lui raconter ma petite visite sous les ors de la République et lui demander de rappliquer chez moi dès que possible.

J'avais jusque-là une équation assez simple à résoudre, mais Anne vient d'ajouter des inconnues et c'est plus compliqué. Ce que je crois : Anne et Didier ont manipulé des fichés S islamistes pour qu'ils leur fournissent une escouade de terroristes. Ils les ont payés. Ils leur ont fourni des kalachnikovs clean, puisqu'elles proviennent d'un braquage : fin de la piste. Ces types vont prendre le Palais-Bourbon d'assaut et buter tous les députés présents, mais surtout Marine Le Pen et ses collègues du Rassemblement national. Il ne restera plus que Jordan Bardella qui, seul, ne fait pas le poids. Il pourra retourner dans la boîte à papa ou redevenir le *gamer* de seconde zone qu'il a toujours été.

C'est un coup de génie. Le choc psychologique dans la population française sera phénoménal, toutes les thèses de l'extrême droite et même de l'ultradroite seront acceptées et validées d'un seul coup, par tout le monde. Le peuple voudra que cela cesse, immédiatement. La France entrera dans une guerre totale et cette fois dans le cadre d'une union sacrée contre l'islamisme, voire contre l'islam tout court.

Qui pour une politique ultra sécuritaire ?

Qui pour exiger la fermeture des frontières ?

Qui pour, enfin, lancer la procédure de notre sortie de l'Union européenne ?

Marine Le Pen étant éliminée, il y aura une seule option. Un homme providentiel : Éric Zemmour. Qui ne devra sa survie qu'au fait qu'il n'est pas député et n'était donc pas dans l'hémicycle au moment du massacre. C'est une version un peu cheap mais bien réelle de la série *Designated Survivor*. Dans cette histoire, un attentat au Capitole lors du discours sur l'état de l'union tue le Président, son vice-président, leurs cabinets ainsi que tous les membres du Congrès. L'Amérique se retrouve sans tête, ou presque : le secrétaire au Logement et au Développement urbain n'était pas présent. Il est le survivant désigné. Il devient président des États-Unis par obligation. Éric Zemmour, notre survivant désigné.

Clémentine a été rapide. Elle est là. J'ai posé deux cafés sur la table.

Elle réfléchit. Je rumine. Mon témoignage filmé a-t-il encore une utilité, voire un sens ? Je ne sais pas. Toujours ce même problème de déterminer quand agir. Trop tôt, et les cinquante barjos armés jusqu'aux dents restent dans la nature, peut-être encore plus dangereux. Ou alors trop tard et là, bon, pas besoin de faire un dessin, c'est trop tard.

– C'est la merde, mon Jean-Marc, tu t'en rends compte…

– La vidéo est censée sortir quand ?

– Ben pas tout de suite tout de suite… Je dois finir le montage et surtout, on a un comité de rédaction.

– Je sais même pas s'il faut la sortir ou la donner à la police.

– Tu sais quand ils veulent agir ?

– Nan. Très vite. D'un moment à l'autre.

– C'est chelou, cette histoire de Reichstag, nan ? Elle t'a vraiment dit ça ?

– Ouais, je réponds. Elle a dit, texto : « On va tous les exterminer, façon Reichstag en 1933. »

– C'était un putain d'incendie, le Reichstag. Je sais pas mais… ça me chiffonne, ce truc. Je vais creuser ça, c'est pas clair. Je vais aussi parler à Marion. Ça va me coûter une partie de jambes en l'air, cette histoire !

– Qui ça ?

– Marion. C'est mon flic à la DGSI. Oui : c'est UNE flic. Bon, je te laisse, j'ai plein de choses à voir.

*

Attendre.

Attendre sans savoir.

Attendre sans moyen d'agir. Je me sens dans la peau d'un enfant, qui n'a aucune prise sur le réel en général et sur sa destinée en particulier. Comme dans ce sketch de Roman Frayssinet, qui explique ce qu'est l'enfance : « L'enfance, c'est quand tu peux te chier dessus, c'est pas ton problème. » Eh bien c'est exactement la situation dans laquelle je me trouve. Je me suis chié dessus, d'une certaine façon, et ce n'est pas moi qui vais gérer cet aléa. Je me félicite toutefois d'avoir contacté Clémentine. Ça a été mon idée de génie dans cette histoire, ma planche de salut. Là, d'ailleurs, en ce moment même, je pense qu'elle est avec son amie de la DGSI. Elles sont soit en concertation, soit en copulation, peu importe : elles ont mon avenir entre les mains.

Je m'installe à la même terrasse qu'hier et y retrouve l'admiratrice de Dalida, presque avec plaisir. Je choisis d'ailleurs la table voisine de la sienne, la salue et lui demande comment elle va, depuis la veille.

– Très bien, jeune homme. Très, très bien.

– Vous avez pu déposer votre bouquet sur la tombe ?

– Tout à fait. Et il y en avait déjà, vous voyez, je ne suis pas la seule. Comme je vous l'ai dit, Dalida était vraiment de ce quartier.

– Je n'en doutais pas.

– Et vous ? Ce séjour professionnel ?

Je vais pour répondre, quand la sonnerie de mon smartphone annonce un SMS. Je m'empresse de le lire, espérant un message providentiel de Clémentine. Mauvaise pioche. C'est Anne. Qui m'annonce qu'elle m'invite à dîner à la maison, à Neuilly. Et qui ajoute : « C'est pour demain… » Je l'imagine devant son écran, voyant les trois points de suspension clignoter, indiquant que je suis en train de lire son message. Si je tarde à répondre, c'est louche. Je ne suis pas censé avoir à réfléchir. Je ne peux pas inventer une occupation plus importante que ce qu'elle me propose, à savoir buter des députés et prendre le pouvoir de l'État français. Je réponds la seule chose possible : « OK. Quelle heure ? » Alors que j'attends, les yeux rivés sur mon écran, une voiture arrive dans mon champ de vision et s'immobilise devant la terrasse, à mon niveau. Je lève la tête. C'est une Tesla blanche. Celle d'Anne Bertin-Barnier. Au volant, Martial Laennec, qui baisse la vitre et me fait un grand sourire de fils de pute.

36
Chaban-Delmas

Trois hommes de Martial Laennec au physique de physionomistes nous retrouvent à Neuilly. Il est un peu moins de 20 heures. Ils sont au volant d'un van Mercedes noir flambant neuf, vêtus de noir de la tête aux pieds. Autour de leur cou, ce que je crois être des foulards ou des tours de cou et qui s'avère finalement être des cagoules, comme celles des types du RAID. On ne plaisante pas. Le conducteur recule jusqu'aux garages, sur le côté de la propriété, puis ouvre les portes arrière du véhicule. Martial tire la porte coulissante du garage qui abrite la Tesla, un 4 × 4 BMW, un immense bordel comme on en trouve dans ce genre de remise, et au fond, sous une bâche, les cinquante kalachnikovs. Anne, Martial et moi les regardons charger les armes à l'arrière de la fourgonnette. Ils effectuent un parfait Tetris, après quoi ils recouvrent leur œuvre d'une couverture sombre. Anne glisse alors son bras sous le mien et m'attire vers la maison. On dirait une infirmière accompagnant aux sanitaires un vieux résident qui s'est pissé dessus.

Martial et les trois autres gus mangent à la grande table du salon, tandis qu'Anne et moi nous installons à la cuisine. Dîner en tête à tête, repas simple, pas de vin, de l'eau pétillante. Je l'écoute m'exposer tout ce que nous ferons, une fois au pouvoir. Politique intérieure : obsession de la préférence nationale. Politique extérieure : donner notre cul à la Russie, et donc à la Chine. Zemmour l'idiot utile qui n'a qu'une seule et unique fonction : faire exploser l'Union européenne. À partir du moment où l'on rejette le concept d'*union*, on a perdu. C'est la consanguinité qui se profile.

Cela étant dit, j'ai d'autres chats mentaux à fouetter.

Je suis retenu contre mon gré, même si je n'ai pas d'entraves. Et puis j'ai toujours mon téléphone portable sur moi. Pas dupe : il ne s'agit pas d'une marque de confiance. Anne me l'a laissé afin que je fasse ce qu'ils attendent de moi, à savoir prévenir Xavier du projet d'attentat, demain, à 14 h 30. Une attaque du Palais-Bourbon. Cinquante mecs armés de kalachnikovs qui vont pénétrer dans l'Assemblée, se rendre dans l'hémicycle et fusiller tous les députés présents. Surtout ceux de droite et d'extrême droite.

Tandis qu'Anne nous sert de la salade de fruits, j'essaie d'en apprendre plus :

– Qui est-ce qui va attaquer, demain ?

– Ah, ça, c'est le plus beau dans l'histoire. La petite touche du chef : ce sont des djihadistes. Des types de cellules dormantes de Daesh.

– Comment vous avez convaincu des islamistes de faire notre boulot ?

– L'informatique, Jean-Marc. Ce n'est pas plus compliqué. Grâce à Vladimir.

– Umarov ? Votre ami ouzbek ?

– Lui-même. Les Russes nous ont donné un joli coup de main, en court-circuitant les donneurs d'ordres de l'État islamique. Nous les contrôlons. Nous leur donnons des directives.

– Et vous leur avez envoyé de l'argent.

– Oui, confirme Anne. Ça a aidé. Cela ne suffit pas. Ces gens sont certes des fanatiques, mais au moins on sait qu'on peut compter sur une chose : leurs convictions. Ils sont politiques. Nous leur avons également fait parvenir de faux tracts du Rassemblement national. Je ne suis pas peu fière de cette idée, je vous avoue…

– Il y avait quoi dessus ?

– La promesse de la fin de la double nationalité pour tous les Français maghrébins. Effet rétroactif. Et, ce qui a dû les achever, la fin du droit du sol.

– Ils y ont cru ?

– Oui. Dans le tract, on expliquait… enfin, Marine expliquait… que tous les Algériens, Marocains et Tunisiens de France ne seraient plus français. On ne disait pas qu'ils devraient choisir entre la France et ces pays, non. On a écrit qu'ils perdraient de fait leur nationalité française. Tous les binationaux d'ailleurs, pas que les Maghrébins.

– Effectivement, ça n'a pas dû leur plaire.

Nous terminons le dessert, Anne prépare deux cafés. Je débarrasse la table, charge le lave-vaisselle et reprends ma place. Je poursuis mon interrogatoire, en pesant mes mots :

– Et demain alors ? Concrètement ?

– Le plus important, ce sont les images. L'impact psychologique sur la population. Il faut que ce soit un show à l'américaine. Les hommes vont attaquer le Palais-Bourbon ! Quel meilleur décor, n'est-ce pas ? Juste à côté de la place de la Concorde, des Champs-Élysées, entre les Invalides et le jardin des Tuileries ! Juste à côté de Napoléon !

– Oui, c'est sûr.

– Les types seront tous équipés de caméras GoPro, comme ces salauds du Hamas, en Israël. Les images vont faire le tour du monde, Jean-Marc.

À un peu plus de 23 heures, je suis dans une chambre magnifique, avec une salle d'eau attenante, seul, pour la première fois depuis mon arrivée. Je me rue sur mon portable et envoie les deux textos les plus importants de ma vie. Le premier est évidemment destiné à Xavier. Il sert à leur faire croire que je suis un dindon : « Attentat demain 14 h 30 ! Assemblée nationale. Cinquante terros vont buter les députés. Stop texto je suis chez ex didier. » Le téléphone arabe va maintenant fonctionner. Xavier va prévenir Didier, qui va prévenir Anne. Ils sont persuadés de me museler, de me circoncire, et donc d'avoir le champ libre, demain. Deuxième texto, pour Clémentine. « C'est pour demain, 14 h 30. Attaque AN buter les députés. Stop texto suis chez anne bertin barnier. » J'entends alors des bruits de pas derrière ma porte de chambre. Je me fige, tends l'oreille, entends tout et son contraire, j'ai peut-être halluciné. Ou, ce qui me semble le plus probable, les hommes de Martial et Martial lui-même vont se relayer cette nuit pour s'assurer que je ne tente pas une sortie. J'efface les textos que je viens d'envoyer, mets mon portable en silencieux et m'allonge tout habillé. Je sais déjà que je ne vais rien dormir de la nuit.

*

Martial conduit le van Mercedes. J'occupe le siège passager. Les trois autres types sont assis à l'arrière. Nous avons tous laissé nos téléphones portables à Neuilly, afin qu'ils ne bornent pas dans le coin du quai d'Orsay. C'est l'argument qu'Anne a utilisé en tendant la main à plat devant moi, alors que nous prenions le café dans la cuisine, tout à l'heure. « Votre téléphone, Jean-Marc. Vous vous doutez bien que la police va travailler sur la téléphonie après un coup pareil. Si le vôtre est ici, alors vous êtes officiellement ici ! » Imparable. En outre, je ne m'attendais pas à autre chose. En posant mon smartphone dans la main d'Anne, j'ai prié pour avoir bien effacé tout ce qui pouvait être compromettant et surtout, surtout, pour que Clémentine ne m'envoie pas de messages.

Je ne connais pas très bien Paris, mais nous longeons maintenant la Seine. L'Assemblée étant quai d'Orsay, j'imagine que nous ne sommes plus très loin. Il fait un temps magnifique. Paris, cette ville décor de cinéma, cette ville musée, ignore que là, dans le quart d'heure, ça va péter de partout. Clémentine a prévenu sa pote/amante de la DGSI qui, je l'espère, l'a prise au sérieux. Comment agir ? Ils ont dû mettre des types du RAID ou du GIGN planqués un peu partout, dans la salle des Quatre Colonnes, dans les étages de l'Assemblée, tout en restant le plus discrets possible. Car une chose est quasi certaine, les autorités ne peuvent pas prévenir les députés du projet d'attentat. Ils sont 577, c'est beaucoup trop, pour préserver un secret. Si ça fuite, si les terroristes apprennent que le projet est connu des flics, ils disparaîtront dans la nature.

Autant laisser les députés siéger et assurer la sécurité tout autour.

Ce qui me stresse le plus, c'est la balle amie. Nous allons nous pointer au milieu d'un champ de tir. Les forces de l'ordre vont arroser les djihadistes, par surprise, mon unique chance de survie est de ne pas être à leurs côtés.

Ça y est. Nous sommes quai d'Orsay. Nous passons devant le Palais-Bourbon, imposant, magnifique, symbole du poids d'une République qui va poser un genou à terre, dans quelques minutes. Car je ne vois rien de particulier mis en place. Pas un car de CRS, pas une pauvre bagnole de flics à l'horizon. Une journée normale, une journée banale. Le sort de la France était entre les mains de Clémentine et de son amie de la DGSI. Dans les livres d'histoire, dans une vingtaine d'années, on écrira que des députés français ont été massacrés parce qu'une journaliste de *Mediapart* était en train de manger tranquille dans un restaurant italien au lieu de mater ses textos. Mon texto.

Ma surprise est plus grande encore quand je réalise que nous ne nous arrêtons pas. Martial dépasse l'Assemblée et engage le van sur sa droite, rue Aristide-Briand. Je tente de faire bonne figure. Compliqué. Nous tournons à nouveau à droite, rue de l'Université, et avons ainsi contourné l'Assemblée. Nous passons devant le 126, où j'ai retrouvé Anne l'autre fois, pour notre visite avec le député Glaser. Nous ne nous arrêtons pas non plus. J'avoue n'avoir aucune idée de ce qui va se passer. Mais un peu plus loin, Martial se gare en double file. Il prend le temps d'actionner les warnings. Il sort deux armes de poing de la boîte à gants, dont une qu'il me tend.

– Tiens ! il me dit, autoritaire.

– Oh, attends, c'est quoi, ça ?

– T'inquiète, celui-là est un faux. C'est un pistolet d'alarme, tu vas blesser personne.

– Mais tu veux que je fasse quoi ?

– Tu fermes ta gueule et tu viens avec moi.

Martial et ses trois compagnons d'armes placent leurs cagoules sur leurs visages et entament l'opération. Ils sont hyper professionnels. Rapides, efficaces. Moi ? Je réalise juste que six drapeaux français sont plantés sur le fronton de l'immeuble devant lequel nous nous trouvons. En lettres d'or, au-dessus de la double porte vitrée, je peux lire : ASSEMBLÉE NATIONALE – IMMEUBLE JACQUES CHABAN-DELMAS. Nous sommes devant le 101 de la rue de l'Université. Penaud, je suis Martial à l'intérieur. Ici, contrairement au 126, ce ne sont pas des gendarmes derrière l'accueil, mais un type en costard, un vigile qui a réussi. Ce dernier n'a pas le temps de réagir puisque Martial et un de ses gars se plantent devant lui, Martial avec son flingue, l'autre avec une kalachnikov. Ils braquent le pauvre gars, qui doit regretter d'avoir été embauché par l'Assemblée nationale.

Ce que je fabrique ici ? J'aimerais bien le savoir.

Dans la rue, je vois une file de types, disciplinés et froids, qui s'est formée à l'arrière du van. Les deux autres hommes de Martial effectuent la distribution de kalachnikovs. Tout cela a été préparé, pensé, peut-être même répété. Dois-je préciser que les hommes qui s'emparent des armes sont tous maghrébins et ont une haine dans le regard comme j'en ai peu vu dans ma vie ? En revanche, ils sont tous sapés de façon neutre et banale. Pas de grande barbe, pas de baskets et de survêts qui les afficheraient comme des gars de cité. Non. La taqîya a été poussée à l'extrême. Tels des cyborgs d'Allah, les mecs passent devant moi, chacun allumant au passage la caméra GoPro qu'il porte sur le torse. Le vigile, sidéré, est incapable d'agir, de tenter quoi que ce soit. Il doit juste se demander lequel des cinquante connards en train de défiler va lui coller une rafale dans le torse.

Les soldats de Dieu sont maintenant tous dans le hall.

Martial fait un signe de tête en direction de l'extérieur : un de ses gars comprend le message et remonte au volant du van. Puis il désigne le vigile, un des deux autres cagoulés lui appuie le canon sur la tempe tandis que le second surveille le hall. Enfin, Martial mouline l'index en l'air, au-dessus de sa tête, avant d'indiquer un couloir, juste là. Les terroristes s'y engouffrent en silence et en trottinant. Martial s'approche de moi et me glisse à l'oreille : « Toi aussi, tu descends. »

Au bout du couloir, une porte. J'avoue, là, je suis perdu, dans tous les sens du terme. Cela dit je n'ai pas le loisir de me poser pour réfléchir à la question. Je suis le mouvement. *Allahu akbar*... La porte donne sur un escalier en colimaçon qui descend. Embouteillage et situation presque comique, à cause des kalachnikovs qui gênent les mouvements et qu'on entend racler contre les parois du mur. C'est un peu le même bordel que dans une file d'attente devant les télésièges. Sauf que là, pas besoin de forfait.

Au niveau -3, un long couloir. Et là je comprends. Mon sens de l'orientation, quoique rudimentaire, m'aide à déterminer que le tunnel souterrain que nous empruntons maintenant conduit sous le Palais-Bourbon. Je ne me trompe pas. Nous arrivons au bout du tunnel, où se trouve un autre escalier en colimaçon, qui monte cette fois. Je vais pour l'emprunter, quand Martial me retient par le bras et me force à me coller contre le mur, afin de laisser passer les derniers combattants. « Pas nous », se contente-t-il de me dire.

Tous les types sont en haut.

Martial et moi repartons en sens inverse et, arrivés à la moitié du tunnel, nous entendons les premières rafales. Le bruit est infernal, incessant. Je crois entendre des hurlements, mais n'en suis pas si sûr. Dans un brouillard mental total, je me retrouve côté immeuble Chaban-Delmas. Nous montons dans le van, qui démarre en trombe, et c'est le début de la fin de ma vie.

37

Qui se soucie de Jack Ruby ?

Martial ne m'a pas dit un mot pendant le trajet qui nous a menés du quai d'Orsay à un petit pavillon de banlieue. Un des gars est descendu ouvrir le portail, le conducteur a engagé le Mercedes Vito dans l'allée. J'ignore à qui appartient cette maison, mais il n'a ni la main verte, ni la passion des ravalements de façade. Abandonnée. Voilà le mot qui vient immédiatement à l'esprit pour décrire l'habitation.

On referme le portail. J'ai un mauvais pressentiment, qui se traduit par la réminiscence d'une scène de *L'Armée des ombres*, de Jean-Pierre Melville. Des résistants attirent dans une maison isolée, à Marseille, un jeune gars qui a collaboré avec les Allemands. Volets fermés. Ils doivent l'éliminer. Ce sont des gens bien, mais ils n'ont pas le choix. Le gamin comprend, pleure, supplie. Lino Ventura ne cède pas. Ce qui doit être fait... Ils s'y mettent à trois pour l'étrangler, à l'aide d'un torchon enroulé. L'un tient les jambes, l'autre les bras, le dernier se place derrière le traître et procède. La scène est troublante car les trois assassins ont les larmes aux yeux. Ils veulent éliminer le jeune homme avec le plus d'humanité possible, mais bon, quand on tue, on tue.

Je n'en suis pas encore là...

On contourne la maison. Derrière, il y a la Tesla d'Anne, qui nous attend dans la cuisine. Avec elle, une femme de dos, en train de préparer un café dans une antique cafetière à filtre. « Alors ? » s'empresse de demander Anne. Martial se contente de lever un pouce devant lui. Il ferme à clé la porte qui donne sur l'arrière de la maison, sort un smartphone de sa poche de blouson et le pose sur la table, après quoi lui et ses trois connards quittent la cuisine pour le salon. Je les entends s'affaler sur des canapés et, presque aussitôt, la voix de Nelly Daynac, qui présente l'émission *180 minutes Info*, sur CNews.

Anne s'installe sur une des quatre vieilles chaises en plastique et m'invite à faire de même, d'un geste de la main. Je sais que je ne vais pas aimer cette conversation, car je reconnais le téléphone portable posé sur la table. C'est le mien. Ce qui veut dire que Martial l'a trimballé sur lui, tout à l'heure. Dans le but évident de le faire borner. Quand la police va travailler sur la téléphonie, ils verront que j'étais sur les lieux, en tout cas, dans le secteur. Je tente de comprendre le but de la manœuvre ou, plutôt, d'en déterminer toutes les conséquences. Anne m'implique. Anne me désigne. Anne m'enfonce.

L'autre femme se tourne alors, le café à la main, prête à nous servir.

Elle me regarde, sourit vaguement, ne prononce pas un mot. Je suis dévasté. C'est la vieille Montmartroise et admiratrice de Dalida. Elle nous sert, avant de rejoindre les trois autres, au salon. Pas envie de café, mais je touille machinalement, perdu dans mes pensées, des conjectures, des scénarios. Anne prend enfin la parole :

– Vous vous demandez ce que Colette fait ici, n'est-ce pas ?

– Colette ?

– Notre nostalgique de Dalida… Votre téléphone nous a aidés à vous localiser à Montmartre, quand vous êtes arrivé à Paris. Mais pour savoir où vous vous trouviez précisément, rien ne remplace le terrain. La surveillance. Et Colette paraît tellement inoffensive…

– Il se passe quoi, maintenant ? je demande.

– À votre avis, Jean-Marc ? Comment est-ce que vous voyez les choses ?

– Je ne suis pas sûr de tout comprendre...

– Moi, je crois que si.

– C'est bien mon téléphone ? je demande, même si je connais la réponse.

– Oui. Il a borné rue de l'Université. Ah et, bien sûr, le 101 est truffé de caméras de surveillance, et comme vous étiez là-bas sans cagoule, à visage découvert, avec tous ces terroristes...

– C'est absurde.

– Cela ne vous a pas étonné que personne ne soit arrêté, tout à l'heure ? Vous devez être en train de vous demander : mais qu'est-ce qu'a foutu ce con de Xavier ? Je me trompe ?

– Pardon ? je dis, jouant la comédie du type pris en flag.

– Eh oui. Xavier est avec nous. Et c'est drôle, mais c'est vous qui nous l'avez amené.

– Je comprends pas.

– Vous l'avez rencontré pour lui parler de Didier, par civisme... La seule chose à laquelle vous n'avez pas pensé, c'est qu'un gendarme peut lui aussi avoir des convictions. Xavier en a assez des pouvoirs publics faibles, assez de voir des politiciens encourager le clientélisme, baisser leur froc devant les dealers ou les imams. Assez du narco-islamo-État qu'est devenu notre pays.

– Vous êtes cinglée.

– Ça va vous en boucher un coin, mais Xavier a contacté Didier. Eh oui. Pour lui annoncer que vous étiez une balance, un traître. Et pour proposer ses services.

– Et pourquoi vous ne m'avez pas tué ?

– Didier le voulait. Je peux vous dire que je vous ai sauvé la vie. Enfin, sauvé... Je vous ai accordé un sursis. Et une promotion ! J'ai l'honneur de vous annoncer que vous êtes le cerveau de toute l'opération menée aujourd'hui !

– N'importe quoi. Qui va croire ça ?

– Mais je vais vous expliquer. Vous allez voir : c'est brillant. Je dois d'ailleurs vous annoncer une mauvaise nouvelle. Thierry Bonnard est en train de se suicider, à l'heure où je vous parle.

– Qui ça ?

– Vous ne vous souvenez pas ? C'est le responsable du service des scellés, à Besançon. Le tribunal… Il laisse une lettre, dans laquelle il explique que vous l'avez manipulé, etc., je vous passe les détails. Il explique surtout que vous êtes l'instigateur et le logisticien du braquage. Ce qui est vrai, entre nous…

– Et vous croyez qu'une lettre suffit ?

– Non, c'est vrai. C'est pour ça qu'en ce moment, Didier et quelques amis sont en train de disposer quelques souvenirs chez vous, à Lyon. Bel appartement, d'ailleurs ! Et super chouette quartier, Confluence.

– Vous mettez quoi chez moi, putain ? je dis, perdant mon sang-froid.

– Ah, vous commencez à comprendre que la situation vous échappe, on dirait… Des tracts. Les faux tracts du Rassemblement national que nous avons donnés aux fichés S. On laisse aussi pas mal de liasses volées à la famille Bennani. Les petites briquettes de pognon sous vide, vous vous souvenez ? Il y en a ici aussi, dans le salon.

– C'est un peu gros, non ?

– Je sais que vous êtes en train de réfléchir à la faille, dans ce montage. Je vais vous aider, Jean-Marc. Ce qui pourrait vous sauver, c'est ma présence avec vous à l'Assemblée nationale, l'autre fois. Si la police fait bien son boulot, ils vont apprendre que vous êtes venu en repérage. Et voir que vous n'étiez pas seul. Non ?

– Oui. Ils devraient, oui.

Anne sort de sa poche sa carte d'identité et la lance sur la table, devant moi. C'est bien sa photographie, mais un autre nom que le sien y figure : Françoise Mercier. Une fausse pièce d'identité.

– Là, reprend Anne, vous pensez que le député Glaser pourra témoigner en votre faveur. Oui mais voyez-vous, le député Glaser s'est fait assassiner tout à l'heure, avec la plupart de ses collègues. J'ignore encore combien ils étaient, mais aujourd'hui c'est mercredi, jour des questions au gouvernement. Une chose est sûre, Marine était présente.

– Je… j'ai…

– « Je », « j'ai », dit Anne en singeant mon désarroi. Vous comprenez que c'est compliqué, n'est-ce pas ? Pas beaucoup de portes de sortie, hein ?

– C'est impossible. Vous pouvez pas…

– Oh si, je peux.

Martial entre alors dans la cuisine, son flingue à la main. Je sens sa présence dans mon dos et me demande s'il va me tuer là, maintenant, tout de suite. Parce que c'est l'unique issue au scénario dont Anne vient de me tracer les grandes lignes. Je vais me suicider, d'un moment à l'autre. Comment ai-je pu être aussi stupide ? Alors que je prenais Didier pour un abruti, c'est lui qui me manipulait, et de quelle façon ! Enfin, Didier… Elle, surtout. Le patron est une patronne.

– Ça commence, dit simplement Martial.

– Ah oui ? demande Anne.

– Sur CNews. Ils viennent de dire qu'ils ne savent pas ce qui se passe, mais que la police et les secours sont en train d'arriver devant l'Assemblée.

– Très bien. J'arrive.

– Il y a des incohérences dans votre histoire. Je suis un retraité. Comment j'aurais pu avoir le réseau pour organiser tout ça ?

– Mais vous ne serez plus là pour répondre aux questions, Jean-Marc, de toute façon. Vous savez qui est Jack Ruby ?

– Non.

– C'est le type qui a assassiné Lee Harvey Oswald. Tout le monde s'en fout. Personne ne se pose même la question de savoir pourquoi il a descendu Oswald. Vous savez pourquoi ?

– Non.

– Parce que l'essentiel est qu'Oswald disparaisse. On ne veut pas de la version d'Oswald. On veut juste qu'il soit celui qui a assassiné Kennedy. Je suis votre Jack Ruby, Jean-Marc. Vous allez disparaître.

*

Quand je prenais la route, pour le travail, il m'arrivait d'écouter Alain Finkielkraut, sur France Culture. De temps en temps, comme ça, quand j'avais besoin d'une petite cure de « c'était mieux avant ». J'ignore pourquoi c'est à une de ces émissions que je pense, alors que je suis attaché les mains dans le dos, dans la cave. Est-ce le sol, en terre battue, qui me rappelle les propos du philosophe ? Sûrement. Car il était bien question de terre dans cette émission. Ça parlait scandale de la mort, pour l'être humain, alors que dans la nature, la mort est à la fois une évidence et un non-sujet. Il n'y a que les hommes pour s'offusquer de mourir. Il n'y a que les hommes pour placer de la morale là-dedans. Car le bien et le mal n'existent pas, en réalité.

Finkielkraut avait lu un passage de la nouvelle de Maupassant intitulée « Coco ». « La bête était si vieille que personne ne s'étonna. Le maître dit à deux valets : “Prenez vos pelles, vous f'rez un trou là ous qu'il est.” Et les hommes enfouirent le cheval juste à la place où il était mort de faim. Et l'herbe poussa drue, verdoyante, vigoureuse, nourrie par le pauvre corps. »

Cette nouvelle, c'est l'histoire d'un cheval qu'on laisse

mourir de faim dans un enclos. Il n'y a plus rien à brouter, il crève, on l'enterre au même endroit et son corps, engrais naturel, redonne vie à l'enclos. C'était ça, selon Finkielkraut, le scandale de la mort, le scandale de la nature, qui recycle jusqu'à la mort même.

Je suis allongé, j'attends, la joue contre la terre battue.

La nature n'a jamais remarqué ma présence, elle ne devrait pas s'émouvoir de ma disparition. Vont-ils me couper les veines ? Me gaver de cachetons ? Je n'en sais rien. Est-ce que je peux encore me tirer d'affaire ? Peut-être. Il y a une chose qui peut me sauver : c'est ce que j'ai dans le slip.

38
Je suis coco

J'ai toujours été fasciné par les exécutions. Des types font la queue devant une fosse, dans une forêt, en Pologne. Les gars des Einsatzgruppen leur collent à chacun une balle dans la nuque et ils s'affaissent, tombent dans le trou, sacs de pommes de terre. C'est fini. En réalité, c'est déjà fini avant le coup de Walther P38. Et c'est justement ce qui me fascine. La résignation totale, absolue. Aucune révolte, personne ne tente de s'enfuir, pas plus d'attaque à mains nues alors que le nombre est largement à l'avantage des victimes. Est-ce parce qu'ils sont déjà morts ? Que la situation ne leur laisse pas le choix, ils sont résignés, ils savent qu'aucun espoir n'est permis ? Ou est-ce parce que les quelques secondes ou minutes passées à attendre son tour sont encore de la vie ?

Ils utilisent peut-être ces ultimes instants pour se souvenir de leurs proches. Faire défiler les visages. Une sorte d'adieux intimes. Intérieurs. Une façon de se détacher de ce qui se passe et, oui, d'échapper aux bâtards qui *font juste leur job.* Ou alors la peur, bête et animale. Que ça ne fasse pas trop mal, juste ça, pas trop mal. Aujourd'hui j'ai la réponse et elle me déçoit. Je suis debout sur une chaise, dans l'entrée de la maison, les mains attachées dans le dos. Ils m'ont passé une *corde* autour du cou, en réalité un câble électrique recouvert d'une gaine noire. Ils l'ont attaché à la rambarde de l'escalier ouvert, au premier étage. Ils sont derrière moi et s'y mettent à deux pour tirer la chaise. Ils galèrent. Je suis lourd. Évidemment, je ne les aide pas, je pèse de tout mon poids.

Je n'ai pas lutté quand ils m'ont porté pour me poser debout sur la chaise. À quoi bon ? Si je n'ai rien tenté, c'est pour une raison très simple : la sidération. Je suis sidéré de ce qui se produit. C'est surnaturel. J'attends vraiment que les types éclatent de rire et disent : « C'est une blague, Jean-Marc ! »

Pourtant non.

Ils continuent de tirer la chaise pour me pendre.

Anne Bertin-Barnier s'agace même de leur inefficacité et les traite d'empotés.

Ça y est, ils parviennent à arracher la chaise. Je tombe. J'ai le temps de me demander combien de secondes cela dure, de mourir pendu, et d'espérer que ce sera rapide, quand je suis aveuglé par la lumière du jour. La porte d'entrée vient d'être enfoncée avec une violence inouïe. Des types cagoulés et casqués, BRI écrit sur le poitrail, arme et bouclier à la main, s'engouffrent dans la maison et poursuivent Martial et ses hommes, dans mon dos. J'entends que la porte qui donne dans la cuisine, à l'arrière de la maison, explose également. J'entends Anne hurler : « Je ne vous permets pas ! », ce qui, en d'autres circonstances, pourrait m'amuser.

Un grand costaud de la BRI décide enfin de s'occuper de moi. Il attrape mes cuisses comme on enlace une jeune femme pour un slow, et me porte, donnant ainsi du mou au câble qui enserre mon cou. Un autre monte l'escalier au petit trot, sort un couteau de la poche de son pantalon cargo et coupe le fil qui me relie à la mort.

Éberlué. Presque encore plus sidéré que de mourir.

Les jambes qui flageolent, je m'assieds sur la chaise.

Une fois que tous les types de la BRI sont entrés, montés à l'étage, et ont hurlé depuis partout que la situation était claire, d'autres flics entrent dans la maison. Une grande blonde à queue-de-cheval, jean, Nike Air et sweat à capuche vient s'agenouiller devant moi. Elle porte un brassard POLICE. Elle me sourit.

– C'est toi, Jean-Marc ?

– Oui.

– Moi, c'est Marion. T'as le bonjour de Clémentine.

*

Je ne suis finalement resté pendu que quelques secondes. Mais bon, comme pour la température au bulletin météo, il y a ce que j'appellerai la pendaison ressentie. Vachement plus longue. Un médecin m'a ausculté, vite fait. On a dû lui dire : « Tiens, Hippocrate, tu signes là. » J'ai rapidement été emmené dans des locaux de la DGSI, j'ignore où dans Paris. Marion et deux de ses collègues ont veillé à ce que je ne puisse communiquer avec personne, ni par téléphone, ni en direct. En même temps, avec qui est-ce que j'aurais eu envie de communiquer, hein ?

Je ne suis pas franchement retenu. Pas libre non plus. Pas du tout.

Je suis content que Marion participe à mon interrogatoire. Pardon… mon débriefing. Je ne la connais pas, mais elle représente ce qui se rapproche le plus d'un visage ami. Une chose positive, ses deux potes savent que je suis le gentil de l'histoire. Ils ne semblent pas en douter, en tout cas pas ouvertement. Café. Viennoiseries.

– Ça va, Jean-Marc ? me demande Marion.

– Oui, oui. Mieux que tout à l'heure. Et l'Assemblée alors ? Les députés ?

– Tout va bien. Grâce à toi.

– Mais y avait pas de flics quand on est passés devant. Personne.

– Oui, et il n'y avait pas de députés non plus. Ils ont tous été placés sous protection rapprochée, cette nuit. La BRI attendait dans l'hémicycle. Quand les terros ont débarqué, ils ont eu un accueil maison.

– Je comprends pas. Comment vous avez su, pour le tunnel ?

– Ah, ça, c'est Clémentine. C'est l'histoire du Reichstag, elle trouvait ça bizarre. Elle a fait des recherches. Les nazis ont incendié le Reichstag et fait croire que c'étaient les communistes. En réalité les types ont pris un passage souterrain qui allait du palais présidentiel de Göring jusqu'au Reichstag.

– OK. Et ?

– Clémentine sait qu'il y a un tunnel entre le 101 et l'hémicycle. C'est un secret de Polichinelle, entre nous, tout le monde le sait.

– C'est quoi, le 101 ?

– L'immeuble Chaban-Delmas. Par lequel vous êtes entrés. C'est là que sont les bureaux des députés. Bref, Clémentine m'a prévenue hier soir, dès qu'elle a eu ton texto. Elle m'a parlé de son intuition, pour le tunnel. On a monté l'opération cette nuit. Voilà.

– J'ai eu la trouille de ma vie. Comme j'ai vu personne, j'ai cru qu'elle avait pas eu mon message.

– Eh si. Elle a beaucoup de défauts, mais on peut compter sur un truc : elle passe sa vie sur son portable. Elle pouvait pas le rater.

– Je vais la voir, là ?

– Pas tout de suite. On l'interroge aussi, ailleurs... On va tout recouper. Et là, désolée, faut que tu racontes à nouveau l'histoire depuis le début.

Je m'exécute. Bernard et les parrainages, Didier et les cuisses de grenouilles, Xavier le gendarme planche pourrie. Besançon. L'aire d'autoroute. Quatre millions d'euros. Martial Laennec et ses passeports diplomatiques. Et enfin, l'assaut. Aujourd'hui.

Marion m'interrompt peu. Elle demande des précisions. Des points de détail.

Les deux autres prennent des notes, alors que l'appli Dictaphone de leurs téléphones portables recueille mes paroles. J'imagine que la caméra, fixée dans un angle au plafond, n'en perd pas une miette. Il me faut une heure pour retracer mon itinéraire, celui d'un retraité qui a, comment dire… fait un peu de la merde. Ridicule. Pathétique. Mais efficace.

J'insiste sur le fait que si Xavier n'avait pas rejoint les rangs de Didier, les choses ne seraient jamais allées aussi loin. En tout cas pour moi.

– Et il se passe quoi pour lui, au fait ? je demande.

– Xavier a décidé de coopérer. Il n'a pas eu trop le choix, c'est sûr. Une équipe l'a arrêté chez lui, ce matin. On lui a présenté les choses : s'il nous aidait à te retrouver, on en tiendrait compte. Vu qu'il part pour de la haute trahison, il n'est pas contre un peu d'indulgence. Il nous a laissé les accès à son logiciel, on a tracé le GPS. La suite, tu la connais.

C'est en effet à l'un des traceurs GPS de Xavier que je dois ma survie. Après avoir quitté Clémentine, la veille de l'attentat, j'en ai glissé un, éteint, dans mon slip. Si jamais il m'arrivait quelque chose, Clème savait que Xavier disposait du logiciel capable de me localiser. Ça a été un peu galère, dans la cave, d'actionner ce morceau de plastique, dans mon slip, en ayant les mains attachées. Mais c'est ce qui m'a sauvé.

39

Du passé faisons table rase

On ne me reconnaît pas trop dans la rue, heureusement. Pourtant, mon histoire a été tellement médiatisée. J'en sais gré à Clémentine, qui a mis en ligne l'interview que nous avons réalisée ensemble, dans mon Airbnb, à Montmartre. Sans cela, je n'ai aucune idée de comment la DGSI aurait géré l'affaire, et donc moi. Franchement, est-ce que l'on peut faire confiance à l'État dans un cas comme celui-là ?

La vérité est qu'ils sont tous passés pour des truffes. Un gendarme chargé de surveiller les mouvements de l'ultragauche et de l'ultradroite qui vire sa cuti. La DGSI qui n'a rien vu venir, qu'il s'agisse de l'ultradroite lyonnaise, de Didier ou, surtout, d'Anne. Heureusement, leur réactivité a toutefois permis de mettre en place la souricière de l'hémicycle, qui a coûté la vie à tous les djihadistes. Quelques-uns, les derniers à se pointer dans l'escalier côté Assemblée, ont rebroussé chemin dans le tunnel. De l'autre côté, ils étaient attendus. Le vigile à l'accueil du 101 n'était pas un vigile, mais un type de la BRI avec un gilet pare-balles sous le costume. Dès que nous sommes partis en Mercedes Vito, Martial, ses hommes et moi, il a lancé le signal qu'attendaient ses collègues, cachés au premier étage du bâtiment. Les mecs ont foncé au niveau -3, se sont engouffrés dans le tunnel et ont pris les survivants de l'assaut à revers. Fin du plus gros attentat sur le sol français depuis le Bataclan.

Anne Bertin-Barnier s'est murée dans le silence.

Didier Barnier a insulté tout le monde, balancé quelques noms, dont celui de Kevin, qui devrait passer quelques mois avec des Arabes et des Noirs en prison. L'enfer, de son point de vue. Une des rares choses que la DGSI est parvenue à arracher à Anne, c'est que Bernard aurait dû jouer mon rôle, initialement. C'était lui, au départ, le con. Chez lui qu'ils avaient pensé cacher les faux tracts du RN et les briquettes d'argent. Ils avaient prévu de tuer Valérie et Bernard, chez eux, en mettant en scène un féminicide, suivi d'un suicide. Alors, oui, on peut le dire, j'ai sauvé au moins une personne : Valérie. Le comble, c'est qu'Anne avait prévu de me faire venir à Paris, pour l'assaut. Et c'est moi qui suis venu tout seul, comme un grand.

L'État français est tout de même parvenu à fanfaronner. Ils ont attrapé les dix fichés S qui ont reçu les enveloppes de fric et les ont transmis aux cellules dormantes. Ils ne sont pas près de revoir la lumière du jour. La campagne électorale d'Éric Zemmour est terminée. Il a certes clamé son innocence et répété sur les plateaux TV qu'il avait été victime de son entourage. Mais il a l'air de quoi, franchement ? Comment un type qui ne sait à ce point pas s'entourer pourrait gérer les multiples crises que traverse le pays ? La campagne de Marine Le Pen, guère plus brillante. Ils étaient les victimes désignées et ont cru en tirer des bénéfices, multipliant eux aussi les interventions sur les chaînes d'information en continu. Mais les fomenteurs, les renégats venant de leurs rangs, de l'extrême droite, ils n'ont pas été pris au sérieux. Pour cette fois encore, ils ne passeront pas. Ce qui est drôle, c'est que tous les autres candidats rivalisent d'ingéniosité pour récupérer la manne électorale. On ne va quand même pas laisser toutes ces brebis égarées dans les prairies de l'abstention ?

Je vais suivre ça de près, maintenant. J'ai réalisé quelque chose de très important : ce n'est pas parce que le personnel politique est souvent minable qu'il faut s'en désintéresser. Ces derniers jours, je me suis souvenu d'une chanson qui tournait à la radio, dans les années 1990. C'était du rap. Pas trop mon style, mais bon. Le type disait : « Si tu ne t'occupes pas de politique, la politique s'occupe de toi[1]. » Le militantisme, voilà ce qui va égayer ma retraite. Tel un cheval perdu, je sais comment retrouver mon écurie. J'ai prévu de me présenter à leur QG de campagne demain, à la première heure, pour prendre ma carte et proposer mes services. Distribuer des tracts sur les marchés, coller des affiches, tout ce qu'ils voudront. Je ne m'inquiète pas, les socialistes ont besoin, plus que jamais, de volontaires. Dans l'immédiat, j'ai d'autres priorités.

Je repère la station Access TotalEnergies, de l'autre côté de la quatre voies. Je continue sur la route de Lyon, direction Saint-Priest centre, et tourne à gauche pour revenir en sens inverse au premier feu. À la radio, sur Nostalgie, débute une des plus belles chansons d'Alain Souchon. Je m'amuse de ce clin d'œil du destin. « Foule sentimentale, on a soif d'idéal, attirée par les étoiles, les voiles, que des choses pas commerciales. » Le feu passe au vert, je tourne, accélère et me déporte sur la file de droite. La station-service n'est qu'à une centaine de mètres. C'est la première fois de ma vie que je me rends chez quelqu'un dont l'adresse est celle d'une station Total alors qu'il n'est pas pompiste. Je soupçonne même une embrouille, mais c'est bien l'adresse que m'a donnée Maria. Étrange.

Je me gare sur le côté, devant l'emplacement dédié au gonflage des pneus.

Je vais voir le type, à l'intérieur, et lui demande où je peux trouver Maria Delors. La trentaine, rasé de près, il me regarde longuement. Je pense qu'il croit me reconnaître,

1. Assassin, « Shoota Babylone ».

sans être sûr de son coup. Il hésite à me demander si je suis bien l'homme de Zemmour, comme certains médias m'ont surnommé. J'espère qu'il ne va pas me lancer sur le sujet parce qu'il a carrément une tête à voter Reconquête. Je n'ai pas envie de me prendre le chou avec un de ces gars. Pas aujourd'hui. Il doit le sentir, car il désigne finalement du menton la petite maison qui jouxte la station, juste derrière la haie, là où je me suis garé.

La maison, de plain-pied, est accolée à la station. Les fenêtres donnent sur les pompes, avec les désagréments que l'on peut imaginer en termes de bruit et d'odeur. L'intérieur est bien tenu. Tout est propre. Le foyer ne dispose pas de gros revenus, je le vois à la qualité médiocre des meubles et de la déco. Trois enfants en bas âge sont en train de foutre un bordel monstre dans le salon, ce sont les gamins que Maria, qui est nounou agréée, garde. « Café ? » me propose-t-elle en faisant à moitié la tronche. « Volontiers », je dis, et nous voici dans la cuisine, où Maria sert un café de cafetière dans des mazagrans à la décoration florale vieillotte. Une chose est sûre, elle n'a pas peur de moi. Elle s'en cogne. Elle a l'air fatiguée, ce qui ne m'étonne guère, après les semaines qu'elle vient de se fader. Son mec en prison, les meutes des chaînes d'information en continu qui ont squatté son parking durant des jours et des jours. L'enfer.

– Vous voulez quoi ? demande Maria, avec un air de défi.

– Vous aider, si je peux.

– Vous pouvez le faire sortir de prison ?

– Non.

– Bon, ben voilà. Buvez vot' café et allez-y.

– J'ai ça pour vous.

Je fais glisser sur la table l'enveloppe de papier kraft que j'ai préparée ce matin. J'ai écrit dessus au stylo : « Pour Kevin et Maria. » Dans certains mauvais films, des cas sociaux refusent de l'argent parce qu'ils l'estiment sale. Ils ont des principes. Des conneries qui n'ont pas cours dans la vie réelle. Maria ouvre l'enveloppe, découvre l'argent, son regard se trouble de larmes. Elle lève les yeux sur moi, avec un air de demander si c'est bien vrai, puis sort la liasse et étale les billets sur la table, avec précaution. Elle retrouve ses esprits et demande :

– Écoutez, Jean-Marc, on a déjà assez d'ennuis comme ça, alors… faut que vous me disiez ce que c'est, cet argent.

– Il n'est à personne, donc il est à vous.

– Il y a combien ?

J'évoquais les mauvais films, à l'instant, dans lesquels des gens refusent de l'argent par principe et contre lesquels tous les spectateurs lambda s'insurgent en se disant : « Mais bien sûr que je le prendrais, ce pognon ! » Eh bien moi non, c'est vrai. Ce n'est pas une question de principe. Juste, je ne suis pas dans le besoin, mon logement et ma voiture sont payés, j'ai des sous de côté et une retraite honorable. Et à l'évidence, Kevin et Maria n'auront jamais une occasion de toucher un tel pactole de toute leur vie, pas même au Loto, parce que le Loto ça n'arrive qu'aux autres. À voir Maria qui caresse presque le blé étalé sur la table, je ne regrette vraiment pas mon geste. Elle a de quoi vivre en attendant que Kevin sorte de taule. Quand ce sera fait, ils pourront déménager et quitter cette terrasse avec vue sur des pompes à essence. À moins que Kevin n'utilise cette somme pour ouvrir son propre garage, ce que je lui conseillerai de faire s'il me demande mon avis.

– Il y a un peu moins de 80 000 euros, dis-je.

– Mais ça sort d'où ? s'inquiète Maria.

– C'était à Didier, pour financer l'attentat. Officiellement, cet argent a été saisi par la police. Donc il n'existe pas, il n'existe plus. C'est pour vous.

Anne m'avait dit, lorsque nous étions dans la cuisine du pavillon où j'aurais dû finir mes jours, que Didier et ses hommes étaient en train de préparer une mise en scène, à mon domicile. Faux tracts du Rassemblement national, et liasses de billets empaquetés et mis sous vide. L'argent de la famille Bennani. Ça m'était sorti de la tête, d'autant que la police a évidemment perquisitionné mon appartement dans le cadre de l'enquête. Mais en faisant mon ménage la semaine dernière, alors que je passais l'aspirateur sous le canapé, j'ai eu la surprise de tomber sur trois briquettes de fric. J'y ai ajouté les 3 000 euros que Xavier m'avait donnés, en guise de rémunération pour mon boulot d'indic de la gendarmerie.

Soixante-dix-huit mille euros.

Je peux évidemment me tromper, mais je pense miser sur le bon cheval. Kevin ne devrait pas rester très longtemps en zonzon car j'ai veillé à ne pas trop le charger, dans mes entretiens de débrief avec la DGSI. D'autant qu'il a surtout collé des gnons, Kevin, et n'a rien fomenté d'envergure. Kevin s'est perdu, je le sais, je le sens, il a écouté et respecté les mauvaises personnes, Didier en tête. Qu'est-ce que je suis en train de faire avec cet argent ? Je l'achète. Ou disons plutôt que je le rémunère pour qu'il redevienne un gars normal, pourquoi pas un chic type. Il n'y a pas de bonnes et de mauvaises personnes, il n'y a que des conditions sociales. Et à partir d'aujourd'hui, les conditions vont changer pour Kevin et Maria Delors.

Au moment de prendre congé, je demande à Maria de saluer Kevin de ma part et de lui dire de m'appeler, lorsqu'il sortira. Elle m'ouvre la porte et je m'apprête à partir, mais je me souviens de la conversation que j'ai eue avec Kevin, quand nous planquions en face de chez les Bennani. Si j'osais… Allez, oui, j'ose. Je me tourne vers Maria.

– Dites, Maria, juste un truc…

– Oui ?

– Ça vous embêterait de me montrer la 205 Roland-Garros ?

La Peugeot des années 1990 trône au milieu de leur garage, où tous les outils de Kevin sont soigneusement rangés. Comme ça, à vue de nez, ça ressemble à rien. On frôle le tuning low cost. Et puis non, cette bagnole a quelque chose. Le magnifique intérieur cuir d'une berline grand luxe a bien trouvé sa place dans cette citadine désuète et presque ringarde.

Je me dis qu'avec un peu de chance, il va se passer la même chose dans la tête de Kevin : il va se payer un nouvel intérieur, tout cuir, un peu désuet et peut-être un peu ringard. Mais un intérieur où il fait bon se poser.

FIN

Remerciements

Je tiens à remercier chaleureusement le panel des lecteurs, qui ont eu la patience de lire, relire, suivre et commenter les différentes versions de ce roman. Merci à vous, donc, et gardez des forces pour le prochain : Olivier Caracotch, Marie Nallet, Hélène Portugal, Martial Cavatz, Hippolyte Girardot, Julien Jacquot, Stéphane Faucogney, Frédérique Daoudal, Frédéric Martin (Tinmar), Jennifer Giroud, Anaïs Maillot-Morel, Victor Billot, Éloïse Lang, Bénédicte Giusti, Rémy Tromenschlager et Bernard Portugal.

Merci à Sébastien Bonifay, pour tes lectures et ta patience. On se revoit très vite à Bastia, ou à la terrasse du Tony Bar, à Luri, avec Christophe Laurent, Patrick Vignoli et Susini.

Un immense merci à J-M et M, pour leurs informations si précieuses sur leur travail, sur l'ultradroite lyonnaise, sur les animalistes et sur les informateurs. Je ne suis pas peu fier d'avoir des gendarmes comme indics.

Merci encore, à…

Maxime Leconte, pour tes éclairages sur les services achat des hypermarchés.

Roger-Laurent Chevreux, pour ton savoir encyclopédique sur les armes de poing de la Seconde Guerre mondiale.

À la députée Edwige Diaz, qui m'a expliqué les galères liées à la récolte des parrainages.

Au député Éric Alauzet, pour cette si précieuse visite de l'Assemblée nationale et pour la place réservée aux QAG.

Merci à la substitut Claire Keller, pour la visite du palais de justice de Besançon, ainsi qu'à Zara Sid pour la visite des scellés.

Quelques lectures m'ont aidé à cerner l'ultradroite, celle de l'article des journalistes Maïté Darnault et Tristan Bertheloot, *Libération* du 15 décembre 2023, ainsi que celle de l'excellent petit livre *Au cœur du Z*, de Vincent Bresson.

Comment ne pas remercier Antoine de Caunes… Merci pour ta petite phrase. On se retrouve avec Larry sur le tournage de *Kasso*, si un jour on le fait. Amis producteurs, réveillez-vous…

Et enfin merci à toute l'équipe des éditions du Seuil, Antoine Toureix, avec qui j'ai passé des heures au téléphone pour cerner mes personnages, et Bénédicte Lombardo, qui a constaté et subi mes talents de poissard de la SNCF. Marie-Claire Chalvet, Laëtitia Correia et Juliette Plé, ma complice en alainsouchonneries. Merci aussi à Estelle Roquetanière, pour les corrections au cordeau.

Merci, enfin, aux deux personnes qui se battent pour que mes romans deviennent un jour des films, mon agent, Christophe Lehaut, et la merveilleuse Kim Beci. Cette fois-ci, c'est la bonne, *inch Allah* !

RÉALISATION : NORD COMPO À VILLENEUVE-D'ASCQ
IMPRESSION : CPI FRANCE
DÉPÔT LÉGAL : MARS 2025. N° 154775 (182443)
Imprimé en France